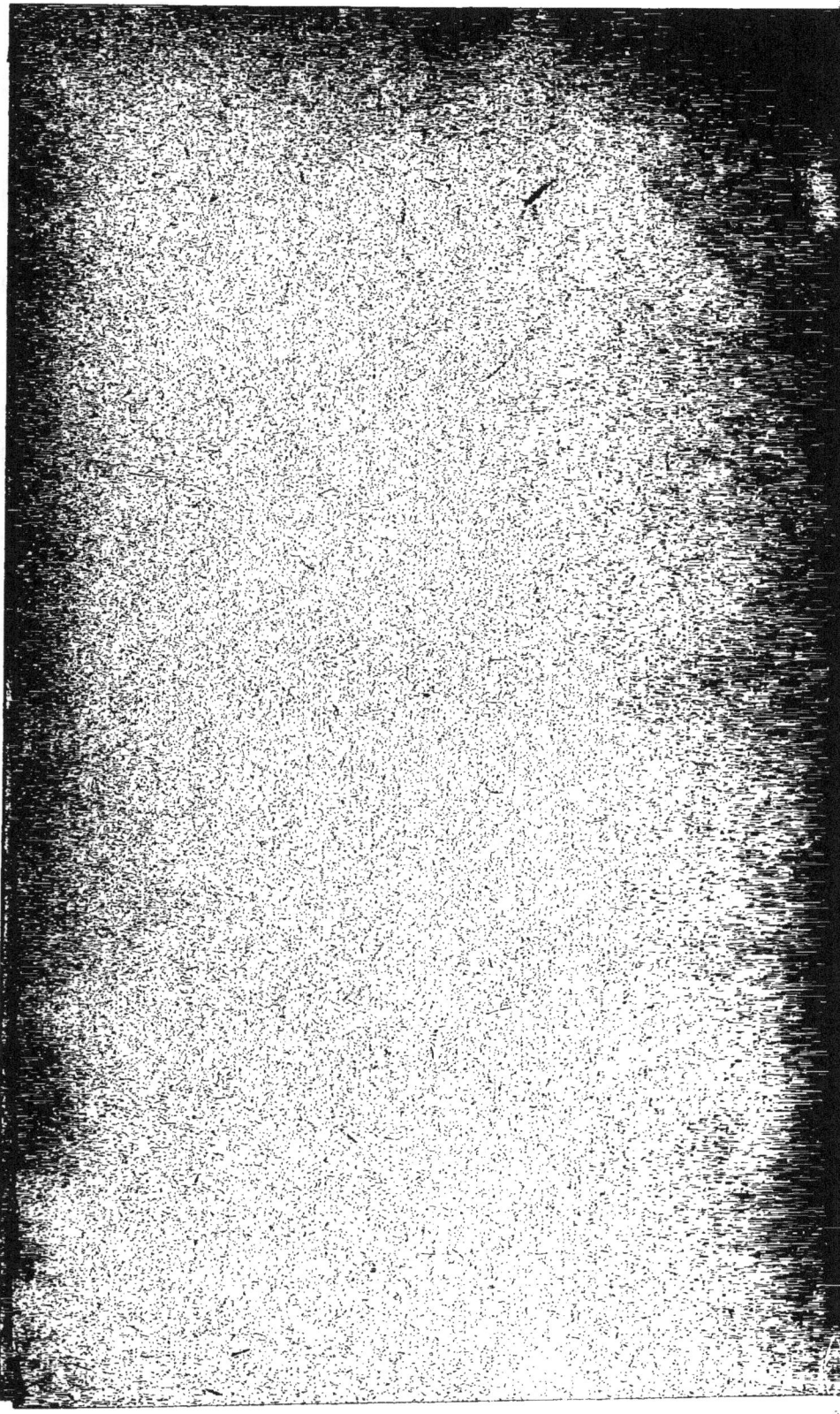

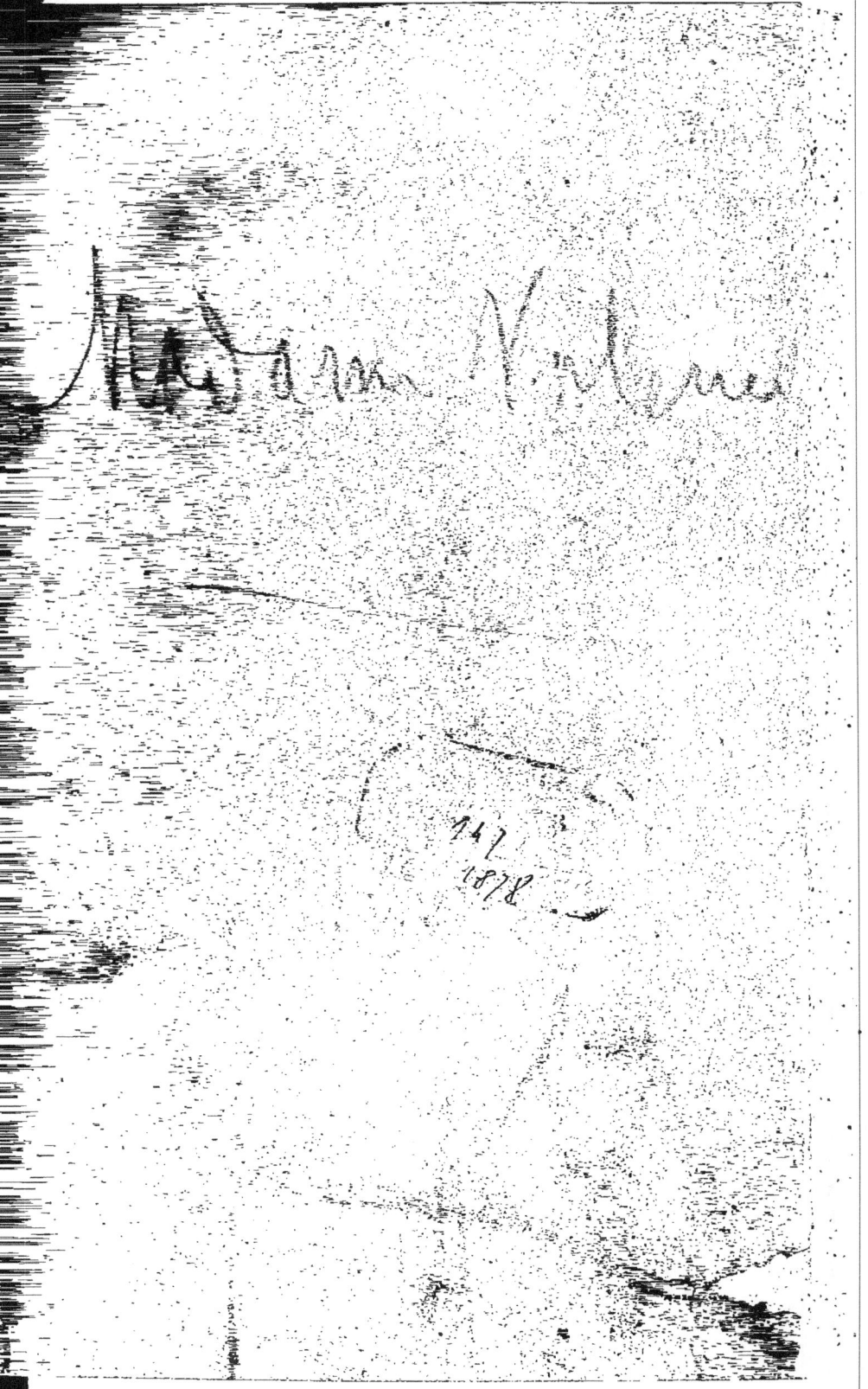

1878

MADAME VALENCE

CALMANN LÉVY, ÉDITEUR

OUVRAGES

DE

PAUL PERRET

Format grand in-18

IMPRIMERIE GÉNÉRALE DE CHATILLON-S-SEINE. — J. ROBERT

MADAME
VALENCE

PAR

PAUL PERRET

PARIS

CALMANN LÉVY, ÉDITEUR

ANCIENNE MAISON MICHEL LÉVY FRÈRES

RUE AUBER, 3, ET BOULEVARD DES ITALIENS, 15

A LA LIBRAIRIE NOUVELLE

—

1878

MADAME VALENCE

I

Au pays de basse Loire, rien n'est plus rare qu'un jour entier de grand soleil. Aussi madame de Fresne ne devait jamais oublier certain dimanche de juillet, — un trop beau dimanche!

L'état de son esprit ne se trouvait guère en harmonie avec cette fête du plein été et madame Valence donna quelques signes d'humeur en arrivant sur sa terrasse, plantée de tilleuls, qui dominait la rivière. Il était deux heures environ, les vêpres sonnaient à l'église du village, dont on apercevait le clocher à travers de grands arbres, au-dessus des toits aigus du petit château. La promeneuse se mit à chercher des yeux un flocon de vapeur, une tache, une ombre dans ce ciel insolent.

Pas une nuée. Ce soleil sans merci frappait de
ses flèches verticales la grande Loire, large en cet
endroit de quinze cents pieds. Le flot se balançait
comme un énorme miroir d'argent d'où s'échap-
paient d'autres rayons ; l'air et l'eau flamboyaient
ensemble. La teinte grise des prairies coupées
de saulaies qui s'étendaient sur l'autre rive
atténuait à peine l'immense éclat du jour ; sur
le bord montueux où le castel du Plessis est
situé, tout n'était que lumière. Les maisonnettes
du village couvertes de tuiles, s'étageaient à
droite parmi de grands blocs de grès ; des figuiers croissaient dans les fissures, leur feuillage
sombre repoussait violemment ces murs blanchis
à la chaux et ces toits rouges ; les roches, le
sable de la grève, les filets encore tout pleins
d'écailles de poissons qui séchaient sur des pieux
après la pêche du matin rendaient des étincelles.

Madame Valence se réfugia sous un berceau
de clématite et de vigne folle qui bornait la
terrasse, à gauche, en amont de la rivière, et
d'où l'on ne voyait que l'eau rire et briller
sous les feuilles. Ses yeux étaient blessés autant
que son cœur de cet éblouissant caprice de la
saison et de toute cette joie de la nature, de l'é-
goïste, de la féroce nature qui se plaît à
railler nos misères et nos peines. Mais parlons
tout de suite de ces yeux-là, qui se fermèrent

à demi et devinrent humides. Ils étaient d'une couleur particulière, ni tout à fait brune, ni tout à fait orangée, deux topazes sombres. La malice des ennemis de madame de Fresne, et elle en avait beaucoup, comme toutes les personnes volontiers solitaires ; — cette sotte malice consistait à dire que la châtelaine du Plessis avait des yeux jaunes.

La jeune femme portait une longue robe de piqué blanc dont elle tâta furtivement la poche comme pour s'assurer qu'elle y trouverait bien ce qu'elle allait y chercher Elle eut même un petit tressaillement d'effroi à la pensée qu'elle aurait pu perdre une chose si précieuse ; puis, doucement, elle écarta les clématites du côté du jardin. Personne ne venait par les allées, elle était bien seule. Alors, de cette poche mystérieuse, elle tira un pli qui renfermait deux lettres, en prit une et laissa l'autre reposer sur ses genoux. L'ombre, sous le berceau, était assez épaisse pour la forcer de tenir le papier fort près de son visage, et voici ce qu'elle lisait :

« La chère personne dont vous me parlez m'a fait, comme vous le pensez, madame la comtesse, la confidence de ses chagrins, et je dois croire qu'elle a cruellement à souffrir dans sa maison. D'après son récit, ses peines ne seraient pas nouvelles et remonteraient à

plusieurs années. Je l'ai vue verser beaucoup
de larmes. Elle ne parle presque jamais du toit
conjugal, qu'en disant: ma prison, mon calvaire !
Elle trouve les expressions les plus fortes et les
plus saisissantes pour exprimer son malheur. A
l'entendre, sa position est désespérée, et si elle
n'avait des sentiments religieux et une foi très-
vive, je crois qu'elle songerait à en finir avec
une vie qu'on lui a rendue insupportable. Vous
n'ignorez point, madame la comtesse, qu'à cause
de son séjour continuel, pendant l'été, sur la
terrasse de ce beau Plessis, que vous aimiez tant
et que vous lui avez donné, des personnes sans charité, qui pourraient trouver un meilleur emploi
de leur esprit l'ont surnommée la Fée des Eaux.
Ces personnes ne se doutent guère des pensées
que lui inspire le flot qui roule sous ses beaux
yeux. Ah! la malheureuse enfant! la rivière lui
a souvent fait envie.

» Je dois aussi vous avouer, madame la comtesse, qu'elle m'a parlé de ses projets de séparation. J'ai trop bien vu qu'ils étaient arrêtés
depuis longtemps dans son esprit, et j'ai fait,
comme je le devais, mais vainement, de grands
efforts pour la dissuader d'en venir à de si fâ-
cheuses extrémités. Elle m'a répondu qu'elle
avait elle-même combattu ces résolutions de
toutes ses forces et de tout son cœur; qu'elle

avait prié, qu'elle avait pleuré sans pouvoir se vaincre. « Je ne peux renoncer, m'a-t-elle dit, à la seule chance qui me reste d'éloigner de moi tant de dégoûts. Ne croyez pas, mon Père, que ce soit la liberté que je cherche! C'est la paix, c'est l'honneur! Je ne peux souffrir davantage les injures qu'*il* me fait ; je ne le dois pas. »

» Je lui ai représenté qu'il faudrait prouver les faits dont elle se plaint pour obtenir cette séparation redoutable : « Oh! m'a-t-elle dit, je n'en serai pas en peine. » J'ai continué de l'exhorter, toujours sans arriver à rien. Comme je lui demandais si elle avait du moins fait quelques nouveaux efforts pour ramener son mari à de meilleurs sentiments à son égard: « Pour cela non ! s'est-elle écriée, cent fois non ! Personne ne pourrait me conseiller de le faire. Dieu ne voudrait pas me le commander, et vous, mon Père, qui parlez en son nom, vous ne l'oseriez pas si je vous disais tout... Non, mon Père, vous ne l'oseriez pas ! »

» Je prendrai la liberté, madame la comtesse, de vous rappeler que cette conversation n'a été et ne pouvait être que confidentielle. Rien de plus. On m'a demandé des encouragements et des conseils ; on m'a fait des aveux de plus d'un genre ; ce n'est pas une confession que j'ai reçue.

» Je peux donc vous rendre ce que m'a dit

madame votre chère nièce, mais il ne m'a pas
été permis de l'interroger. Je me suis prêté au
soulagement d'une aimable conscience en peine,
mais il ne m'a pas été demandé d'en faire l'examen. Cette douce chrétienne affligée m'a fait
connaître à plusieurs reprises le soin vraiment
édifiant qu'elle a pris de cacher ses douleurs.
La curiosité du monde n'a pu percer le voile
pieux dont elle les couvre ; elle porte une croix
invisible. Souvent même, au cours de notre
entretien, je l'ai vue se retrancher dans des
réticences d'où mon ministère tout officieux
m'interdisait de la faire sortir. Je ne saurais donc
vous rendre un compte exact de ce qui a pu se
passer depuis six ans entre les nouveaux maîtres
du Plessis, qu'ils tiennent de vos dons généreux,
et je n'ai pas à rechercher en quoi Jean de Fresne,
mon ancien élève au petit collége épiscopal, a
mérité une si forte répulsion de celle qui devait
être la chair de sa chair. Il m'est seulement
permis de croire que les griefs de la chère enfant
ont la source la plus pure. J'ai pénétré malgré
moi dans cette âme si tendre ; j'y ai reconnu
une fleur froissée peut-être par des mains brutales ; tout n'y est que désenchantement, regrets
amers et craintes inavouées ; je me sens porté
à croire ou plutôt à induire que la conduite morale de l'époux est au moins irrégulière aux yeux

de l'épouse et n'a jamais cessé de lui causer un violent chagrin. Espérez avec moi, madame la comtesse, que Dieu éclairera ce pécheur qui, lui aussi, vous a été cher, puisque vous lui avez donné le jeune cœur de votre nièce, le plus précieux de tous vos biens.

» PÈRE MATHIAS SAINT LUC. »

— Oui, c'est la paix ; oui, c'est l'honneur que je veux ! murmura Valence. Mais quand j'ai dit au Père que ce n'était pas aussi la liberté, j'ai menti ! Ah ! la liberté de ne plus le voir, LUI, l'outrage dans les yeux, quand je ne l'entends pas sortir de sa bouche !

Elle replia la lettre du P. Mathias, et reprit l'autre contenue sous le même pli. Celle-ci n'était que de quelques lignes :

« J'ai voulu prendre l'avis du bon Père. Il nous le donne sous le couvert de sa robe de religieux. C'est pourtant assez clair. Ma chère enfant, ma pauvre chère petite, me voilà donc déterminée à te soutenir dans cette grande épreuve. D'ailleurs, j'en sais bien plus long que le Père, car, moi, j'ai reçu ta confession. Que tu as souffert, ma chérie, et avec quelle vertu !

» Eh bien ! trouve donc le courage de souffrir encore. Va, ce ne sera pas long, — seulement jusqu'à l'automne. Alors, je serai rentrée à

Paris pour n'en plus sortir qu'avec le retour de la saison chaude, qui me cause toujours tant de soucis, car tu sais que je n'aime point les voyages. Je te prie de remarquer que ce petit retard ne te cause aucun dommage ; les juges aussi s'en vont aux champs. L'été de la Saint-Martin nous les rendra. Alors, si ton joli bourreau a poussé les vilenies trop loin, viens sans crainte te réfugier près de ta seconde et de ta véritable mère. Ce sera l'heure, de la bataille !

» A Trouville, toujours courant, ce 22 juillet.

» COMTESSE DE COSSEINS. »

— Mais, s'écria madame de Fresne, libre, je le suis! Ma tante est avec moi désormais. Voici le contrat qui va m'affranchir.

— Sous une condition pourtant, reprit-elle en remettant le pli dans la poche de sa robe. Trois mois de patience et même un peu plus. Il y a beaucoup d'excellents cœurs qui sont faits comme cela. Madame de Cosseins est aux eaux, il faut donc que mes douleurs prennent vacances. Ah! je la connais bien. Je peux lui demander de grands sacrifices; mais que je ne vienne point déranger le train de sa vie! C'est la meilleure des tantes; pourtant elle a tort de dire qu'elle vaut une mère. Eh bien, j'attendrai.

En même temps, elle pensa que l'attente lui serait d'autant plus facile que Jean de Fresne était absent. On le disait aux eaux d'Évian, en Savoie. En vérité, elle n'en était pas informée, et l'espérait seulement sur quelques heureux indices, car les bords du lac de Genève ont des séductions pour retenir les voyageurs. Que le mois d'août s'écoulât sans ramener M. de Fresne, et tout irait bien. Pendant les premières semaines de l'automne, le châtelain ne se tenait guère au Plessis, le pays étant favorable surtout aux chasses d'hiver et de marais; à l'ouverture de la saison, il s'en allait, dans son domaine patrimonial du Morbihan, sur la lande.

Trois mois, c'était donc bien peu, si elle comparait ce court espace de temps aux six années qui venaient de s'écouler. Valence se mit à songer aux cruels efforts qu'elle n'avait cessé de faire dès le lendemain de son mariage pour empêcher que le drame de sa vie ne devînt l'objet des propos de la noblesse dans les châteaux de la Loire et dans les cercles de N..., la ville voisine. Elle avait muré son cœur et scellé sa bouche. Voilà ce qui justifiait les remarques élogieuses du P. Mathias et la grande phrase de la tante de Cosseins: « Que tu as souffert, et avec quelle vertu! » Si la fierté et le silence sont des vertus, elle méritait cette double louange.

Ces réflexions poursuivies à l'abri du berceau n'avaient, après tout, rien de trop amer, puisque si elles lui retraçaient les mauvais jours passés, elles lui faisaient en même temps envisager les heureux jours à venir. Le deuxième son des vêpres se fit entendre, madame Valence se leva, suivit une longue allée couverte qui la conduisit au logis où elle entra pour y prendre son livre d'heures.

Le matin, après la messe, elle l'avait déposé dans le salon d'été qui s'ouvrait sur une belle pelouse décorée de massifs d'arbres au pied desquels croissaient de grands buissons de lauriers-thym et de camellias, depuis longtemps acclimatés dans cette contrée tiède qui n'a presque point d'été, mais qui connaît encore moins l'hiver. C'était une chambre ovale, grâce à un renflement de la muraille, madame de Cosseins, qui avait fait reconstruire le castel, ayant eu le bonheur de rencontrer un architecte suivant son goût, amoureux comme elle des formes arrondies; l'espèce en devient rare. La bonne dame, par son humeur, appartenait au dernier siècle bien plutôt qu'à celui-ci, dont les premières années l'avaient vue naître. « Toujours courant », elle avait l'esprit au bord des lèvres, le cœur sur la main, et l'on éprouvait quelquefois que ce cœur avait des ailes.

La pièce où venait de pénétrer madame de
Fresne était très-simplement ornée, tendue de
toile perse; les seuls objets de prix qu'on y pût
trouver étaient cinq ou six grands et magnifiques
vases de porcelaine de Chine, remplis de feuillages et de fleurs. Deux portraits en pied s'élevaient à droite et à gauche de la cheminée : l'un
était celui de la jeune châtelaine, l'autre représentait un fort petit homme mis avec une ex-
trême recherche et d'une charmante figure, pour
peu qu'on se bornât à jeter un coup d'œil au
passage sur cette toile de gala. Un examen plus
attentif eût fait découvrir de fâcheux défauts dans
le visage de ce chérubin de trente ans, encadré
d'une épaisse chevelure et d'une vigoureuse
barbe noires qui formaient comme une brous-
saille soyeuse autour des roses de son teint. La
bouche était vermeille, mais épaisse, les yeux brillants, mais le regard oblique, le nez délicat, mais
trop court, les narines mignonnes, mais féroces.

C'était Jean de Fresne.

II

Ce Jean de Fresne était bien le plus déluré des petits hommes. Intrépide cavalier, il n'aimait naturellement que les grands chevaux. Chasseur infatigable, sa présence aux chasses attirait les dames friandes de quelque beau drame en forêt. Un sanglier proprement dagué n'est pas un spectacle ordinaire.

La journée a été superbe, le galop des chevaux, les clameurs de la meute et les trompes remplissent la forêt. L'instant tragique approche. La bête acculée, furieuse, découd tous les chiens ; mais le petit baron est là qui se jette, le couteau à la main, dans la mêlée sanglante et hurlante. Et les amazones tremblantes sur leurs selles, et les chasseresses plus timides qui ont suivi en calèche, frémissantes sur les coussins, de se couvrir le visage. Mais l'émotion passée, que de sourires flatteurs, que de jolies

mignardes phrases de compliments! Des chape-
lets de perles...

Voilà les souvenirs qui avaient été rappelés
la veille au château de Guesnes-la-Tréville,
voisin de celui de la Blotterie, sur l'autre rive
du fleuve. La terre de Guesnes était l'une dès
plus vieilles et des plus qualifiées, la terre de
la Blotterie la plus belle du département, et
toutes deux appartenaient à des femmes. Il
y avait du monde chez la vieille marquise de
Guesnes-la-Tréville, et la reine, la parure vivante de ce cercle de choix, était la belle madame Artus de la Blotterie. Cent mille livres
de rentes et veuve.

— Je vois, dit avec humeur le petit-fils de la
châtelaine, que Jean de Fresne sera toujours à
la mode. On lui connaît pourtant un malheur
et un défaut.

Tout le monde à l'instant se récria sur le
malheur du petit baron. Ce fut encore la dernière chasse qui fournit la matière de cette
charité rétrospective. Certes, il avait dû être
cruel ce jour-là, six mois auparavant, à M. de
Fresne de voir que de toutes les femmes, une
seule était rebelle ou bien lente à s'alarmer
pour lui, et de penser que cette femme c'était
la sienne. Le pis, c'est que toute la chasse
l'avait vu comme le petit baron, et il n'y avait

pas eu d'autre sujet d'entretien partout, pendant l'hiver et le printemps, que cette insensibilité choquante.

Quant au défaut... ah! vraiment, il n'était pas noble. On l'excusa pourtant parce qu'on en connaissait la source. Jean de Fresne, ayant commencé par dévorer son bien, avait été assez heureux pour en ressaisir un précieux lambeau par une opération habile aux jeux de bourse. On le rappela...

— Habile opération, peut-être, — mystérieuse surtout, reprit le jeune M. de la Tréville qui était rude comme un vieux Breton et qui en avait la tête carrée, le poil roux et les membres noueux et trapus. — Personne a-t-il jamais su ce que Jean de Fresne a fait à la Bourse?

Madame de la Blotterie ne put retenir un brusque mouvement de son pied qui frappa le tapis. Un moment après elle avait repris son impassibilité ordinaire. C'était une admirable personne, d'origine énigmatique, après tout; on savait uniquement que cette superbe énigme venait de Norwége, que, de son nom de baptême, elle s'était toujours appelée Fredda, et n'avait peut-être jamais eu d'autre nom, jusqu'à l'instant fortuné, une douzaine d'années auparavant, où elle avait épousé à Fredriksall le vieil Artus, Norwégien comme elle, retourné au pays pour y prendre, femme ou s'y faire prendre, — un richissime armateur, fixé en France depuis cinquante ans, et naguère anobli par le roi Charles X.

Elle avait une grande chevelure noire, une pâleur de neige, des yeux bleus froids, durs, brillants comme deux morceaux de glace cristallisée, éclairés par un jeu du soleil. Mais pourquoi cette flamme rigide y brilla-t-elle justement plus fort, et d'où venait cette marque d'émotion chez une femme, visiblement souveraine maîtresse d'elle-même? Le jeune marquis Victor de la Tréville continua la petite guerre contre l'absent:

— Miraculeux accident, après tout, car il a permis à Jean de Fresne de demander et d'obtenir la main de mademoiselle de Civré, qui est l'héritière de madame de Cosseins, dit-il, et ce ne sera pas un petit héritage. Il n'est pas étonnant que M. de Fresne, s'étant vu si près de la ruine...

— De la ruine? interrompit la marquise.

— De la besace, si vous l'aimez mieux, ma mère; il n'est pas étonnant que Jean de Fresne soit devenu...

— Parcimonieux, mon fils, fit encore tout doucement la vieille dame, et je n'aime pas la besace.

Le juste choix des mots dans l'épigramme est un des secrets de la bonne compagnie.

Alors, on entendit une indéfinissable harmonie. Dans un salon moins décent, on aurait
dit que le président Le Belin grognait. Le
singulier personnage ! Il n'avait fait jusque-là
que se balancer en cadence sur sa chaise. C'était
un vieillard par la mine, bien qu'il ne le fût
pas par le nombre des années. Ses lourdes
épaules étaient arrondies comme la voûte d'un
pont; ses deux longs bras toujours en mouvement
rappelaient le télégraphe des anciens jours, et
ils étaient terminés par deux grosses mains si mal-
adroites, qu'elles ne savaient ni se fermer ni
s'ouvrir. Le magistrat les laissait continuelle-
ment traîner sur ses genoux, à demi enroulées,
les doigts en croches.

En toute saison, à toute heure, il portait
autour du cou trois tours de batiste qui
ressemblaient bien moins à une cravate qu'à une
serviette. Une grande figure tantôt blême et
tantôt violacée, suivant qu'on la voyait avant
ou après le repas, émergeait de cette épaisseur
de linge. Mais au milieu de ce visage aux teintes
changeantes, quel ornement massif, quelle
sentinelle avancée ! Les libéraux aimaient à
dire : M. le président Belin a le nez de saint
Louis. C'est par là qu'il se rattache à la cause.

Qui ne sait que le nez de ce grand roi
est un monument de l'histoire? Par exemple,

le magistrat avait un autre trait, la bouche,
bien différente de celle du monarque; sans
quoi, ce dernier n'aurait jamais été un saint.

Deux lèvres humides, sensuelles, épanouies,
toujours souriantes d'une pensée malicieuse.
Au reste, le président fort peu soucieux de
faire partager aux autres la gaieté qu'ils lui
inspiraient, s'amusait d'eux ordinairement avec
lui-même, se parlant tout seul à demi-voix et
partout, à table, au tribunal, au milieu d'un
cercle. Ses aparté étaient devenus fameux et
faisaient mourir de rire ceux qui les saisissaient
au passage, pourvu qu'ils n'en fussent pas les
premiers égratignés. On racontait à ce sujet
les choses les plus plaisantes. Un jour, dans un
procès pour menus délits politiques, M. Le Belin
présidant, l'accusé, un journaliste de clocher,
compagnon très-emphatique, plaidant pour lui-
même et pour sa maison, avait pris le magistrat
directement à partie, lui criant: — Ah! je sais
que vous voulez ma tête!...

On vit en ce moment les deux juges assesseurs
étouffer un hoquet convulsif avec la manche de
leur robe; c'est qu'ils entendaient leur président s'entretenir, suivant sa coutume, avec
Louis-Nicole Le Belin, son meilleur ami et
confident, sans s'occuper du voisinage, et il
disait: Ta tête, triple sot? Que veux-tu que j'en

fasse de ta tête? Je te flanquerai trois mois de
prison tout à l'heure, et je pense que tu seras
content.

Les assesseurs racontèrent ce nouveau trait
humoristique du chef de leur tribunal; on
décidera si, dans cette occasion, ils violèrent le
secret et rabaissèrent la majesté de la justice.

Or, dans le salon du château de Guesnes, aux
côtés de madame de la Tréville et de la belle
Artus de la Blotterie, Louis-Nicole Le Belin
venait encore de lancer un de ses fameux aparté;
et il grommelait: — Il y a un proverbe connu
qui dit: A père prodigue, fils avare. Jean de
Fresne a introduit une variante en ce proverbe.
Il ne s'est point corrigé dans ses descendants,
mais dans lui-même. Et cela est heureux,
puisque Jean de Fresne ne doit pas avoir de
descendants.

Il y eut un petit murmure, une petite volée de rires discrets. Pour s'en donner plus
largement, on attendait le bon plaisir de la
maîtresse du logis. La vieille châtelaine n'y
put tenir, et ce fut le signal d'une explosion.
Seule, madame de la Blotterie ne céda point à
la gaieté générale. Les yeux de glace de la
Norwégienne couvrirent le président excen-
trique. Visiblement, elle se demandait: Que
sait-il?

Les présidents sont les premiers informés de toute affaire en séparation de corps, puisque, avant toute procédure, une requête leur est adressée. Il arrive même, d'ordinaire, que certains avertissements, quelquefois une démarche officieuse d'un parent ou d'un ami, précèdent la requête.

Mais que pressentait donc elle-même madame Artus de la Blotterie? Qu'avait-on deviné dans le cercle du château de Guesnes-la-Tréville de ce qui se passait dans le petit castel du Plessis? Une de ces bouches d'or qui ne font jamais défaut nulle part, un gentilhomme entre deux âges et toujours à l'évent qui se tenait debout derrière le fauteuil de la belle Fredda, risqua une pirouette:

— Eh! dit-il, les héritiers se font vraiment attendre au Plessis; il faut songer que les maîtres de ce beau lieu, si cher autrefois à madame de Cosseins, sont mariés depuis six ans. Jean de Fresne en avait alors vingt-neuf, et mademoiselle de Civré vingt-trois. Notre fée des eaux court à sa trentaine.

Sans un geste, sans aucun jeu de physionomie, surtout sans lever les yeux vers celui qui lui offrait une si belle occasion, madame de la Blotterie ajouta de sa voix tranchante:

— On n'est pas éternelle !

— Le mal, reprit le gentilhomme à l'évent tout d'un coup stimulé, c'est que si l'on en croyait certaines choses dites sous le manteau... Des choses, parbleu ! fort délicates...

— Il vaut donc mieux ne pas les redire, fit observer la marquise.

Mademoiselle de Guesnes-la-Tréville, la sœur du jeune marquis, était là, et mademoiselle de la Tréville allait avoir seize ans. Le gentilhomme avait tout juste assez de compréhension pour saisir un avertissement si clair, il baissa donc la voix.

— Après tout, continua-t-il, on peut penser qu'un certain genre de vertu est à peu près aussi offensant pour un mari que... le contraire

M. de la Tréville tordit assez violemment sa moustache rousse qui, pour être naissante, n'en était pas moins rude. — Je pèche rarement par curiosité, dit-il.. Cependant je rencontre partout et sans cesse, contre madame de Fresne, un concert de médisances et je ne serais point fâché d'en apprendre enfin la cause.

— Mon fils, je vais vous la faire connaître et vous y trouverez un peu de la faute de cette chère enfant que j'aime beaucoup, fit vivement la marquise s'emparant encore de la réplique. On lui reproche ses airs esseulés qui découragent les femmes de son âge de l'aimer et de la défendre.

La grosse bouche fleurie du président Le Belin s'ouvrit :

— Ces airs-là découragent encore bien plus les hommes de tout âge, murmura-t-il.

— Et le plus découragé de tous les hommes pourrait bien être le mari, reprit M. de Brantonnet, le gentilhomme à l'évent parlant toujours à la chevelure noire de la blanche Fredda, par-dessus le dossier du fauteuil. On n'a pas fait un joli présent à Jean de Fresne, il y a six ans passés, en lui donnant une femme qui ne veut pas appartenir à la terre...

En ce moment un domestique annonça : — M. Christian Artus.

Pas de titre, point de particule. Le nouveau venu pouvait se passer du noble bagage. C'était un homme de la plus haute taille, d'une stature héroïque et de la plus virile beauté. Ses traits offraient une admirable correction mêlée d'un reste de rudesse à laquelle on reconnaissait le fils du Nord; il y manquait le fini des contours que donnent les ciels plus doux, l'harmonieuse caresse du soleil. Christian

Artus avait les mêmes yeux bleus ordinairement froids et toujours brillants que madame de la Blotterie, car leur pays natal à tous
deux avait été le même, et grâce au mariage
capricieux du vieil Artus son oncle, Fredda était
devenue la tante de ce jeune homme.

Le président Le Belin, en le voyant entrer, se
mit à frapper ses grosses mains l'une contre l'autre:

—Soyez content, monsieur le marquis, s'écria-
t-il, s'adressant à Victor de la Tréville, car
voici un de vos alliés, un des défenseurs de la
dame du Plessis, le maître vaillant de Boisdemetz.

Et se levant il marcha tout droit vers Artus:

— Monsieur, lui dit-il, je vais vous proposer
une devinette. Savez-vous pourquoi l'on dit
que madame de Fresne n'appartient pas à la
terre?

— En vérité, non, monsieur, répondit Artus,
je ne le sais point.

— C'est parce qu'elle n'a jamais consenti à
faire monter personne au ciel.

Mademoiselle de la Tréville et ses quinze ans
sortirent au même instant du salon. La jeune
fille ne s'exposait pas volontiers au danger de
s'égayer avec les commensaux de son aïeule,
quand on parlait devant elle, sur un certain ton,

de madame de Fresne. Une fois elle avait été réprimandée d'importance pour avoir ri. Mécontente de la réprimande, elle en avait voulu connaître la cause et avait été grondée plus pour l'avoir demandée.

III

Dans cette belle maison de la Tréville, Christian Artus avait vu madame de Fresne. C'était le mois précédent, en cette merveilleuse semaine sans nuits, qui est l'épanouissement de l'année, au bal traditionnel de la Saint-Jean. Les habitants du village dansaient sur leur grande place, les anciens seigneurs sous une vaste tente dans les jardins du château. Artus n'était alors de retour en France que depuis le commencement du printemps. Après la mort de son oncle, qu'il avait apprise en Angleterre, il avait cédé à une résolution de voyage, résolution aussi soudaine, aussi difficile à expliquer que la mort même de l'armateur.

Le bel athlète norwégien passait assez généralement pour un orgueilleux mélancolique. Il avait toujours refusé de prendre sa part de l'a-

noblissement de son oncle; on ne le lui pardonnait point. Sa jeune tante avait trouvé une habile façon de le peindre et de pousser d'un
trait la peinture au noir : — Très-beau caractère, disait-elle ; mais un bon caractère, pour
cela non, malheureusement non !

On expliqua sa répugnance à rentrer en ce pays
qui était devenu le sien par un amer et secret
dépit de voir demeurer aux mains de neige de
Fredda, la veuve du vieil Artus, cette grande
terre de la Blotterie où il avait été élevé, où il
avait grandi près de l'armateur, qui l'appelait
son fils. Cependant ces sentiments qu'on lui
prêtait s'arrangeaient mal avec la fierté incommode qu'on lui reprochait à l'ordinaire ; les
médisances se soucient peu d'être contradictoi-
res. Christian Artus ne les connut pas ; il s'en
alla de l'un à l'autre bout du monde pendant
sept ans, emportant partout avec lui un souci
caché, qu'il ne s'avouait pas même volontiers
à toute heure ; mais, si dans sa vie errante, un
peu de réelle tristesse venait à le saisir, l'étrange
souci en profitait à l'instant pour revenir s'asseoir
à son chevet, le problème se dressait de nouveau
devant ses yeux : comment le vieil anobli de
Charles X, le septuagénaire amoureux de sa
jeune femme, avait-il si brusquement fini, lui
qui était heureux et si riche, admirablement

bien portant malgré son âge, et qui paraissait fait pour vivre cent ans?...

Une chute, disait-on... Ah! les médecins l'avaient constatée. Qui eût songé à en appeler de leur arrêt? Christian Artus doutait-il donc de sa justesse? Une chute est un accident matériel, un fait précis; toute la maison de l'armateur avait vu, touché, reconnu l'accident comme les médecins. Pour élever un doute, il eût fallu être fou. Christian Artus ne l'était pas.

La terre de la Blotterie était le lot d'honneur dans ce grand héritage; mais si le testament de l'armateur l'attribuait à Fredda, il ne maltraitait point en apparence le cher neveu; car il y avait un testament. La part d'Artus fut égale en revenus à celle de la veuve; le jeune homme recueillit la maison et le parc de Boisdemetz, situés sur la même rive de la Loire que le castel du Plessis.

L'apparence est femme, toujours et naturellement trompeuse.

En ce temps qui était encore celui des premiers délires de la spéculation, comment le vieil Artus, disposant d'une immense épargne, se serait-il dérobé à la tentation magique? Il adorait le veau d'or depuis qu'il avait l'âge de raison; eût-il renié une foi si belle? Certes, il avait dû figurer dans la danse d'écus qui emportait la France entière, et même y arriver en cadence, au bon moment, car c'était le vieil enfant gâté de la Fortune. Tout le monde disait que son portefeuille serait une délicieuse surprise pour ses légataires. Il y eut surprise aussi, mais point celle qu'on attendait. Ce portefeuille, on ne le trouva pas.

Où s'en était allé ce nouveau million? Peut-être n'était-il pas unique! Bien des gens regardèrent aux mains de madame Artus de la Blotterie, les fameuses mains de neige, les soupçonnant d'être moins pures que blanches. Les plus hardis à se mêler des affaires d'autrui n'avaient pas craint d'interroger Christian Artus à son retour. Que pensait-il?

—Je ne veux rien penser, répondit Christian.

La réponse était prudente, mais bien altière. On devait en conclure que si le voyageur ne faisait point la guerre à sa belle tante, la paix entre eux ne serait jamais qu'une paix plâtrée. Christian aimait peu la châtelaine de la Blotterie; cela, on le savait de reste. Aucun lien ne l'attachait plus à Fredda; aussi le bruit se répandit qu'il se dispenserait de la revoir.

On s'était trompé.

Il se montra très-exact, sinon très-empressé à remplir ses devoirs envers la jeune

femme; il ne fit qu'une visite et ce fut à
elle. Son âge et celui de Fredda lui interdisaient
aucun séjour à la Blotterie. Le premier de ces
devoirs, auxquels il se crut obligé, ce fut
de ne pas compromettre sa tante ... Quelques méchants affectèrent de penser que la
Norwégienne se serait vue très-volontiers compromise. Le meilleur des seconds mariages,
c'eût été celui-là. Les deux fortunes se seraient
unies, les deux Pactole auraient formé le plus
majestueux confluent. Cent mille livres de
rente qui en épousent cent mille autres seront
toujours une vision imposante. Il y eut de
braves gens qui s'en laissèrent éblouir et qui
attendirent de Christian et de Fredda ce beau
spectacle, mais tout le monde fut déçu... Artus
se renferma dans son parc de Boisdemetz. Madame de la Blotterie continua de mener sa
double vie : celle du monde, hospitalière et
magnifique; l'autre, toujours mystérieuse...

Le parc de Boisdemetz était célèbre à vingt
lieues à la ronde par la beauté de ses ombrages.
Cette vaste futaie de deux cents hectares entou-
rés de murs excitait, presque au même degré
que la possession de la Blotterie, l'envie des
riches marchands de la ville contre ces heureux
Artus qui l'avaient acquise des collatéraux de
Boisdemetz, le dernier comte de ce nom étant

mort en 1832, de ses blessures, après l'échauf-
fourée de Vendée. Le testament de l'armateur
qui donnait ce beau parc à Christian ne lui
faisait donc pas un avantage sans gloire; cette
générosité était encore flatteuse, et Fredda avait
été bonne princesse et bonne tante si c'était elle
qui l'avait dictée.

Les ruines de l'ancien donjon se voyaient
à trois ou quatre cents pas du logis actuel;
c'était même l'un des attraits pittoresques du
domaine: d'abord une motte féodale en partie
artificielle, épaulée sur un bloc de roches qui
formaient un escarpement inaccessible du côté
de la rivière. Le Brilhac, la seule eau claire de
la contrée quand la marée ne venait point troubler son flot alerte, courait sur un lit de sable
blanc comme du sel pour se perdre bientôt, à
deux kilomètres environ, dans la grande Loire.
Sur le mamelon se dressait encore un pan de
muraille ronde d'une épaisseur formidable
recouvert d'un superbe manteau de lierre.
Souvent les joyeux équipages des barques de
plaisance qui remontaient le Brilhac avaient
aperçu Christian Artus assis sur la brèche
croulante et regardant l'espace. Au midi, dans
les beaux jours, une large écharpe de vapeurs
flotte sans cesse au-dessus de la région maré-
cageuse qui se poursuit jusqu'au bocage vendéen;

2.

à l'ouest, le ciel et l'eau du fleuve semblent
se confondre dans une même teinte grise et une
brume sans fin ; là est la mer. La flottille du
maître de Boisdemetz se balançait au pied du
bloc de rochers et de la tour vêtue de lierre ;
il y avait des embarcations de toutes les formes
et l'une surtout était bien connue sur la Loire,
à cause de sa voile latine, teinte en rouge. La
même couleur de pourpre brillait aux panneaux
des voitures de madame de la Blotterie, car
l'armateur avait voulu des armes : de gueules,
au croissant d'argent, une étoile du même. Sur
ce fond sanglant, ce disque neigeux et cette heureuse étoile disaient-ils l'histoire de la châtelaine ?

La maison d'habitation à Boisdemetz, petite,
chétive, et relativement moderne, portait un nom
dù sans doute au redoublement d'épaisseur du
bois à l'entour : les *Ombrails*. C'était un corps
de logis sans pavillons, avec deux pignons aigus.
La porte principale, surmontée d'un fronton
demi-circulaire décoré d'un écusson affreusement mutilé, offrait seule une sorte d'aspect
monumental. Le dedans était singulièrement
délabré, les Ombrails n'ayant pas été habités
depuis plus de trente ans, quand Artus avait
résolu de s'y établir au retour de ses voyages.
La maison pourtant renfermait encore une vaste

salle ornée de boiseries curieuses et de peintures
assez grossières que le « revenant » avait fait
réparer à la hâte. Des tapis turcs avaient été
jetés sur les dalles brisées ; un décorateur habile
s'était chargé de rafraîchir les panneaux où se
voyaient des corbeilles de fleurs au milieu d'un
vol entrecroisé d'hirondelles ; le même dessin se
répétait, fouillé au ciseau, dans l'encadrement
de chêne noir. Le plafond à caissons chargés de
couronnes de fleurs tressées, peintes en bleu
sur fond d'or, ne semblait pas trop dégradé,
bien qu'à de certaines places l'or s'en allât par
écailles. L'honneur de la pièce était une cheminée de style Louis XIV, en marbre rouge,
dont les belles volutes, lentement arrondies, se
terminaient par des griffes dorées ; elle supportait une horloge de Boule. L'ameublement se
composait de siéges appartenant à des époques
très-diverses et de canapés recouverts d'une délicate tapisserie à personnages, quelque peu ron-
gée par les mites. C'était dans cette chambre dis-
parate ou sous la ramure et la nuit mouvante
de son parc que Christian Artus laissait aller sa
vie, quand il ne courait point la rivière dans
la barque gracieuse dont il avait rapporté le
modèle des mers d'Italie, sous sa grande voile
rouge.

Artus n'était nullement un mélancolique

comme on affectait de le croire autour de lui, encore moins un homme las ou blasé; c'était un dé-
daigneux des choses vulgaires et des personnes
banales. Il n'aimait point sans une raison d'aimer,
il ne se livrait jamais à ceux qui n'avaient pas
trouvé le secret si simple de lui plaire. Pour
cela, il fallait seulement être quelqu'un, grand
ou petit, beau ou laid, bon ou spirituel, une
intelligence ou un cœur, une grâce ou une force,
quelqu'un enfin, mais point tout le monde.
Quant à lui, il se suffisait dans la vigueur de
son esprit et de son corps; il lisait peu, imaginait beaucoup, méditait volontiers, recherchait
avec délices la lassitude physique et ne connaissait point celle de l'âme, pensait enfin et
se dépensait sans effort. Les relations ordinaires
du monde lui auraient apporté plus d'ennui que
la retraite; mais dans son isolement même, il
n'y avait aucune résolution arrêtée de vivre solitaire. On le vit bien, quand, au commencement
du mois de juin, il eut rencontré, dans ses courses sur la Loire, Victor de la Tréville. L'intrépidité de ce jeune homme eut bientôt intéressé
la sienne. Les deux barques se hélèrent, les deux
maîtres échangèrent d'abord quelques mots au
passage; puis on stopa. La force et la beauté
virile de Christian Artus transportèrent le
marquis sauvage, la franche rudesse de Victor

plut au Norwégien. Rien de plus simple que
l'histoire de cette liaison qui bientôt, et par une
exception dont on fut jaloux dans d'autres gen-
tilhommières, amena Christian au château de
Guesnes.

Il y vint au bal de la Saint-Jean. La tente
sous laquelle on dansait était tapissée d'étoffes
brillantes, ornée de banderolles fleurdelisées,
éclairée par des lustres magnifiques en cristal de
Hollande, tirés des précieuses collections de la
Blótterie, et que la châtelaine avait gracieuse-
ment prêtés. Fredda semblait, d'ailleurs, pré-
sider la fête ; chez la marquise de Tréville, l'o-
pulente veuve était encore chez elle et se croyait
assez puissante pour braver les dispositions quelquefois brutales du jeune marquis. Christian
Artus reçut ses compliments ironiques pour être
enfin sorti de son désert de Boisdemetz. Une
danse commençait ; il offrit de l'y conduire et
ils attirèrent tous les yeux. Celui qu'on nommait
plaisamment l'Hippolyte de Norwége paraissait
alors serré de près par la nouvelle Phèdre. Cependant aucune émotion ne pouvait se lire sur le
beau visage impassible de Fredda, qui n'était
toujours éclairé que par les mêmes sourires moqueurs. Artus écoutait ses railleries avec sa froide
courtoisie ordinaire, la regardant aux yeux,
toujours aux yeux, comme s'il épiait l'agitation

secrète de sa pensée, comme s'il voulait se frayer un chemin jusqu'à cette âme scellée...

Pourquoi et comment le vieil Artus, le vieux mari, avait-il si brusquement fini? Fredda aurait-elle pu le dire?

Après cette danse, Christian la quitta. La fête s'animait; on souleva les larges plis de la tente pour combattre la chaleur, et les jardins apparurent inondés d'une lumière d'argent sous le ruissellement de la pleine lune. Près de l'ouverture qu'on venait de pratiquer, Artus vit une femme debout. Elle paraissait aspirer avec délices le parfum des roses qui arrivait dans la salle improvisée, avec le souffle frais de la nuit; il la remarqua surtout parce qu'au milieu de tant d'autres follement rieuses ou distraites par des soucis ou des intérêts cachés au milieu même du plaisir, elle était pensive et calme. Il la trouva simplement et grandement vêtue d'une longue robe en épaisse étoffe de soie blanche, presque sans bijoux, avec des perles d'or dans les cheveux. En ce moment, le marquis Victor le joignait dans le bal.

— Quelle est, lui demanda Christian, cette belle personne esseulée?

— La trouvez-vous belle? répondit Victor avec un redoublement de sa brusquerie accoutumée. Votre tante n'a donc point su vous prévenir contre un jugement si favorable et qui lui déplairait si fort? Cette personne, c'est madame de Fresne.

L'émotion de son ami n'échappa point à Artus, qui répondit doucement:

— Si, vraiment, on m'avait fait son portrait; mais je conviens que madame de la Blotterie n'est pas un bon peintre.

— Ce n'est pas surtout un peintre flatteur.

— Voilà donc, reprit Christian avec un sourire, cette femme qui n'appartient pas à la terre.

Il pensait que c'était grand dommage pour la terre, car madame Valence de Fresne paraissait faite pour en être l'ornement. Sa grande taille forte et souple, ses riches épaules, ses bras superbement modelés que terminaient deux mains molles et mignonnes; son épaisse chevelure d'une teinte si chaude, et ses yeux étranges, — les deux topazes sombres, — tout cela montrait la Fée des Eaux sous des couleurs bien différentes des mauvais propos tenus contre elle par le bataillon des ennemies que Fredda de la Blotterie menait à l'assaut. Il n'était pas difficile de reconnaître en madame de Fresne une vie intense, avec mille pensées qui auraient voulu s'ignorer toujours. Cette femme avait peut-être autant de faiblesse que de grâce; mais

elle avait bien plus de scrupules que de tentations, et pouvant devenir l'esclave d'un autre,
sûrement elle l'était d'elle-même.

— Qu'y a-t-il de vrai dans ce qui se dit d'elle
et de son mari ? reprit Artus.

— Ce qu'il y a de vrai ? répéta Victor : de la
part de Jean de Fresne, toutes les indignités
qu'on peut commettre ; de sa part à elle, tous
les dégoûts qu'on peut sentir.

L'orchestre jouait le prélude d'une valse.
Christian s'avança ; le marquis lui barra le
passage :

— Où allez-vous ? dit-il d'une voix étouffée.

— Je vais demander cette valse à madame de
Fresne.

— Je vous supplie de n'en rien faire. Cédez-
moi la place.

— En vérité, dit Christian, je ne comprends
pas cette prière. Êtes-vous le gardien de la réputation de cette jeune femme ? Mais je ne peux
la compromettre. Tout le monde sait bien que
je ne la connais pas.

— Je voudrais être le gardien de son repos,
fit rapidement Victor, et je ne peux le troubler,
moi. Je n'ai pas le malheur d'être beau.

Il courut à madame de Fresne, qui l'accueillit
en souriant et mit sa main dans la sienne ; mais
elle avait tout vu. Elle connaissait bien Christian

sans qu'il s'en doutât. Vingt fois, à travers les feuillages de son berceau sur sa terrasse légendaire, elle l'avait aperçu dans sa barque, remontant le flot sur l'aile du vent, sous sa grande voile latine. Elle ne croyait pas encore son repos intéressé à ne point s'avouer que vraiment cet homme était un homme, et que, suivant l'expression amère du jeune marquis, il « avait le malheur d'être beau. »

Victor fit avec elle trois tours de valse, puis s'arrêta brusquement :

— N'êtes-vous point lasse ? lui demanda-t-il.

— Je le veux bien, répondit-elle avec un sourire encore. Reconduisez-moi donc à cette place où j'étais si bien tout à l'heure pour voir les jardins éclairés par la lune et pour respirer les fleurs.

Pour la regagner, cette place favorite, il fallait passer devant Artus. Trois fois, en valsant, elle avait déjà frôlé le Norwégien des longs plis de sa robe. Le marquis lui obéit en silence :

— Merci, mon bon Victor, lui dit-elle.

Il revint frémissant de colère :

— Je l'ai tenue dans mes bras, dit-il à Artus ; mais elle ne pensait qu'à vous.

Artus ne répondit pas. Il attendit que Victor se fût éloigné pour porter de nouveau les yeux vers le coin où s'ouvrait la tente. Madame de Fresne n'y était plus.

3

Le scrupule, encore une fois, avait été plus fort que le désir. Toute l'existence de cette femme était là : l'envie de vivre, une flamme soudaine; mais non! rien qu'une étincelle. Elle n'avait pu l'empêcher de brûler; à l'instant elle l'étouffait. C'était le remords de l'envie.

IV

Près d'un mois s'était écoulé depuis le bal.
On en était arrivé à ce jour brûlant de juillet,
dont la splendeur chagrinait si fort madame de
Fresne, *possédée* par sa tristesse et par la pensée
de s'affranchir, après une si longue servitude.
Six ans de mariage, cinq ans de fer, cinq ans
de honte.

Valence avait passé l'après-midi de ce beau
dimanche sur sa terrasse, lu et relu les lettres
du Père Mathias et de sa tante de Cosseins. Et
maintenant elle s'acheminait vers l'église, munie
de son livre d'heures, qu'elle était allée chercher dans le salon du castel, où sa distraction
le lui avait fait oublier. Il arriva qu'une
servante l'ayant trouvé sur le tapis, l'avait posé
sur une table, au pied du portrait de gala de
Jean de Fresne. Valence leva les yeux; ce
regard était un défi. La voilà donc, cette fausse

image, pimpante et parée, rendant avec complaisance les jolis traits du petit baron, mais son âme point. Jamais peinture n'avait si cruellement offensé la vérité morale ; cet art, pourtant, est chargé de mensonges.

— Il est capable de tout, murmura madame de Fresne ; oui, de tout vraiment, même d'avoir l'air d'un gentilhomme !

Ce mot lui parut charmant, parce qu'il était cruel. Malheureusement, l'ayant trouvé, elle n'en pouvait faire jouir qu'elle-même. Était-ce donc rien ? Un sourire satisfait et vengeur courut sur ses belles lèvres vermeilles, délicatement bordées, mais un peu fortes, — de la chair de cerise mûre, — un des attraits de son visage qui, le mois précédent, inspiraient à Christian Artus cette pensée légèrement aventurée, peut-être : que si madame Valence n'appartenait pas à la terre, c'était surtout parce que la terre n'avait point su se faire aimer d'elle et la retenir.

La terre, c'était Jean de Fresne, c'était le mari. Artus ne le connaissait point, ce mari, — un vase d'iniquité, suivant les dires de Victor de la Tréville ; sûrement un maladroit, un brutal, sans doute.

Du moins il croyait ne pas le connaître.

Madame de Fresne avait à traverser la place

du village pour arriver à l'église; des groupes
de paysans s'y tenaient devant le porche, tous
soulevèrent leurs larges chapeaux noirs quand
passa la dame du Plessis qui leur rendit ce
salut d'un signe amical. Ils l'avaient connue
petite enfant; le jour de ses seize ans, elle avait
donné une cloche à cette église, une machine à
battre d'invention nouvelle au village et une
dot à la troisième fille de Jacques Besnard, le
principal fermier du Plessis; cette jeune fille
était sa sœur de lait. — Mignonne, lui disait
madame de Cosseins, je veux te rendre populaire. Le Plessis doit être à toi, il faut que tu
y sois puissante afin que ton mari n'y fasse
point le maître... quand tu auras un mari.

L'un des paysans rappela ces présents des
bons jours: Dans ce temps-là, grommela-t-il, la
pauvre jeune dame avait une tante pour lui
donner de l'argent; maintenant elle a un méchant mari pour le prendre.

La politique de madame de Cosseins n'avait
donc pas été si vaine. Elle n'avait pu défendre
sa nièce contre les usurpations de celui qui
devait si vilainement tromper ses espérances;
mais pour être puissant au Plessis, pour y être
maître enfin, Jean de Fresne ne l'était pas.
Toute la paroisse abhorrait ce joli homme; il
s'était montré si tracassier, si tyrannique et si

dur ! Lui-même connaissait si bien les rancunes qu'il avait amassées que, le soir, il ne passait point volontiers au ras des haies. Un mauvais coup est bientôt porté dans la nuit, et tous les sabots des paysans se ressemblent ; la justice use ses lunettes sur l'empreinte. Valence était adorée de toute la paroisse ; en *cognant*, on l'aurait vengée. Il le lui disait quelquefois dans ses colères noires : C'est peut-être parmi ces brutes que vous trouverez un chevalier.

Ces brutes avaient un sentiment assez délicat de la situation du noble ménage, et il parut bien que le chevalier était trouvé, car un autre paysan se prit à dire à demi-voix : Sa'vous (savez-vous) que le monsieur, en partant pour son voyage, n'a pas laissé d'écus à la maison, plus qu'à l'ordinaire. Je suis peut-être bien sûr que la dame l'a dit à Besnard le fils, qui lui a porté, le mois passé, un gros sac à la nuit noire.

— Besnard le fieu a fait ça ! dit le chœur.

Il y avait une admirable sincérité dans cette exclamation naïve. Tous auraient été très-empressés à servir madame Valence, mais *faire ça*, donner son argent ! Il est vrai que le fils Besnard n'était pas un paysan ordinaire : il avait d'abord étudié pour être prêtre, il avait été sous-officier et il portait la croix d'honneur. Tous les chapeaux noirs pensèrent qu'il n'avait peut-être rien fait de mieux pour la mériter, que de donner le gros sac.

Madame de Fresne était entrée dans l'église, on continuait de chanter les vêpres; le curé entonna le psaume : *In exitu Israël;* et comme il en savait plus long que toute la paroisse ensemble sur le drame intime du Plessis, il jeta sur la nouvelle venue un regard expressif qui voulait dire : Prenez cela pour vous, ma fille, vous êtes l'exilée des saintes joies qui vous ont été promises et ravies ! Israël, c'est vous !

Le bonhomme, malheureusement, n'avait point l'art si peu commun de chanter sans grimaces. Sa bouche se tordit sur Israël, ses joues se gonflèrent si bien sur le reste du verset qu'elles remontèrent jusqu'à ses yeux ; on ne vit plus qu'une boule avec une ouverture ronde. Le chantre au même instant entonna le *répons,* assisté du *serpent* qui était fêlé et des deux jeunes servants dont l'un avait un fausset qui grinçait comme une scie, l'autre une haute-contre vraiment diabolique. Madame Valence n'était pas en ce moment sous une impression trop vive de tristesse, elle sentit que le sourire allait renaître sur ses lèvres et au lieu d'aller prendre sa chaise dans la nef, au-devant du chœur, elle se réfugia dans la chapelle des fonts baptismaux.

Aussi bien, c'était son coin de prédilection dans l'église.

Une rosace à huit feuilles éclairait cette chapelle. Les vitraux en étaient neufs; c'était un don de madame de Cosseins. La donatrice avait voulu voir sa nièce figurer là sous les traits de sa deuxième patronne; la première n'était point faite pour tant d'honneur, il n'y a pas de Valence au calendrier. L'histoire de sainte Thérèse était écrite tout entière dans cette rosace. On y voyait d'abord la sainte dans son enfance s'échappant de la maison paternelle avec son frère pour aller chercher le martyre chez les Maures, puis les pieux marmots ramenés au logis, où n'en déplaise aux ratiocinants, ils ne recevaient au lieu du fouet que de tendres reproches. C'est affaire entre les ratiocinants et le peintre.

Le troisième et le quatrième compartiments montraient Thérèse bien relâchée de la ferveur de ses jeunes ans et s'abandonnant aux amusements du monde, puis rendue à la dévotion par les augustines d'Avila, sa patrie. La gloire de la sainte espagnole éclatait sur les quatre dernières feuilles du vitrail. Elle réformait l'ordre des Carmélites, recherchait l'extase par la prière; la flamme intérieure la consumait et bientôt elle mourait transpercée de ces traits brûlants de l'amour divin. — Tout cela, sous la figure de

Valence de Civré, qui, elle, avait recherché par la prière la soumission à l'amour humain et conjugal et n'avait pu vaincre ses dégoûts.

Retranchée derrière la cuve baptismale, monument curieux du vieil âge, qui portait sur ses quatre faces des bas-reliefs emblématiques et sur celle que la châtelaine du Plessis pouvait voir un aigle tenant dans ses serres un hibou, — l'esprit de ténèbres dompté par l'esprit de lumière, Valence éleva vers sa deuxième patronne sa pensée encore troublée depuis le funeste bal du château de Guesnes.

Puisque, dans son isolement, elle vivait uniquement d'un échange de lettres avec ceux qui de loin l'aimaient et l'encourageaient ou de plus loin encore lui envoyaient les mauvais propos et les menaces, elle aurait aussi dû relire un instant auparavant la dernière épître de Jean de Fresne. A quoi bon! Elle en avait le sens et les termes bien classés dans sa mémoire. Une chose pourtant, une seule lui paraissait obscure. Que voulait dire M. de Fresne , quand, lui ayant reproché d'être allée au bal de la Saint-Jean et d'avoir dansé avec Victor de la Tréville, son ennemi, il ajoutait : « Un autre de mes ennemis vous a distinguée, et celui-là est encore pire ! » Ah ! Jean de Fresne avait été bien informé des incidents de cette soirée! Mais qui entendait-il par « celui-là ? » Christian Artus ? Est-ce qu'il le connaissait ?

Christian Artus ?... Alors elle eut une pensée qui ne lui était pas encore venue. Elle pâlit, ferma les yeux et laissa tomber sa tête dans ses mains sur le bord du prie-Dieu rustique ; il lui semblait que les dalles et que la terre s'entr'ouvraient sous elle. Souvent, bien souvent depuis deux semaines, elle s'était dit que les sensations nouvelles qui l'agitaient lui causeraient quelque désenchantement affreux et que ce serait une leçon méritée. Son imagination s'était embarquée trop vite sur des espaces inconnus, un grand naufrage serait la fin de son imprudence. Tout à coup elle se releva par un violent effort :

— Eh bien ! murmura-t-elle, s'il aime cette Fredda, *sa tante*, n'est-ce pas tout simple ? Elle est belle !

La Norwégienne avait peut-être voulu donner dans ce beau neveu un rival à Jean de Fresne...

Ah ! du moins Valence pensa que Christian Artus ne partageait avec un autre que la faveur moqueuse et glacée de l'enchanteresse de la Blotterie, et point le secret de sa puissance, de sa richesse, de son effroyable bonheur...

S'il en était autrement, que croire désormais ?

Partout le règne du mensonge. Lui aussi, lui,
malgré ce loyal et superbe visage, malgré cet
air de droiture et de force souveraines ! Non !

Valence ne se parlait et n'osait songer même
qu'à demi-mot; mais tout cela pour elle, et
pour elle seule, avait un sens. Toutes ces choses mystérieuses portaient en soi une lumière
que seule elle avait été condamnée à voir...
Non ! non !... Artus n'était pas associé à ce
secret abominable. Il aimait Fredda, ou plutôt
Fredda se faisait aimer. Rien de plus. C'était
bien assez pour faire sentir à Valence le poids
de sa misère. Elle prit un amer plaisir à la
considérer dans toute sa réalité basse et cruelle,
en se répétant tout bas le plus injurieux passage
de la lettre de Jean de Fresne :

« ..... Il faut que vous ayez quelque chose
dans le cerveau. Je prends, comme vous le
voyez, une manière polie de vous dire que
vous êtes folle. Bien que votre tante le soit
autant et même plus que vous, elle se joindrait
à moi pour jeter les hauts cris si elle apprenait
que vous êtes allée à ce bal. Ce n'est pas qu'elle
m'aime, la bonne dame évaporée ! mais elle a
quelquefois le sentiment des bienséances ; vous
ne l'aurez jamais...

» Je ne me soucie pas beaucoup de railler,
surtout quand la moquerie doit retomber sur

moi; pourtant je ne puis m'empêcher de bien
rire en pensant à la bonne figure que vous
deviez faire en robe blanche, seule avec le
batelier dans la barque qui vous a ramenée chez
vous. Au milieu des vapeurs de la rivière, vous
deviez avoir l'air d'une autre vapeur, et vous
avez vraiment bien mérité pour cette fois le
surnom de Fée des Eaux. Mais j'y songe, vous
n'étiez peut-être pas seule ; vous avez peut-être
trouvé au retour une compagnie empressée
sinon galante... Lorsqu'une femme aussi peu
avisée que vous se compromet, ce n'est pas à
demi...

» Quant à cette toilette blanche qui, dit-on,
était fort belle, je suppose que vous la deviez
à la générosité de votre tante et que le mémoire
ne m'en sera pas présenté...

» Je termine, d'ailleurs, en vous embrassant,
puisque c'est mon droit et mon devoir, et je
me permets d'espérer que nous signerons enfin
la paix à mon retour. Sinon, je vous ferais de
mon côté une guerre sans merci. Choisissez. »

— Mon choix est fait, murmura-t-elle ; et il
ne m'écrirait pas de pareilles lettres s'il savait
qu'on rassemblera son dossier.

V

Trouver, à l'exemple de sa deuxième patronne la bienheureuse, l'apaisement de tous les troubles, de toutes les angoisses dans la prière, goûter comme elle la plénitude de toutes les joies dans l'extase, voilà ce que madame Valence souhaitait en ce moment avec plus d'ardeur que jamais.

— Ah ! se disait-elle, ce serait le meilleur contre *lui* et contre moi-même !

Lui, qui donc était-ce ? Jean de Fresne ou Christian Artus ? La réalité ou le rêve ?

La jeune femme réussit d'abord assez bien suivant ses désirs. Joignant les mains, fermant les yeux, elle se mit à chercher de toute sa force, de tout l'élan d'une ferveur sincère, à la suite de l'élue, sur le chemin du ciel, l'indifférence aux sottes et méchantes et brutales choses de la terre. Elle connut pendant quelques

minutes ce merveilleux ravissement et crut se
baigner à des sources de fraîcheur et de feu
tout ensemble; puis un bruit fâcheux dérangea
tout.

Les vêpres finissaient, les femmes sortaient
de l'église, les enfants les précédèrent, faisant
diligence avec quelques bousculades irrévé-
rencieuses et des chuchotements mal étouffés,
qui arrivèrent aux oreilles de la châtelaine
abîmée dans des délices si suaves au fond de
sa chapelle. Madame Valence entendit qu'ils
parlaient d'un bateau en vue sur le fleuve; et
ces marmots couraient.

Ils avaient perdu depuis bien longtemps
toute curiosité envers les lourds voiliers qui
remontaient la Loire, ou les grands steamers
qui la sillonnent avec un tapage diabolique,
laissant derrière eux des montagnes d'écume.
Deux embarcations seulement attiraient encore
la troupe sur la grève, parce qu'elles étaient
nouvelles, le beau yacht à vapeur de la Blotterie,
construit l'automne précédent, tout reluisant
de cuivre, avec sa tente algérienne pavoisée de
flammes blanches et vertes; et la barque de
Boisdemetz, filant au plus près du vent, cou-
chée sur le flot, sous sa voile latine, qui ressem-
blait à une grande aile sanglante. Ce ne fut
point au yacht que songea madame de Fresne,

ramenée malgré elle aux pensées terrestres, mais à la voile de Boisdemetz.

Et maintenant, comment retrouver l'extase perdue? Elle l'essaya. Mais le moyen quand une de ces pensées terrestres l'assiégeait et lui faisait monter au front une rougeur cuisante, quand elle se disait :

— Les femmes qui ne veillent point sur elles-mêmes s'abandonnent à des chimères ridicules. J'aurais pu croire, depuis le bal, que chaque jour il passait pour moi sur la rivière, au pied de la terrasse. Mais c'est aussi le chemin de la Blotterie; il se rend plutôt près de *sa tante.*

Il, pour cette fois, c'était bien Christian Artus. Et madame de Fresne ajouta :

— Si c'est à moi que s'adressait son espérance, la hardiesse en est bien trompée. Me suis-je laissé voir?

Tout à coup le vacarme causé par la précipitation des enfants du village à sortir de l'église parut se rapprocher; il aurait dû s'éloigner et s'éteindre. La troupe revenait sur ses pas. Quelque chose de peu ordinaire devait se passer sur la place, la rumeur remplit bientôt jusqu'au porche et s'y arrêta; mais Valence au même instant perçut un autre bruit à l'entrée de la nef. On aurait dit que toute une compagnie entrait dans l'église, et une belle compagnie !

Un craquememt de bottes fines, un flot de soie. Valence dressa la tête, et, par-dessus les bords de la cuve baptismale, aperçut madame Artus de la Blotterie, conduite par M. de Brantonnet et conduisant elle-même mademoiselle de la Tréville ; le président Le Belin venait par derrière. Tout ce monde s'arrêta devant la chapelle de Sainte-Thérèse. Fredda dit à demi-voix :

— Madame de Fresne a toujours été d'une dévotion admirable.

— Voilà une sainte canonisée de son vivant, et cela ne s'était jamais vu, fit le Brantonnet examinant les traits de Valence répétés sur les vitraux de la chapelle.

Ces vitraux inspirèrent en même temps au président Le Belin un de ses fameux apartés ; seulement il ne le risqua pas sur un ton si haut qu'à l'ordinaire, à cause de la sainteté du lieu.

— Bon refuge que ces patenôtres ! grommela-t-il. Si toutes les femmes qui ont de méchants petits maris cherchaient l'illusion du plus grand de tous les époux dans le Seigneur, les présidents auraient moins de besogne parce que la morale en irait mieux.

Madame de la Blotterie recueillit ces vérités au passage et les classa dans sa mémoire. Peut-être en se faisant accompagner du président Le

Belin ce jour-là, n'avait-elle eu d'autre pensée
que d'apprendre s'il fallait décidément voir en
lui un allié de Valence. Elle s'avança vers
madame de Fresne qui avait quitté son prie-
Dieu :

— Vous ne nous attendiez point, lui dit-elle
à voix basse. Nous avons fait à la Tréville la
partie de venir vous surprendre. Ne vous trou-
vant pas au château, j'ai pensé à vous chercher
ici. Vous y êtes encore chez vous, c'est votre
chapelle.

Valence ne songea pas à répondre. Pâle et
les lèvres tremblantes, elle reçut et rendit en
silence le salut de ces visiteurs de mauvais
présage. Irène de la Tréville, heureusement,
l'embrassa, ce qui lui donna le temps de se com-
poser un autre visage. Marchant alors vers la
porte de l'église et montrant le chemin, elle se
trouva suivie de près par le magistrat qui se
reprit à parler aux dalles :

— Fi donc ! disait-il, une personne de tant
de fortune et de vertu n'y regarde pas de si près.
Madame de la Blotterie ne se tourmente pas de
petits scrupules !...

Valence se retourna tout d'une pièce. Sa
pâleur avait encore redoublé. Que disait-il ? De
quels petits scrupules ne se tourmentait point
Fredda ? A quoi ne regardait-elle pas de si près ?

A venir braver jusque dans sa maison où trop souvent du fond de la sienne, elle avait fait la loi, celle qui, d'un mot peut-être, aurait pu la réduire à la peur et à la prière?

Le secret de ce qui se passait depuis cinq ans sous tant de voiles entre le Plessis et la Blotterie, avait donc fini par être connu d'une quatrième personne; et c'était ce président!

— Monsieur! murmura Valence...

Les trois autres visiteurs en ce moment les rejoignaient; le président ne sembla plus avoir la moindre conscience de ce qu'il venait de dire. Il consultait le ciel; son nez légendaire, le nez du grand roi saint Louis prenait le vent et sa grosse bouche riait aux anges. Cependant le nouveau trouble de madame de Fresne n'avait pas échappé à Fredda; elle crut même en avoir reconnu la cause.

— Monsieur le président vous disait?... fit-elle.

— Je ne sais, balbutia Valence. Je crois, en effet, que M. Le Belin me parlait...

— Je n'avais pas cet honneur, dit le président, en lui présentant son bras par un geste galant qui arrondit encore la voûte formidable de ses épaules, — non, en vérité, je ne l'avais pas.

On s'achemina vers la maison: le bras de madame de Fresne frémissait sous celui du magistrat. Son âme s'élançait sur ses lèvres. Qui la retenait de dire tout bas : Monsieur, êtes-vous donc un ami ?

Mais Irène de la Tréville marchait près d'eux.

Ah ! c'eût été le premier ami ! Non... Valence ne devait pas oublier Victor de la Tréville. Mais que pouvait ce jeune homme ? Pourtant, elle méditait de lui faire adresser par sa sœur un appel à mots couverts qu'il saurait entendre. Il viendrait, il lui apprendrait du moins quel était le sens et l'objet de la visite étrange qu'elle recevait de madame de la Blotterie, si, avant le départ de cette femme, elle n'avait pu percer l'énigme.

Ce que, dès ce moment, elle croyait comprendre, c'est qu'il fallait y voir un présage menaçant ; telle avait été sa première pensée, elle n'en changeait point. Jean de Fresne allait revenir ; Fredda était la messagère de ce retour. C'est ce qui lui avait donné la hardiesse de reparaître au Plessis, où elle n'était pas venue depuis plus de deux ans. Cette créature artificieuse et vindicative qui ne pardonnait point à Valence le mal qu'elle lui avait causé, se montrait, pour bien faire entendre qu'elle n'était pas contente de si peu et qu'elle allait recommencer son ouvrage. Elle s'en allait, fermant la marche au bras du Brantonnet, souriant, causant de toutes choses un peu, le plus haut qu'elle pouvait, avec une affectation qui prenait les airs les plus naturels du monde; elle annonçait l'orage avec la même sérénité que les hirondelles annoncent le printemps.

Les beautés de la vieille église faisaient les frais de cet entretien qui était un monologue, car le gentilhomme à l'évent se bornait à écouter la déesse, avec sa tendre et respectueuse déférence accoutumée. Une fois seulement, il crut devoir l'interrompre. On arrivait à la grille du jardin.

— Madame, demanda-t-il, pourquoi dites-vous que cette église est romane?

— En partie romane, monsieur de Brantonnet, en partie d'une époque plus récente. Auriez-vous une autre opinion?

— Vraiment non, fit-il, mais je croyais qu'il fallait dire romaine. Je connais les Romains.

— Et point les romans, — que cela soit dit sans jeu de mots, répliqua-t-elle avec indulgence.

Le président Le Belin secoua les épaules; le poids de cette noble ânerie les lui faisait décidément paraître trop lourdes. Madame de Fresne, en ce moment, quittait son bras, appelant un serviteur pour fermer cette grille, et,

voyant qu'elle ne se faisait pas entendre, elle
remplit ce soin elle-même Tout cela n'avait pas
duré plus de deux minutes. Pourtant, Valence,
quand elle se retourna, vit le magistrat, Irène
et le Brantonnet à dix pas d'elle continuant
leur chemin par une allée qui n'aboutissait pas
au logis et, à ses côtés, Fredda qui visiblement
l'attendait. Madame de Fresne la regarda fixement.

— Madame, dit la Norwégienne, je serais
aise de causer un instant librement avec vous
dans la maison.

— Je vois, madame, répliqua Valence, que
pour assurer cette liberté, vous avez pris la
précaution d'éloigner vos amis et les miens.

— Je les ai, en effet, priés de nous laisser
seules ensemble.

— Et vous savez bien que vos prières sont
des ordres.

Valence se retrouvait elle-même. Ah! c'était
la guerre, comme disait la tante de Cosseins!
Eh bien ! elle y était prête. Avant cette longue
oppression de cinq ans, plus humiliante encore
que dure, faite de moins de douleurs que de
dégoûts, madame de Fresne avait toujours eu
l'esprit présent, l'humeur vive et la fierté
batailleuse. Quand elle n'était que mademoiselle
de Civré, la tante « toujours courant» lui disait
quelquefois après une discussion un peu chaude:

Valence n'est pas le nom qui vous convient, ma
mignonne. On devrait vous appeler Vaillance.

Elle fit un geste, Fredda s'inclina et toutes
deux marchèrent côte à côte et entrèrent dans
le salon d'été. Toutes deux étaient grandes,
toutes deux belles ; mais quelle beauté et quelle
allure différentes ! Le mouvement de la vie et
du cœur se trahissait, ardent, fort et sincère,
dans les célèbres yeux orangés de madame de
Fresne, dans la rougeur légère qui remontait
à ses joues fraîches et pleines et dans le battement
de son sein. Fredda, c'était toujours la déesse po-
laire, la statue de neige aux contours délicats, mais
rigides ; ses admirables yeux bleus jetaient une
lumière brillante et glacée. Valence les rencontra et en eut un frisson malgré sa colère.

La Norwégienne alla s'asseoir au coin d'une
table sur laquelle reposait un des grands vases
de Chine, renfermant une large plante verte
qui allait mettre de l'ombre sur son visage, — et
justement en face du portrait de Jean de Fresne.

— Enfin, dit-elle avec un petit soupir d'aise,
nous voilà seules toutes les deux.

— Je vous demande pardon, répondit, en
montrant le portrait, Valence déjà remise et
qui demeurait debout. Deux autres que nous
pourraient être seules ici ; —vous et moi, jamais ;
nous sommes trois.

— En vérité, reprit Fredda avec son sourire impassible, j'accepte volontiers cette petite leçon, madame. J'allais oublier M. de Fresne, vous me rappelez son souvenir ; c'est très-conjugal cela, et vous avez raison. Il va donc assister à notre entretien, et voyez s'il s'y prépare d'un air satisfait ! Je ne sais si cette belle humeur s'adresse à moi. S'il en était ainsi, en seriez-vous jalouse ?

— Non, madame, je sais qu'on doit être jalouse de son mari...

— Ce n'est peut-être pas un devoir, mais permettez-moi de vous dire que si c'en est un, il n'est que la suite ou l'effet... de l'autre devoir qui est la cause.

— Je vous entends. Il faut aimer· d'abord ; on ne s'alarme que pour ce qu'on aime. Eh bien ! je n'aime point M. de Fresne, et je n'ai peut-être pas à vous l'apprendre. Je ne le hais pas non plus, parce que je n'ai pas de haine au cœur ; mais de toute la force de ce cœur qu'il a blessé à plaisir, je le méprise... Oh ! point de gestes indignés, madame. Il s'agit bien ici d'épargner les mots ! Je méprise celui qui croit être mon maître et qui n'est que l'esclave lui-même d'une volonté étrangère. Oui, oui, je le méprise, et c'est votre faute.

— Ma faute ? répéta Fredda, je voudrais vous

comprendre à mon tour. Ce n'est pas la pre
mière fois, je le crois bien, que je trouve une si
singulière accusation sur vos lèvres... Je ne
l'ai même jamais entendue sortir que des
vôtres.

— Si mes lèvres ont parlé, c'est que mes yeux
ont été mieux placés que ceux de personne
pour voir, et mes oreilles pour entendre, madame.

— Soit, reprit madame de la Blotterie. Puisque
nous n'avons pas à épargner les mots, dites
donc nettement votre pensée. Supposez-vous
que je puisse être ou avoir été la maîtresse de
votre mari?

— Non, madame, vous ne l'avez pas été, vous
avez su ne pas l'être et vous ne l'êtes point.
M. de Fresne a dû concevoir des espérances.
Vous avez eu l'art de ne jamais les satisfaire
sans jamais les lui ôter. S'il y eut contrat entre
vous...

— Contrat?... murmura la Norwégienne.

— Il a été vivement éludé. On sait que vous
avez l'esprit résolu et la main douce. Ce n'est
pas cette main décidée à être toujours blanche
qui pousserait un malheureux dans l'abîme...

Cette allusion à la fin tragique du vieil
Artus ne manqua point son effet. Fredda eut
un mouvement si brusque que le vase de Chine,

effleuré de son coude, chancela sur la table.

— Que voulez-vous dire? s'écria-t-elle.

— Oh! je ne parle que de l'abîme du désespoir. C'est une figure. Je conviens que, peut-
être, je ne l'ai pas adroitement choisie; elle
peut vous rappeler de certains souvenirs ...
Retournons donc à M. de Fresne. Il n'a pas été
heureux...

— Ni dans sa maison ni au dehors, interrompit
Fredda avec un petit rire aigu, tranchant comme
la lame d'un stylet. Ceci dans aucun cas n'est ma
faute. J'aurais été aussi folle d'exposer ma réputation et d'oublier mes devoirs envers le mari
qui n'est plus, que vous auriez eu bonne grâce
à vous souvenir des vôtres envers un mari bien
vivant. J'avoue, qu'ayant une fois reçu de M. de
Fresne des plaintes discrètes...

— Il garde donc pour moi l'indiscrétion de
ses colères?

— Des plaintes sur notre conduite à toutes
deux envers lui, je ne lui ai pas tenu un autre
langage.

— Eh! madame, répondit Valence riant à son
tour, le rôle que vous jouez n'est pas nouveau. On
le voit dans l'histoire. Une autre femme célèbre
l'a tenu avant vous, elle s'appelait Diane de Poi-
tiers. Je ne suis pas tout à fait une ignorante, pas
plus qu'une folle ou qu'une bête, ainsi qu'il est

4

arrivé à M. de Fresne de me le dire, — un gentilhomme parlant à sa femme ! —quand il me faisait
de ces plaintes discrètes dont vous vouliez bien
m'entretenir tout à l'heure. Cette Diane n'aimait
ni l'émotion, ni les embarras, ni les peines, car elle
avait juré que sa beauté serait éternelle, et vous
avez peut-être fait le même serment, madame.
Aussi, savait-elle bien se délivrer du roi Henri II,
son ami, en l'envoyant rendre ses devoirs à la
reine Catherine.

— Je vous en supplie, ne nous égarons point,
dit Fredda. Je n'ai pas la prétention d'être
éternellement belle, n'ayez pas celle d'être
jamais reine. J'ai pu faire ce que vous dites,
mais ce n'était pas pour me délivrer de M. de
Fresne qui ne saurait m'incommoder, puisque
je le vois rarement. D'ailleurs, vous êtes seule
au monde à ne pas le trouver aimable. J'ai agi
et parlé dans son intérêt comme dans le vôtre ;
du moins, je le crois, et je veux vous le prouver
en vous disant tout de suite que je suis venue
vers vous aujourd'hui précisément pour vous
donner les mêmes conseils qu'à votre mari...

— Vous êtes plus hardie que Diane de Poi-
tiers ! s'écria madame de Fresne. Elle ne parlait
qu'au roi. A la reine, elle ne l'aurait pas osé.
Mais il ne vous plaît point que je me compare
à une reine, bien que je vous aie comparée à

une déesse, moi; j'observe les distances... Ainsi vous voulez bien m'apporter ces conseils.

— Oui, j'ai osé vous les apporter.

— Me sera-t-il permis de vous interroger avant d'y répondre? Oh! si peu! certainement pas au delà de ce qui est nécessaire. Mais il faut bien que je sois éclairée. Venez-vous en ambassadrice, madame?

— Point de votre mari, vous le savez bien.

— Vraiment! Alors de qui donc?

— Je suis l'ambassadrice de tout le monde un peu; j'entends le monde dont nous sommes. Il s'occupe fort de vous depuis quelque temps. On vous prête de certains projets de séparation... Oh! des projets heureusement bien vagues encore...

— S'ils n'étaient point vagues? s'écria Valence... En ce cas, madame, je regretterais doublement que vous fussiez l'envoyée de M. de Fresne, car je me verrais forcée de vous en confirmer la nouvelle. La mission que vous vous êtes proposée en venant au Plessis aujourd'hui en serait toute changée. Vous vous trouveriez chargée malgré vous d'un message de guerre, quand vous êtes entrée chez moi tout embaumée de désirs et de paroles de paix. Et croyez que je vous en suis reconnaissante,

madame et que j'apprécie toute la délicate bonté
de votre cœur.

— Vous auriez encore raison, répliqua Fredda,
car mon cœur est sincère.

— Je n'en pourrais douter, vous m'y avez
laissé lire. Oui, madame, vos intentions sont
droites. Allez! je sens bien que cette séparation
ne vous inquiète que pour M. de Fresne et
pour moi.

— Voudriez-vous me faire entendre qu'elle
pourrait m'inquiéter pour moi-même? Je vais
donc être obligée de vous demander pourquoi
et comment? D'où me viendrait, je vous prie,
cette inquiétude?

— Pourquoi? reprit Valence en faisant un
pas vers elle. Je vais vous l'apprendre. Je n'ai
pas à vous rappeler qu'un procès en séparation
est une bataille sans merci; le vainqueur même
en sort cruellement blessé, le vaincu est percé
comme un crible. Et vous seriez les vaincus!...

— *Nous!* fit la Norwégienne se levant et
s'avançant d'un pas à son tour, avez-vous dit!
Nous?

— On y use de toutes les armes. Le vrai, le
faux, on s'y sert de tout, et la vérité est souvent
plus meurtrière que le mensonge. Supposez
que je prenne envers M. de Fresne ce parti
que vous paraissez craindre... pour moi, oh!

rien que pour moi. Alors qu'aurais-je à dire?
Qu'il n'y a point de douleur plus insupportable
que celle que j'ai endurée pendant cinq ans.
J'aurais souffert d'être méconnue, outragée
même, obligée de mendier à ma tante de
Cosseins l'argent nécessaire à tenir mon rang,
quelquefois à vivre, car mon mari avait résolu
de punir par son avarice ce qu'il appelle ma
rébellion, ce que, moi, je nomme mon dégoût.
— Va-t'en, vêtue comme une servante, femme
insoumise. En haillons l'épouse sans cœur ! Ah !
la noble vengeance ! Ce ne doit pas être vous
qui l'avez imaginée, madame ; mais vous ne
l'avez pas réprouvée dans votre esclave, vous
ne lui en avez pas fait honte ! Vous vous disiez :
— Je suis forcée de me laisser aimer par cet
homme, et cet homme m'ennuie, m'obsède, et
parfois se révolte et me menace. Il faut qu'il se
fasse aimer ailleurs. Chez lui, c'est le plus
naturel et le plus sûr. Par la persuasion ou par
la violence, qu'est-ce que cela me fait à moi ?
Eh bien ! voilà ce que je pourrais révéler au
monde dont vous me parliez tout à l'heure, au
monde dont nous sommes, et pensez-vous qu'il
serait stupéfait de l'apprendre ? Je dirais encore :
— Je suis une femme chrétienne, je suis l'honneur de toute une famille et j'ai été sa dernière
joie ; j'aurais donc tout subi, tout ; mais c'est

4.

trop que de m'être vue méprisée pendant cinq
ans, et par qui, et pour qui ! — Ah ! celui-là,
je vais le faire juger ; celle-là, je vais la faire
connaître... Vous voyez donc bien, madame,
que je vous tiens dans ma main. Vous voyez
aussi que je supprime les précautions inutiles et
que je lève les masques. Vraiment, voici la première
fois que je découvre de l'émotion sur
votre visage. Auriez-vous peur, à la fin, de celle
que vous avez tant humiliée ?

La Norwégienne retourna lentement à sa
place, près de la table ; sa main s'enfonça dans
les feuillages verts que contenait le vase de
Chine et se mit à les déchirer de ses ongles.
Oui, vraiment, ce beau visage, d'une si fine
pâleur, était ému et comme irisé maintenant de
lueurs menaçantes ; c'était la transparence de
la nacre, ce n'était plus la blancheur mate de la
neige.

— Ne supposez pas que je puisse avoir
peur ! dit-elle d'une voix étouffée, ou vous
feriez voir que vous ne me connaissez pas !

— Vous, peut-être, répondit Valence. Mais
lui ! — Elle étendit de nouveau la main vers le
portrait de Jean de Fresne. Lui, je le connais.
Brave devant un loup, un sanglier ou un homme,
le couteau de chasse ou l'épée de combat à la
main, oui ; mais devant des juges ?... Du sang,

il en a, mais point d'âme. Si, lorsque nous comparaîtrons devant le président qui est là-bas, dans le jardin, puisqu'on me dit qu'il y faudra comparaître, je faisais seulement allusion à l'un de ces secrets qu'une femme, la nuit, peut surprendre... Il fut un temps où M. de Fresne n'avait d'autre appartement que le mien. Ah! madame, les regrets sont muets; qui le sait mieux que moi? L'insomnie pleure sans rien dire; les remords s'endorment lourdement... Seulement, ils ont des rêves.

Fredda, pour la seconde fois, s'était levée.

— Des rêves! continua madame de Fresne la regardant en face... Tenez! si je disais: Je sais une occasion de sa vie où son silence a été royalement payé... Et n'était-ce que son silence?... Je sais le lien qui l'attache à une âme plus perverse que la sienne mais autrement close et bien défendue. Je connais la source de sa nouvelle richesse, qui lui a permis de demander ma main, et depuis que je l'ai découverte, il m'a fait horreur. Si je disais tout cela... la moitié seulement de tout cela, madame?...

— Mais vous ne le direz point! s'écria Fredda, car vous seriez aussitôt convaincue d'abominable imposture et misérablement condamnée.

— Le croyez-vous? répondit Valence avec

cette exquise douceur qui glissait si naturellement sur ses belles lèvres. Non, je ne serais
pas condamnée; je serais bien plutôt justifiée
pour l'avoir dit; mais je ne le dirai point.
Pensez-vous que je veuille ouvrir les yeux de
la justice sur celui dont je serai délivrée, je
l'espère de tout mon cœur, mais dont je ne
cesserai pas pour cela de porter le nom? Soyez
donc rassurés, vous et lui. Je me tairai, parce que
mon honneur à moi m'impose de me taire; le
vôtre et le sien ne seront pas menacés. Madame,
bannissez toute crainte : je me délivre, je ne me
venge pas.

— Je vous remercie, dit Fredda qui marchait vers la porte du salon; mais, puisque
vous m'y forcez, je vous donnerai un bon avis
à mon tour. Ma mie, il n'y a plus à craindre que
pour vous!

VI

Valence la suivit jusqu'au seuil de la chambre ; le battement précipité de son sein l'arrêta pourtant deux fois ; un voile passa sur ses yeux. Cette émotion n'avait rien de pénible ; — au contraire. C'était l'ivresse de la victoire. En ce moment, elle se rappela les défis que lui jetait ordinairement Jean de Fresne, quand il lui avait fait quelque grossière querelle et qu'enfin elle se redressait prête à la révolte.

— Vous me menacez de la guerre, lui disait-il, de la vraie guerre. Essayez-la si vous l'osez !

Une fois seulement, elle lui avait répondu :

— Vous m'y forcerez sûrement quelque jour. Vous ne savez pas ce que vous faites.

En même temps que ce souvenir, une autre pensée se présentait à son esprit et lui arracha un éclat de rire :

— Oh bien! dit-elle, voilà vraiment la *saison* de ma tante de Cosseins un peu troublée!

Quant à la Norwégienne, quelle déroute! Le premier mouvement de Valence, dans l'église, lorsque madame de la Blotterie était si insolemment venue l'y surprendre, avait bien été de se dire : D'un mot, je pourrais la mettre en fuite!

Mais ce mot, elle ne se croyait pas alors si près de le laisser échapper.

Oui, c'était bien une déroute, en dépit des menaces qui l'avaient accompagnée. Maintenant Fredda suivait l'allée du jardin, non celle qui menait à la terrasse, au bord de l'eau, où se trouvaient ses compagnons, mais celle qui conduisait à la grille. Elle se préparait donc à sortir par le village et cheminait avec une lenteur affectée. Mais Valence vit bien que toute la savante nonchalance ordinaire de sa démarche était dérangée. L'artificieuse créature, parfois, s'oubliait et alors, obéissant au ressort de sa colère, bondissait sur le sable, puis se calmait par un violent effort et retrouvait la belle ordonnance de sa démarche. Enfin elle disparut aux yeux de Valence, qui buvaient sa rage.

En ne retournant point vers ses amis, qui l'attendaient sous le couvert des tilleuls, son inten-

tion était évidente. Elle jugeait bien plus politique de leur donner à croire qu'elle venait
d'être chassée de cette maison. Elle s'en allait
ainsi sous le coup de l'outrage et grossissait, dès
la première heure, la querelle désormais ouverte
entre elle et la châtelaine du Plessis. Ce qu'il
lui fallait tout de suite, c'était des partisans; rien
ne vaut encore l'apparence du bon droit pour
s'en faire. Le coin du monde sur lequel opérait
l'enchanteresse de Norvége était honnête et même
souvent timoré. Elle comptait bien y être admirablement reçue à dire : « L'intérêt des bienséances et le soin des choses pieuses m'avaient en-
gagée à risquer, auprès de madame de Fresne,
une démarche des plus délicates. N'avait-on pas
entendu dire qu'elle songeait à se séparer de
son mari? J'ai entrepris de l'en dissuader, et
j'ai eu tort, sans doute, puisque je la connaissais mal. Je devais même trop tôt m'apercevoir
que personne ne la connaît bien. Qui aurait cru
qu'elle eût l'humeur aussi violente que nous la
lui avons tous vue mélancolique et altière. Elle
a bien pris mes conseils ! Il faut que je l'avoue,
je me suis tout simplement fait mettre dehors ;
je crains que notre Fée des Eaux ne soit une
méchante fée. »

Après cela, que l'ennemie vînt à parler, madame de la Blotterie se trouverait retranchée con-

tre un commencement d'assaut et bien forte
derrière cette première ligne de défense : « Voyez
la vilaine âme fausse et noire! Elle se venge en
me calomniant du bien que j'ai voulu lui faire. ».

Plus les *prétendues* révélations de madame de
Fresne auraient un caractère de violence et de
menaces, plus Fredda paraîtrait autorisée à invo-
quer leur invraisemblance, plus elle s'opiniâ-
trerait à crier : Vous voyez bien que cette femme
est folle !

Valence le savait. C'est pourquoi elle s'acheminait vers la terrasse, rêvant, dressant, elle
aussi, son plan de défense. Comme elle y arrivait, elle vit le président, Irène et le Brantonnet, penchés sur le mur à hauteur d'appui,
les yeux sur le fleuve. Ce qu'ils y suivaient avec
tant d'attention, elle n'eut pas besoin d'effort
pour le deviner. La grande voile pourpre de
Boisdemetz lui apparut à travers les feuillages.
En un pareil moment, la dangereuse vision! Aussi
la jeune femme mit-elle une main sur son
cœur, qui recommençait à battre ; elle s'adossa
contre l'un des arbres, derrière les trois curieux
qui la cachaient. La tentation, cette fois encore
n'avait pas été la plus forte. Non ! Artus ne la
verrait point... Mais comme il lui sembla que
cette barque était lente à passer!

— C'est qu'il n'y a pas de brise, se dit-elle

avec un triste sourire; la nature et le temps même sont contre moi. Eh bien ! j'attendrai.

Si c'était un sacrifice, elle en fut à l'instant récompensée, car elle entendit Irène de la Tréville qui disait : C'est singulier ! M. Artus a vu le yacht à vapeur arrêté au bord ; il n'a pas paru pourtant se douter de la présence de sa tante au Plessis.

— Eh ! mademoiselle, riposta le Brantonnet toujours ardent au service de son idole, n'aurait-il pas fallu, pour vous faire plaisir, qu'il saluât madame de la Blotterie d'un coup de canon ?

— Je n'en aurais pas été satisfait, dit le président Le Belin, je n'aime pas les bruits de guerre ; mais le navigateur, en passant, aurait pu baisser du moins son pavillon devant notre belle hôtesse du yacht. N'est-ce pas ce que fait tout le monde ?

— Excepté moi ! mais ce n'est pas ma faute, répondit derrière le groupe une voix ferme et sonore.

Tous trois se retournèrent étonnés. Madame de Fresne eut un geste qui les priait de ne pas l'interrompre :

— Je n'ai pas eu de bonheur avec madame de la Blotterie, reprit-elle. Vous savez, messieurs et vous, Irène, combien elle est obligeante et toute pleine de grâce ; moi, je suis ordinairement bonne âme ; nous étions apparemment en mauvaise disposition toutes les deux aujourd'hui. Madame de la Blotterie, qui est aussi la charité même, a cru devoir, dans son zèle pour mes intérêts, me donner quelques conseils, et j'allais les accepter franchement; une pensée pourtant m'est venue. Ces conseils étaient d'une nature si délicate ! ... Il m'a semblé qu'une seule personne serait autorisée, par son âge et sa grande raison, à me parler comme le faisait une autre personne dont la sagesse est assurément moins éclairée par l'expérience de la vie. Je me suis donc permis de demander à votre charmante amie, monsieur de Brantonnet, si elle m'était envoyée par madame la marquise de la Tréville. J'en suis bien fâchée, mais cette question si naturelle a paru la blesser au vif. Elle est sortie de chez moi sans vouloir regarder en arrière; je ne lui croyais pas l'humeur si prompte. Enfin, je veux abréger, car ces détails sont pénibles. Madame de la Blotterie m'a laissé le soin de vous avertir, qu'en ce moment, elle regagne son yacht. Je vous supplie de n'être point embarrassés pour me quitter et la rejoindre.

Il y eut un petit silence; puis le Brantonnet se redressa :

— Quant à moi, je vous remercie, madame, fit-il en saluant fort courtement, mais je n'é-

prouve aucun embarras. Je pense que, madame
de la Blotterie nous ayant amenés, il est tout
simple de faire passer, avant le regret même
de vous quitter, la crainte de la faire attendre.

Déjà il décampait. Le président se mit à rire :

— Cela est tout simple, en effet, répéta-t-il
à demi-voix, et simplement dit et simplement
exécuté par un gentilhomme simple.

Il aimait les jeux de mots, M. le président : une
de ses faiblesses. Si les juges étaient impec-
cables, ce serait dommage, puisque les esprits
courts, unis aux gredins intéressés, ne pourraient plus médire de la justice. Mais tout en
égrenant ce plaisant chapelet, M. Le Belin avait
attaché sur madame de Fresne un regard à la
bienveillance duquel la jeune femme ne put se
méprendre ; c'était bien celui d'un ami.

Irène de la Tréville fit mieux, elle embrassa
Valence en lui disant :

— Si je n'étais point de votre parti, madame,
mon frère Victor m'en voudrait trop. Allez !
j'ai bien compris votre intention en nous parlant tout à l'heure. Je ne sais pas quels conseils
madame de la Blotterie a cru devoir vous apporter chez vous ; mais nous dirons, mon frère
et moi, qu'ils ne pouvaient convenablement vous
être donnés que par notre grand'mère. Madame
Artus est une personne bien jeune et encore

bien nouvelle parmi nous pour vouloir se mettre à la place de la marquise de la Tréville.

— Bravo, Reinette, dit le président, qui avait
vu la fillette au berceau ; vos quinze ans ont
bien jugé ce duel. Madame de la Blotterie a
superbement attaqué ; mais madame de Fresne
a joliment paré. A deux de jeu !

— Monsieur, balbutia Valence, que savez-
vous enfin ?

Il mit un doigt sur ses grosses lèvres.

— Ce que vous ne savez pas, vous, madame,
dit-il, c'est qu'un président ne sait jamais rien.

— Ah ! reprit Irène, nous allons en entendre
sous la tente du yacht ! Madame, on fera siffler
contre vous les serpents sous les fleurs, et je
serai obligée de souffrir qu'ils vous mordent,
puisque, à mon âge, on n'a qu'un droit, celui
de se taire. M. le président est bien heureux,
car il lui sera permis de ne point paraître écouter. Il parlera à la rivière.

— Oh ! bien, dit Valence avec sa douceur
charmante, tâchez de prêter l'oreille, ma chère
enfant, je suis si curieuse !

Des amis ! Elle avait donc des amis ?... Elle
reconduisit le magistrat et mademoiselle de la
Tréville jusqu'à cette grille fermant le jardin du
côté du village que Fredda, un instant auparavant, avait franchie en lançant l'anathème. Le

Brantonnet était bien loin en avant ; on ne le voyait plus.

Madame de Fresne revint ensuite vers la terrasse avec une lenteur calculée, car elle voulait être sûre que la barque de Boisdemetz était loin. La voile rouge, en effet, n'apparaissait plus qu'à moitié de sa grandeur, vers le nord, en amont du fleuve ; le yacht prenait le large sous un tourbillon de fumée noire qui donnait à penser que le chauffeur avait reçu l'ordre de hâter le voyage. Valence se prit à sourire tristement : Moi murmura-t-elle, j'ai brûlé mes vaisseaux !

Une sorte de réaction des nerfs, inévitable après une affaire si chaude, la conduisit à s'affaisser sur le banc, dans ce berceau si bien couvert qui terminait la double rangée de tilleuls. Quand le soldat, accablé de fatigue, s'assoupit après le combat, il arrive que le fantôme de l'ennemi abattu vient hanter son rêve. Demain, ce sera ton tour, lui dit l'ombre mutilée. A demain, la revanche du sort ! — Valence, les yeux fermés, vit passer devant elle la figure blanche de Fredda. La Norwégienne lui répétait les paroles menaçantes qu'elle lui avait laissées pour adieu :

—Ma mie, il n'y a plus à craindre que pour vous.

Et songeant à la fin si soudaine du vieil Artus,
à ce qu'elle savait à ce sujet, à ce qu'elle aurait
voulu ne jamais savoir, Valence frissonna :

— Mon Dieu ! préservez-moi de *leurs* accidents ! dit-elle.

La fin de l'après-midi arriva ; puis l'heure
du dîner solitaire. Valence ne mangeait point ;
tout à coup se tournant vers le domestique qui
la servait :

— Louis, dit-elle, vous me conduirez ce soir
chez Besnard le fils, et vous vous tiendrez la
bouche fermée sur cette promenade. Je sais que
vous m'êtes dévoué.

Elle monta dans sa chambre, traîna près de la
croisée un petit bureau d'ébène qui supportait
une écritoire; elle allait profiter de la lueur
mourante de ce beau jour.

« Ma tante, j'ai reçu le héraut d'armes de
M. de Fresne, écrivit-elle à madame de Cosseins,
la guerre est ouverte. On compte bien nous la
faire à outrance et pourtant ce héraut n'est point
venu, comme dans l'ancien temps, une torche
à la main pour me signifier le feu et le car-
nage. Il n'avait qu'une ombrelle blanche pavoisée des plus superbes dentelles. Pour le reste
de l'habit, imaginez une longue robe de gros
de soie couleur de brique, avec un corsage
à la vénitienne, laissant voir ces blancheurs que

vous avez tant admirées, quand vous ne soupçon-
niez point l'enfer sous la neige. Ma pauvre tante
Charlotte, ma pauvre maman, vous perdriez
patience si je vous parlais plus longtemps par
figures. Allez ! ce sera bien assez de vous faire
perdre votre *saison*. Je vais donc parler au propre. Oh ! ne me croyez pas disposée aux jeux
de mots comme le président Le Belin, qui nous
aime mieux, je vous le dis en passant, beaucoup
mieux que vous ne l'aviez supposé. La réalité
est laide et l'aventure ignominieuse pour nous,
il n'en faut pas moins vous les dire toutes crues.
Sachez donc que madame Artus de la Blotterie
sort du Plessis. Devinez un peu ce qu'elle a osé
venir y faire .

» Sommation à votre nièce d'avoir à ne point
se séparer du meilleur des maris, ma tante
Lotte.

» Pensez-y bien. C'est justement cette démarche hardie jusqu'à la démence qui doit faire
éclater la vérité de ma situation à vos yeux. Des
yeux qui ont été si tendres pour moi, qui me
voyaient si mignonne quand j'étais une fillette,
et qui m'ont toujours vue si belle depuis que
je suis une femme. Il faut que cette séparation
soit jugée naturelle et raisonnable par tout le
monde. Elle est dans l'air comme les révo-
lutions, tante Lotte. Je n'ai parlé de nos projets

à personne, et le Père Mathias met ma discrétion
au nombre de mes vertus. Quant à lui, c'est
un mur qui se tapisse de fleurs, et ce n'est pas
seulement pour paraître plus aimable ; c'est
aussi pour se rendre plus sourd. Vous, je
vous connais trop bien pour croire que vous
n'enchaînez pas votre malice, et je me rappelle
votre réponse la première fois que je vous
fis toucher les liens si bien cachés qui exis-
tent entre moi, Jean et cette Fredda. Il n'y a pas
si longtemps, car j'ai tout supporté pendant quatre
ans sans me plaindre. Vous me dites alors :

— Eh ! si Jean est rebuté en Norwége
comme chez nous, cette histoire-là ne nous
sera pas d'un grand secours. Elle n'a point de
corps, il en faut aux yeux des juges. Cependant,
classons-la dans notre dossier, mais sous triple
cachet, ma mignonne ; nous aurons peut-être
intérêt à l'en faire sortir comme un diable de
sa boîte, en disant : Jusqu'ici nous n'avons
montré que les effets, voici la cause. Voilà le
souffle détestable, et le méchant démon caché
qui n'a jamais cessé d'exciter contre nous ce vilain gentilhomme ; et nous aurons du moins
la joie, elle, de la faire paraître haïssable, lui,
de l'avoir rendu ridicule.

» Ce sont vos paroles, chère tante. Je ne
crois pas que vous ayez depuis adopté une autre

politique. Je sais bien que vous aimeriez assez
à lancer de bons traits contre votre neveu, car
vous ne vous pardonnez point de l'avoir aimé.
Mais l'auriez-vous criblé de flèches à Trouville,
parmi vos amis qui le connaissent peu, il
n'est guère probable qu'elles soient arrivées au
bord de la Loire. Et cependant si je vous disais
que tout le monde ici est averti... C'est le bruit
et le sentiment public. M. de Fresne a dû apprendre en Savoie que l'esclave allait songer à
briser sa chaîne et à lui en jeter les morceaux
au visage. Cette Fredda que vous compa-
rez au diable, n'a été chez moi que le pré-
curseur de mon petit tyran, avare, brutal,
ténébreux... et le reste, ma tante Lotte! Elle
tient sûrement une réponse de lui à un billet
qu'elle lui a vivement envoyé. C'est sur cette réponse qu'elle est venue. Leur plan était formé ;
ils avaient espéré me faire peur au premier
mot... Mais non! point de défaillance en face
de cette abominable créature. J'ai été brave...
A présent la frayeur me vient... Ah! vous
croyez, tante Lotte, que je vous ai fait connaître
M. de Fresne et sa déesse de glace... Eh bien!
non! Vous ne savez que la moitié de ce que je
sais, moi, sur ces deux monstres... Oui, des
monstres. Je vous entends, vous allez dire:
Ma pauvre Valence est folle. J'ai toute ma

raison, allez ! C'est elle qui me conseille de me défendre... Et pourtant, l'autre moitié de leur secret, je suis encore résolue à ne là dire jamais, jamais !...»

L'ombre tombait. Valence cessa d'écrire et se souvint de l'excursion qu'elle avait projetée pour le soir. De tous les domestiques du Plessis, ce Louis, qu'elle venait de choisir pour l'accompagner à la ferme de Besnard le fils, était le seul qui ne lui inspirât pas beaucoup de méfiance. Le maître avait congédié successivement les anciens serviteurs, celui-là restait ; s'il avait été épargné, ce n'était pas comme le croyait Valence pour sa mine béate et parce que ce valet de bonne maison, rond comme un valet d'église, paraissait peu dangereux de sa replète personne. Louis, non-seulement gardait sa place, mais encore menacé d'une réduction de gages, y résistait avec une énergie qui l'avait fait monter assez haut dans l'esprit de Jean de Fresne. Le châtelain avare en était même venu à penser qu'un compagnon si âpre au gain serait à l'occasion un précieux garde du corps auprès de sa femme. Le compagnon de son côté jugeait que tout était permis envers un maître si rapace. Aussi, quand Valence lui commanda de prendre les devants et de l'aller attendre dans le village, derrière l'église, demeura-t-il un moment

immobile avant d'obéir. Ne s'agissait-il donc
vraiment que d'une course au Clavier chez
Besnard et d'une promenade nocturne; il avait
espéré mieux.

— Qu'attendez-vous? lui demanda Valence.

Elle avait eu bien raison d'écrire à sa tante de
Cosseins que sa séparation était *dans le sentiment
public;* ce garçon croyait le moment de sa fuite
arrivé et il en aurait accepté la complicité pour
en avoir le régal. — Ce que j'attends? dit-il;
madame n'a-t-elle point de valise?

VII

A peine le domestique avait-il osé interroger,
qu'il s'en excusa :

— Si j'ai pris la liberté de faire cette question
à madame ...

Valence secoua la tête :

— Allez ! dit elle.

Ainsi ses moindres démarches, ses promena-
des même de délassement prenaient des airs de
fuite. C'était la pensée de tout le pays que venait
d'exprimer ce serviteur trop plein de zèle; tous
ces braves gens étaient donc bien persuadés de
la force de son droit.

Qu'il eût été beau de répondre à cette sympa-
thie de tous les bons cœurs par un acte de fierté,
et s'il fallait sortir de ce Plessis qu'elle avait tant
aimé, de le quitter la tête haute, en face de Jean
de Fresne, en bravant ce petit bourreau ! —
Mais on la connaissait bien dans sa maison et

au village; on savait que les mauvais traitements
ne lui avaient jamais donné ce courage et ne
le lui donneráient point : elle fuirait !

Louis, par son ordre, prit les devants. Ils
suivirent un chemin tracé entre des jardinets.
puis descendirent dans de grandes prairies qui
s'étendent à droite du bloc de rochers sur lequel est assis le pittoresque village. La lune brillait au ciel toujours limpide; mais madame de
Fresne avait quitté sa robe blanche de l'après-
midi pour une toilette plus sombre et cheminait
sans crainte d'être aperçue au milieu des saulaies, sur l'herbe brûlée par la canicule. Bientôt
elle joignit avec son guide un couvert encore
plus épais d'aunes noirs qui bordaient une anse
assez profonde creusée par le fleuve. La marée
pleine alors battait au pied des arbres une
grève de sable blanc, la lumière céleste se
jouait sur le flot. A l'extrémité de ce sentier
charmant, par une soirée si belle, la terrasse se
relevait brusquement ; des genêts, puis une vigne couvraient la pente, et des bâtiments d'ex-
ploitation, auxquels aboutissait par l'autre versant un ruban de route assez bien entretenue,
couronnaient le sommet de la colline. C'était
le Clavier.

Sur une chaise de paille, dans l'encadrement
de la porte, une femme était assise, les pieds

dans la cour, la tête dans la chambre, et tout
en respirant la fraîcheur du soir, chantait à
demi-voix un chant monotone comme pour
achever d'endormir de petits enfants. Une lumière posée sur un meuble à l'intérieur du
logis détachait son ombre en relief. Avec sa
haute coiffe, ses vêtements étroits et moulés
au corps, elle rappelait ces figures égyptiennes
dont la procession rigide va se déroulant au flanc
des sarcophages. Tout à coup elle interrompit
son chant, inquiète de reconnaître les deux
personnes qui venaient à elle, encore protégées
par le manteau feuillu de la vigne. Quand enfin
la visiteuse, suivie de son compagnon, aborda
le petit préau qui précédait la ferme, on vit
bien que ce n'était pas une figure égyptienne qui
chantait. Anne-Marie Besnard se leva preste-
ment et courut au-devant de la châtelaine :

— Madame Valence! dit-elle. Que vous est-il
encore arrivé? Est-ce que le monsieur est de
retour?... Pauvre madame !

Valence sourit avec tristesse :

— Anne-Marie, fit-elle tout bas, tu seras donc
toujours une grande parleuse ! Non, M. de Fresne
n'est pas encore revenu au Plessis, mais il ne se
fera pas attendre.

Se retournant alors vers le domestique :

— Louis, dit-elle, vous pouvez rentrer, Anne-

Marie et Besnard me reconduiront jusqu'au
bout des prairies.

Puis elle passa son bras sous celui de la
jeune fermière qui la fit entrer dans la maison.

Sébastien Besnard lisait à la lueur d'une chan-
delle supportée par un grand chandelier de
cuivre auquel les mouchettes étaient attachées
par une chaîne ; et il usait avec une gravité
extraordinaire de cet instrument des anciens
âges. C'était un homme vigoureux et calme.
Ses cheveux courts grisonnaient, car il avait
déjà quarante ans. De son ancien état il avait
gardé la longue moustache, et la croix d'honneur était attachée sur l'habit moitié militaire,
moitié rustique que portait ce singulier paysan.
Anne-Marie, au contraire, avait conservé tout
le costume des riches fermières dans ces cam-
pagnes : la coiffe, les lourds pendants d'oreilles
en forme de poire, la grande croix d'or au cou
sur un mouchoir de soie de couleur changeante,
la jupe assez courte, aux plis raides, en tuyaux
d'orgue, les bas de filoselle noire et les souliers
de prunelle à boucle d'acier. La fermière était
charmante dans sa robuste fraîcheur avec ses
brusques et vives allures ; elle n'avait guère que
vingt ans. Aussi entra-t-elle dans la chambre en
faisant claquer ses mains.

— Bastien, Bastien ! voici madame Valence qui vient te déranger de ta *liserie*. C'est-il pas dommage ! Madame est encore toute seule au Plessis. Et nous qui la croyions déjà dans la peine !

— Sébastien, fit Valence qui pâlit, avez-vous donc connaissance de *son* retour ?

— Je n'en ai pas connaissance, répondit le vétéran ; je n'ai pour m'y faire croire qu'un indice, et je ne sais si je dois le dire...

— Oui-dà ! interrompit Anne-Marie, tu as toujours comme cela des raisons de croire et tu ne les dis pas.

Madame de Fresne et le fermier se regardèrent, ils s'étaient compris. Cet indice menaçant, c'était la visite de Fredda. Sébastien avait appris l'étrange démarche et il possédait une partie du *secret*. Anne-Marie ignorait la liaison cachée de madame de la Blotterie et du châtelain, elle n'était pas dans la confidence et l'on avait assez bien fait de ne pas l'y mettre.

Le vétéran caressa doucement le cou de sa jeune femme penchée vers lui, mais ses yeux ne quittaient pas le visage de madame de Fresne ; il avait fait deux parts de son cœur : la tendresse était pour la fermière, la passion du dévouement était pour la châtelaine.

Valence ne répondit pas à ce serviteur fidèle entre les fidèles. Au fond de la chambre, devant le lit de noyer noir entouré de rideaux d'indienne à personnages qu'on appelle du camaïeu dans le pays, était un large berceau d'osier. Deux enfants y dormaient, deux jumeaux de dix-huit mois, à demi nus, enlacés et confondus dans des postures plaisantes et adorables. Ces deux fraîches haleines s'élevaient ensemble avec de doux murmures et quelquefois de petits ronflements qui appelaient le rire et l'envie du baiser. Valence se pencha sur le groupe innocent :

— Dieu n'a point voulu me faire un présent comme celui-là, dit-elle ; aussi je n'ai que le courage défaillant de la femme. J'aurais eu l'intrépidité des mères !

— Bon ! fit Anne-Marie, le beau profit d'avoir des enfants d'un mari qui fait peur à tout le monde ! On a bien assez de passer sa vie à se défendre soi-même. S'il fallait encore préserver les petiots !...

— Anne-Marie, enchaînez un peu votre maudite langue, dit le fermier.

— Laissez-la, reprit Valence. Elle a raison, et moi je ne savais ce que je disais tout à l'heure. De pareilles joies ne sont pas faites pour moi, mes amis. Si vous connaissiez les pressentiments qui me poursuivent !... J'ai écrit à madame de

Cosseins, et je songerais à suivre de près cette lettre que j'achèverai ce soir... Ah ! je n'en suis pas libre !... La méchanceté de cet homme me conseille de ne point l'attendre au Plessis, mais son avarice est là qui m'a clouée à mon calvaire....

Elle s'assit devant la table qui supportait le chandelier de cuivre, laissa tomber sa tête dans ses mains et éclata en sanglots.

Anne-Marie commença de s'agiter autour de la pleureuse, lui tapotant les mains et lui baisant les cheveux ; mais le fermier l'écarta vivement ; même, il la retint de toute sa force afin d'être plus sûr qu'elle ne retournerait pas à l'assaut :

— Tenez-vous donc tranquille, femme, lui dit-il ; ce n'est pas en taquinant madame Valence comme une mouche, que vous la consolerez. Venez plutôt où il faut aller avec moi ; il n'y a qu'un remède, vous le savez bien.

En même temps il gagnait la partie obscure de la chambre, traînant sa fermière après lui. A l'aide d'une grosse clef, il prit dans un meuble un petit sac de cuir et le remit à Anne-Marie qui se jeta à son cou :

— Combien y a-t-il là dedans ? demanda-t-elle tout bas.

— Quarante louis.

Pour cette fois, elle était devenue sage et retournant à petits pas vers la table, elle y posa le sac. Le bruit de l'or avertit madame de Fresne qui releva la tête :

— Oh ! mes amis, mes amis, dit-elle, vous me ferez donc toujours l'aumône.

— C'est un prêt qui ne vous gênera point, répondit Sébastien Besnard. Si les juges vous séparent de votre mari, ce qu'ils feront si ce sont de bons juges, vous rentrerez dans tous vos droits. Le Clavier est votre bien et je suis votre fermier. Alors, vous vous acquitterez sans peine.

— Ah ! s'écria Valence, au double !

— Pour cela, non ! dit-il de sa voix militaire qu'il n'adoucissait plus, car ce serait me faire injure.

Il se faisait tard. Anne-Marie appela pour veiller sur les enfants la servante de la ferme, qui dormait dans la chambre voisine et arriva, bâillant à faire pitié, les poings sur ses yeux. On se mit en route. Il fallait cheminer un par un, à la file, dans la vigne ; madame de Fresne marchait la première. Anne-Marie qui la suivait, tenta de recommencer son babil ; mais Besnard l'avertit assez rudement que les pampres peuvent avoir quelquefois des oreilles, elle se tut. Pourtant, comme on s'apprêtait à descendre la pente à travers les genêts, un bruit retentit

au milieu de ce grand silence. C'était la chute
d'un corps dans l'eau. Anne-Marie n'y tint
point :

— Bon! fit-elle à demi-voix, il y a un baigneur dans l'anse. Ce n'est pas étonnant, l'eau
est si belle.

Madame de Fresne s'arrêta. La fermière se
hissa sur le talus du chemin :

— Je vois là le bateau à la grande voile.
C'est le monsieur de Boisdemetz.

Il y a des rencontres singulières; celle-ci devait paraître vraiment bien plus plaisante que fa-
tale. Christian Artus ne se doutait guère qu'il
venait encore une fois de se placer sous les yeux
de la Fée des Eaux; et dans quelle simplicité
d'ajustement! Valence ne put s'empêcher de
sourire, mais elle refusa d'avancer.

Il fallut que Besnard lui rappelât qu'au sortir
de ces grands genêts, on entrait sans éclaircie
sous le couvert des aunes. Ces arbres la proté-
geraient d'autant plus sûrement qu'elle avait
une robe sombre. Tout au plus le baigneur distin-
guerait-il la coiffe blanche d'Anne-Marie parmi
les feuilles; il entendrait peut-être le pas d'un
homme, et croirait n'avoir à affronter qu'un
paysan regagnant le village avec sa femme.
Une fois les aunes dépassés, on se trouverait au
milieu des prés, trop loin pour qu'il pût

reconnaître la damé du Plessis, malgré la lumière brillante de la lune.

Valence se laissa persuader. Pourtant elle ne s'engageait qu'avec répugnance dans le sentier couvert; elle pria tout bas Anne-Marie de la précéder. Le fermière obéit sans façon et ouvrit la marche, rasant le côté qui regardait l'eau, jetant ses yeux à la découverte, par les interstices du feuillage. Sans sa grande coiffe qui la gênait, elle y aurait bien passé la tête. Les paysannes n'ont pas la même sorte de pudeur que les femmes des châteaux ou des villes et ne la sentent pas effarouchée pour un homme qui se baigne. Si le baigneur n'avait pas été ce fameux maître de Boisdemetz, à la tour croulante là-bas, vers le sud, au grand parc tout rempli de bêtes sauvages et à la voile rouge, Anne-Marie n'aurait pas même songé à le regarder; mais un si riche et si beau compagnon pouvait bien éveiller la curiosité d'une jeune fermière.

— Mâtin! se prit-elle à dire à demi-voix, quelle coupe! il fend l'eau et la fait *bouillir* comme un gros poisson.

— Anne-Marie, parlez un peu votre langage des dimanches! fit sur le même ton Sébastien Besnard, qui riait malgré lui.

— Eh! reprit-elle, il doit être au moins

aussi fort que toi, Bastien. Et qu'il paraît
blanc !

— Anne-Marie, vous êtes une sotte.

Le nageur, tout à coup, perçut ces chuchotements dans le feuillage et s'arrêta court.

— Bon ! dit Anne-Marie, on peut bien le
regarder à présent ; il nous a entendus et il
s'est habillé d'eau jusqu'au cou.

Cette fois, Valence sentit qu'elle allait se
trahir ; bousculant un peu la paysanne, elle se
fit un passage et se hâta de gagner le bout du
sentier ; le rire l'étouffait. Les tristesses de ce
monde sont donc aussi fugitives que ses joies ?
Qui aurait dit à madame de Fresne qu'une
journée si douloureusement commencée finirait
par cette aventure comique dont Christian Artus, à son insu, devait être le héros ?

Peu d'instants après, elle rentrait chez elle.
Mais une si heureuse impression de gaieté
s'effaça rapidement dès qu'elle se retrouva seule
dans sa chambre. Tout bruit cessa bientôt, la
maison s'endormit. Valence ouvrit la croisée
qui regardait le fleuve ; la lune avait disparu,
et, bien que le ciel fût toujours d'une admirable
pureté, le scintillement des étoiles n'avait pas
la puissance d'illuminer la grande masse d'eau
roulant ses flots éteints avec de longues plaintes
monotones. La jeune femme se plaça devant un

bureau d'ébène qui supportait une lampe. Le
sac de Sébastien Besnard était devant elle...
L'instrument de la liberté !...

Ah ! ce n'était pas tout que d'être libre. Il
fallait encore trouver un toit. Le refuge qui l'attendait chez sa tante serait quelquefois amer...
Mais, un jour, on avait dit devant Valence que
les femmes séparées ne sont plus ordinairement que des « nomades. » Elle s'en souve-
nait !

D'abord elle traça machinalement l'adresse de
madame de Cosseins sur un 'pli qui portait son
chiffre, puis elle voulut se mettre en devoir
d'achever sa lettre.

La plume demeura molle dans sa main. C'est
que sa pensée n'était pas prête à la guider. Elle
s'en allait au loin, bien loin, cette pensée ordinairement errante, puisqu'elle ne trouvait plus
depuis tant d'années rien de sûr, plus rien de
fort pour s'y reposer. Involontairement elle suivait la grande voile qui se gonflait là-bas sous
l'ombre épaisse. Ce goût de l'activité solitaire, et
des courses, nuit et jour, à travers l'espace, ne
trahissait-il pas un rêveur opiniâtre dans Christian Artus ?

Valence ne l'avait vu qu'une fois de près ;
on lui aurait appris que cet homme avait le
cœur à la fois trop haut et trop indolent pour

aimer à se mêler au train du monde, qu'elle aurait volontiers répondu : « Vous le connaissez bien. »

Mais si on lui avait dit aussi que depuis quelque temps une image remplissait cet isolement volontaire, et que cette image était la sienne, elle aurait crié : « Non ! non ! »

Non, ce n'était pas pour elle qu'Artus dirigeait chaque jour sa barque vers le nord, remontant le fleuve, afin de le redescendre après, livrant au courant et à la cadence du flot son espérance de la voir ! Ce n'était pas elle qu'il cherchait sans cesse, s'arrangeant pour vivre autour de sa demeure, la nuit même, comme elle venait de l'apprendre ! Non, ce n'était pas elle qui occupait ce rêve poursuivi sur les flots, sous les caresses de cette brise d'été ou le tumulte des grands vents de mer, dans un cercle étroit dont le Plessis était le centre. Non ! non !

Et pourtant, si c'était elle ?... Pourrait-on lui en faire le reproche ? Quel crime est-ce donc que d'être aimée !

Et quelle iniquité suprême de ne pouvoir être aimée jamais quand on sent au fond de son être la clameur des tendresses étouffées, et que ce juste cri vient au bord des lèvres !...

Ah ! l'amour, l'amour permis, le seul auquel

jamais elle eût osé penser, voilà le bien qui ne devait jamais lui appartenir. Son lot, elle le connaissait, il était maigre et dérisoire. Reconquérir la dignité de sa personne, elle le pouvait si elle savait se hâter et ne point attendre le retour de Jean de Fresne ; reprendre la liberté de son cœur, jamais, jamais ! Les femmes séparées sont encore mariées, toujours mariées, mariées jusqu'à la fin. Quant à elle, il lui restait un choix à faire : ou vivre en martyre et en servante, ou vivre en affranchie, traînant les morceaux de sa chaîne. Encore aurait-elle le temps de choisir? Oui, il fallait se hâter ! ... Jean, mandé par Fredda, accourait prêt à engager un combat si cruel que peut-être elle s'y sentirait faiblir.

Un bruit dans le jardin la fit tressaillir. Elle se traîna vers la croisée et consulta la nuit. Rien... Et pourtant, on aurait dit des pas ... Qui donc l'épiait dans sa maison? Elle ferma précipitamment cette fenêtre et tira les rideaux. En regagnant son fauteuil, elle se répétait, frissonnante, les derniers mots de Fredda :

— Je vais vous donner à mon tour un bon avis, ma mie, qui nous menacez ; il n'y a plus à craindre que pour vous !

D'un geste violent, elle reprit la plume :

— Eh bien ! fit-elle, ils l'auront voulu. Je

6

dirai tout ; je sens à présent que j'en ai le droit.
Après cela, qu'ils fassent de moi ce qu'il leur
plaira ; du moins ils seront punis.

« Chère tante, écrivit-elle, mes résolutions
ont changé depuis quelques heures ; la terrible
confidence m'étouffe ; armez-vous donc de courage, car il en faut pour la recueillir. Et moi,
pour parler, il faut que je sois devenue bien
lâche ! Oui, j'ai peur maintenant, j'ai peur ! Si
vous connaissiez le dernier mot que cette femme
m'a laissé en me quittant ! Elle l'aurait dit
devant vous, que me voyant épouvantée, vous
auriez eu envie peut-être d'en sourire. Seule,
je peux en comprendre le sens. Ils feront tout
contre moi, tout pour me réduire ou pour m'ô-
ter de leur chemin; tout, entendez-vous bien,
tante Lotte ! Je voudrais revoir le Père Mathias
je lui demanderais si Dieu peut vraiment être
cruel à ce point envers une pauvre créature qui
n'a jamais fait de mal et qui souvent a voulu
faire le bien ? Ne trouve-t-il pas que ce soit
assez de m'avoir versé une si amère jeunesse,
et veut-il encore que je tombe dans les embû-
ches de ces deux êtres pervers, sans scrupule
et sans pitié ? Si votre Valence, tante Lotte,
ne réussit pas à vous joindre, ou si vous n'ac-
courez pas pour la défendre, je ne crois pas
qu'ils la tuent de leurs mains; mais si vous

appreniez que je suis morte de quelque façon.
mystérieuse et soudaine, n'en soyez pas étonnée.
Songez à ce vieil Artus de la Blotterie qui,
dans une nuit, dans une heure, a cessé
d'être, quand, la veille encore, tout le monde
l'avait vu confiant dans de longs jours. Celle
à qui il avait légué la moitié de ses immenses
biens était-elle impatiente d'en jouir ? Ou bien
ne trouvait-elle pas sa part suffisante et, sûre
d'un complice qui l'aiderait dans un si méchant
dessein, l'idée lui vint-elle alors de la rendre
plus belle? ... Ah! chère tante, chère maman,
gardez précieusement cette lettre ; car si je ne
dois plus vous revoir et vous embrasser, elle vous
servira du moins à venger ma pauvre petite
mémoire. Savez-vous ce que j'ai pensé tout à
l'heure en me plaçant devant mon bureau et
en prenant cette belle plume à tête de diamant, que vous m'avez donnée?... que j'allais
écrire mon testament !

» Et maintenant écoutez ce qu'une nuit, il y
a deux ans, dormant auprès de Jean de Fresne,
j'ai entendu en me réveillant subitement à ses
cris... »

La plume, la belle plume à tête de diamant,
présent de la tante Lotte, s'échappa tout à coup
des doigts de madame de Fresne. La jeune
femme se dressa avec effort, retenant son souffle.

écoutant... Un bruit de roues retentit au loin sur la route ; une voiture s'engageait dans la rue du village. Valence n'eut pas un instant de doute : ce ne pouvait être que la voiture ramenant Jean de Fresne ! C'était lui !

— Jean ! murmura-t-elle, je suis perdue !

Ainsi, la visite de madame de la Blotterie n'avait précédé que de quelques heures le retour du maître. Fredda savait qu'il était sur le chemin, qu'il allait joindre le but. Peut-être attendait-il à N..., avant d'entrer lui-même en scène et en bataille, un avis qui lui fît connaître l'issue de cette démarche de son implacable alliée... Maintenant il venait à son tour.

Valence glissa dans la poche de sa robe le sac d'or de Sébastien Besnard, enferma la lettre encore inachevée sous le pli qu'elle avait préparé et le mit dans son corsage ; puis elle s'en alla, défaillante, pousser les verrous des deux portes qui donnaient entrée dans sa chambre.

Elle aurait pu faire alors une remarque singulière ; mais elle était trop affreusement troublée ; elle ne la fit point.

VIII

Deux portes. L'une faisait communiquer cette chambre à celle de M. de Fresne. Tout ce qui restait des anciens jours, c'était ce mensonge. Depuis cinq ans, ces volets de chêne séparaient deux ennemis : d'un côté le dégoût, de l'autre la haine. A travers ces planches, heureusement muettes, Valence souvent entendait les paroles violentes de Jean, derniers échos de leurs querelles du soir ; d'autres fois, pendant les nuits, ces mêmes malédictions furieuses contre des ombres incommodes, assiégeant les rêves du joli petit homme, ces mêmes cris d'une conscience en peine qu'elle avait recueillis naguère de plus près, sur sa bouche.

Elle aussi, lorsqu'elle se réveillait dans l'obscurité, toujours en sursaut, toujours obsédée par la même crainte, c'était pour écouter, retenant son souffle, si cette porte ne tremblait point.

6.

Elle savait bien que ce voisin frénétique était capable de tenter, au nom de son droit, des entreprises dont la seule pensée lui donnait le frisson. L'hiver, elle laissait se consumer une bougie. L'été, quand les nuits sont moins épaisses, elle ne fermait pas les rideaux de sa croisée, afin que jusqu'au matin un peu de vague clarté régnât dans sa chambre.

Jean de Fresne n'avait pourtant jamais osé attaquer ce faible rempart; mais tout disait à Valence qu'il revenait cette fois plus hardi. Le billet qu'elle avait reçu de lui était un premier avertissement; les défis et les regards de Fredda en avaient été un autre. Ce billet disait : la soumission ou la guerre.

— Non ! dit-elle, ils ne me feront rien qui puisse être vengé. Ils ont peut-être eu la pensée de me faire rencontrer la mort, comme le vieillard... Mais, ayant réfléchi, ils aimeront bien mieux me forcer de vivre.

Alors elle se sentit défaillir. La mémoire lui revenait d'une légende du pays. N'aurait-on pas dit sa propre histoire? Il s'agissait des anciens maîtres de Boisdemetz. Le dernier, celui dont le vieil Artus avait acquis le domaine, était né d'une de ces lâches audaces qui ont l'impunité sûre. La loi les couvre quand elles sont heureuses, et doit les couvrir puisque c'est la loi,

En ce temps-là, il y avait au castel des Ombrails, maintenant habité par Christian Artus, une dame de Boisdemetz, lasse de vivre auprès de son mari, le plus méchant compagnon du monde. Elle avait voulu quitter sa maison, une violence abominable l'y avait retenue ; et, désormais soumise, elle avait élevé sans se plaindre ce fils de la force et du droit, elle en avait fait un vaillant homme. Toute la contrée ne l'appelait que la sainte.

— Je ne veux pas être une sainte, moi ! dit Valence. Et quand je le voudrais...

C'est pourquoi elle s'applaudit d'avoir fait de son mieux pour se défendre.

Maigre défense ! En ce moment, qui allait décider du rachat ou de l'opprobre du reste de sa vie, elle devait compter toutes ses chances à ce jeu vraiment terrible... A quoi bon s'abuser ? Elle n'en avait qu'une. Beaucoup de résolution pouvait la sauver. Sans le courage, point de salut ; et chacun de ses efforts pour se rassembler tout entière contre celui qui venait si bien armé, était aussitôt suivi d'une réflexion qui lui montrait la résistance vaine. Dans son esprit, quelle mêlée de pensées ! Mais il y en avait une qui dominait toutes les autres : vaincue, que ferait-elle ?...

Vaincue !... elle ne l'était pas encore. Non, elle ne l'était point ! Et d'abord, oserait-il ?

Dieu vivant! le doute n'était pas possible. Ne venait-il pas pour tout oser ?... Mais peut-être aurait-il la sagesse de remettre au lendemain ce qu'il méditait. Cette porte, si bien close, l'arrêterait un jour, quelques heures. Autant de gagné! De la sagesse, lui! Non. Pourquoi en aurait-il? Il avait reconnu l'inutilité des précautions et des feintes; il ne voyait de salut à cette heure, pour Fredda et pour lui, que dans la brutalité toute nue... Après les menaces qu'elle avait faites à la Norwégienne, tous deux en pouvaient-ils voir ailleurs !... Qu'avait-il à craindre? Qui se mettrait sur son chemin pour l'empêcher d'accomplir un coup d'État dans sa maison? Quelle est donc la loi... ah! toujours la loi !... qui défend à un mari d'entrer dans la chambre de sa femme, fût-ce comme un roi dans une ville rebelle, par la brèche? Qui serait assez hardi pour accourir au bruit si la porte tombait? Qui se rendrait aux cris de « madame? » Aucun des gens ne croyait le petit homme capable d'un crime, mais seulement de beaucoup de violence et de méchanceté. Aucun être vivant, si ce n'était elle, la Norwégienne et Jean, ne savait comment le vieil Artus était mort... Et puisqu'il s'agissait ici d'une violence permise...

Cette porte, toujours rien que cette porte pour

unique boulevard! Quant à l'autre, qui s'ouvrait
près du grand escalier, au regard de toute la
maison, elle n'y songeait pas même... Tout à
coup elle se souvint... Nouveau sujet de
trouble et de peur!... Cette porte? mais elle
demeurait sans cesse fermée. Pendant l'absence
de Jean de Fresne, elle avait eu grand soin
d'en tenir toujours le verrou poussé. Elle
en avait fait placer même un nouveau. Juste
pressentiment de l'avenir. Maintenant, il y en avait
deux. Comment donc se faisait-il qu'un moment
auparavant elle eût trouvé ces verrous tirés?...
Quelle main complaisante.... Voilà la remarque
que, d'abord, elle n'avait pas faite. Machinalement, elle s'en était allée assurer sa défense
sans se rappeler d'abord que ce serait une précaution superflue, puisque, de ce côté, elle
devait être garantie. A présent, la mémoire
lui revenait, cette circonstance étrange la frappait au cœur. Ah! l'on avait compté sur sa
distraction, qui ne verrait rien. On s'était dit
que l'habitude de la sécurité la laisserait sans
défiance. Oui, ces verrous étaient tirés; et,
dans le premier instant de trouble, elle n'y
avait pas pris garde. Qui donc avait pu recevoir de
loin les ordres secrets de l'absent pour lui frayer
la route? Qui la trahissait? Toute la maison peut-
être; hommes et femmes y suivaient le parti du

plus fort. C'est toujours le conseil de l'égoïsme. Louis seul était à elle; qu'oserait-il faire?... Un honnête garçon, sans doute; mais le courage incertain d'un valet devant un méchant maître.

Elle prêta l'oreille. Rien qu'un bruit confus à l'étage inférieur. Jean s'était-il fait servir à l'arrivée un repas qu'il prenait entouré des gens arrachés par ce retour subit à leur premier sommeil? Une seule personne alors manquait à la fête; c'était la maîtresse du logis, la femme du voyageur qui aurait dû, la première, accourir pour le recevoir. Jean de Fresne n'avait point perdu sans doute l'occasion d'en faire la remarque, assaisonnée de son plus menaçant sourire. Et tous d'approuver l'oracle par des mines serviles. Les lâches! Quant à lui, il soupait. Plus que jamais, elle se sentit perdue, Elle savait comme il soupait, le petit homme robuste et encoléré, quand des pensées féroces le travaillaient. Il mangeait nerveusement, il buvait à pleins bords. Plus d'avarice. Les vins d'Espagne, fort à la mode encore dans cette contrée, attisaient le feu de ses veines.

Madame de Fresne se reprit à écouter; il lui sembla que le bruit croissait ou se rapprochait, comme si l'on sortait de la salle du repas. O Dieu! ne lui donnerez-vous point le courage qu'elle appelle? Si enfin ce réconfort était venu, elle aurait osé descendre, souhaiter à l'arrivant une bienvenue souriante, calme, doucement railleuse. Un moyen lui restait de déconcerter ses projets, c'était de montrer qu'elle n'en avait pas peur... Mais non! elle demeurait là, clouée par sa faiblesse, tremblante, impuissante... Et c'étaient les autres, c'étaient ces serviteurs effarés qu'elle accusait de lâcheté...

... Plus de doute ; le souper était bien fini. Le flacon de xérès devait être vide. La cage de l'escalier résonna sous le pas délibéré de Jean de Fresne ; il battait les degrés en vainqueur et en maître. Un coup sec retentit contre la porte de la chambre qui s'ouvrait de ce côté. Pourquoi prenait-il ce chemin et non l'autre ? La voix du petit homme se fit entendre : — Ouvrez, ma chère, c'est moi.

Et cette invitation conjugale et galante fut suivie d'un grand éclat de rire. Valence ne répondit pas. Jean frappa de nouveau, non plus du doigt, mais du poing. La porte rendit un gémissement étrange. La jeune femme, glacée de terreur, eut à peine la force d'étendre la main et de décoiffer la lampe, qui éclaira l'extrémité de la chambre. Oui, cette porte résistait mal et tremblait ; mais les plis de la

portière qui la masquait empêchaient madame
de Fresne de bien voir tout ce qu'il fallait craindre. L'assaillant donna un troisième coup ; un
bruit de fer résonna sur le tapis. C'était le
verrou qui tombait.

La même main docile qui avait furtivement
préparé l'autre passage avait assuré celui-ci.
Les clous d'acier qui retenaient le verrou avaient
été dévissés. Jean avait été servi suivant ses désirs. Il préférait sans doute ce chemin à l'autre ;
il avait voulu le scandale bruyant, public.
Valence en une seconde comprit que tout était
fini ; ce n'était plus un siége qu'elle allait
avoir à subir, c'était l'assaut. Maintenant plus
aucune défense : Jean n'avait plus qu'à tourner le bouton de cette porte et à entrer.

— Eh bien, non ! dit-elle à demi-voix, il a beau
venir en maître, il ne sera pas le mien, ni lui,
ni personne au monde. On aura toujours tort
de pousser à bout la petite-fille d'Anne-François de Cintré, le grand chouan.

Si Jean de Fresne n'avait alors perdu deux
minutes, les châteaux de la basse Loire, les cercles et les salons de la ville n'auraient pas eu
pour défrayer leur gaieté pendant l'automne
qui allait venir de friands mémoires pour une
cause célèbre, rédigés par des avocats diserts,
échauffés à la pensée d'être lus par le beau

monde. Mais, d'abord, il n'avait point entendu
tomber le verrou ; le bruit qu'il faisait de l'autre côté de la porte couvrit celui de cette ferraille
dérisoire. Et puis ce n'était pas qu'au dernier
moment il hésitât, le petit homme ; seulement
il prenait un plaisir de vanité féroce à parader
devant les gens rassemblés sur les marches de
l'escalier. Il se serait bien gardé d'éloigner ces
témoins de son triomphe, et les aurait plutôt
priés de demeurer. Toute cette valetaille allait
bien voir que Jean de Fresne ne s'était laissé si
longtemps exiler de la chambre de sa femme
que parce que c'était son bon plaisir !

Maintenant, ce ne l'était plus. Il promena
sur toute sa maison épouvantée son regard
allumé par tant de méchantes causes, sans compter le vin d'Espagne... Au même instant il
bondit de rage. C'est qu'un nouveau témoin
venait de paraître au pied de cet escalier; celui-
là, du moins à son gré, était de trop.

— Sébastien Besnard! cria-t-il. Que fais-tu
chez moi, espion effronté? Crois-tu que je
vais te souffrir ici, beau chien de garde?...
Va-t'en ! Au chenil !

Le fermier ne bougea pas; il n'en fut pas
de même de la troupe des gens. Ce fut un
sauve-qui-peut, comme une volée qui fuyait.
Louis seul demeura sans broncher sur la troi-

sième marche. Un coup d'œil qu'il échangea avec Besnard aurait pu révéler au maître le nom de celui qui avait trouvé le moyen de dépêcher un message à la ferme du Clavier. Plus haut, au faîte des degrés, à demi cachée dans l'ombre du couloir, la femme de chambre tendait le cou avec des airs de curieuse avide et de complice, ne voulant rien perdre de cette scène brutale que peut-être elle avait préparée.

— Va-t'en ! Au chenil ! répéta Jean de Fresne.

Sébastien Besnard leva les épaules, déploya toute sa grande taille, et d'un geste montrant la croix qu'il portait sur son habit :

— Vous savez bien qu'on ne me parle pas comme cela, à moi ? répondit-il J'ai eu mes raisons pour venir ici. Il se peut que j'aie à causer avec vous. Je vous attendrai.

Jean eut un deuxième éclat de rire farouche qui ébranla tout ce beau logis sonore.

— A ton aise ! dit-il, mais ce sera long, car je vais entrer ici, et tu ne penses pas que j'en veuille sortir avant demain !

Décidément il n'était pas averti de la chute du verrou. Il frappa de nouveau, non plus du doigt, non plus même du poing, mais violemment, bestialement, du talon de sa botte. La porte se fendit et céda.

Valence avait traîné devant la fenêtre le bureau qui lui servait pour écrire, et s'en était fait un retranchement. Dans l'un des tiroirs du petit meuble, elle venait de prendre un stylet à manche d'argent, un présent de sa tante revenant d'Italie « toujours courant. » Ce bizarre cadeau l'avait alors fait sourire :

— Tante Lotte, que voulez-vous que je fasse de cette arme de guerre?

— Et si jamais un malfaiteur se glissait dans ta chambre la nuit... Qui sait, mignonne?...

La tante « toujours courant » ne croyait pas annoncer l'avenir.

Valence demeura debout, appuyée à la croisée, derrière son rempart improvisé qui supportait la lampe ; elle mit le poignard dans la manche de sa robe et se croisa les bras :

— Grand-père, murmura-t-elle avec des caresses enfantines dans la voix qui convenaient bien à la prière naïve qu'elle allait faire, vous le seul de tous les hommes de mon nom que j'aie connus, le plus brave, le plus sage de tous les Civré, grand-père, vous qui m'aimiez tant, venez à moi !

Anne-François était de la grande race; elle aussi. Il défendait sa maison, sa vie, son honneur, son Dieu, comme elle allait défendre la liberté de son âme et de son corps. Pendant ce temps, l'aïeul de Jean de Fresne avait émigré. Les de Fresne avaient combattu leur pays sous des drapeaux étrangers. C'était un reproche que jamais elle n'avait fait à Jean ; elle n'y avait même pas songé. Et pourtant, à cette heure, elle se disait que l'histoire de ses pères était un peu la sienne. Lui aussi, il s'était placé sous les couleurs de l'étranger, il avait obéi aux suggestions de ce démon du Nord, trop habile à le tenter et à le séduire. Sans cette femme, il aurait peut-être bien vécu, malgré son humeur violente ; le mal qu'il avait fait avec elle et pour elle l'avait à jamais rendu méchant.

IX

Quel changement depuis cinq minutes! Valence n'en était plus à appeler son courage, il était venu. L'étincelle avait jailli, le feu brillait. Il sembla que le grand aïeul, dont elle avait reçu à six ans la bénédiction et le dernier baiser, eût entendu son appel. La jeune femme était bien tentée de penser qu'une puissance mystérieuse et secourable avait redoublé la furie de Jean de Fresne. Le dernier emportement du petit homme devait mal le servir; cette porte volant en éclats n'était pas bonne pour ses desseins.

Jean entra, il roula plutôt dans la chambre.

Il portait un élégant costume de voyage, mais tant de mouvements désordonnés depuis une heure en avaient bien dérangé l'harmonie. Sa cravate était dénouée. Il jeta sur un fauteuil son chapeau rond de feutre gris entouré d'une mousseline blanche, suivant la mode des touristes

anglais; un lambeau de l'écharpe déchirée demeura sur son épaule. Tel qu'il se faisait voir à
sa femme après une si longue absence, ce n'était
guère à son avantage, et l'on sentait bien tout
de suite qu'il se proposait de la réduire, non de
la séduire.

Qui aurait reconnu le gentleman à la mise
recherchée, aux petites façons correctes, serrées,
altières, qui depuis Genève avait attiré tant de
regards sur sa route? C'était maintenant un
compagnon vulgaire, hérissé, débraillé. Avec
sa petite taille vigoureuse et trapue, son énorme
barbe noire au milieu de laquelle luisaient ses
yeux enflammés et brillaient ses dents blanches,
il avait des airs de loup.

— Peste ! dit-il après avoir examiné rapidement le système de défense dont la jeune femme
s'était entourée, vous voilà bien préparée à me
recevoir.

Elle ne répondit pas.

— Sang Dieu ! quel attirail pour me faire
fête ! Je vois bien que j'ai eu tort d'enfoncer cette
porte.

— Vous avez eu tort, puisque ce n'était pas
nécessaire, dit-elle.

— J'ai manqué de patience. Vous me l'auriez ouverte.

— Non.

— Je vous dis que vous l'auriez ouverte do-
cilement quoique tardivement, reprit-il. Vous
ne connaissez pas vous-même votre bon naturel.
Vous obéissez toujours à la longue, parce que
vous êtes née pour obéir. Il ne s'agit que d'attendre. J'ai manqué de patience.

— Et de mémoire, ajouta-t-elle d'une voix
encore assez basse et sans porter les yeux sur
lui. Vous avez oublié que par vos ordres, apparemment, le chemin vous avait été frayé. Re-
ardez, là , sur le tapis,

— C'est cela qui n'est pas nécessaire ! dit-il
en attirant à lui une chaise volante sur laquelle
il s'appuya. Je crois savoir ce que j'y trouverais.
Le verrou. J'ai des gens à moi dans le logis, cela
ne peut vous plaire. Oh ! je suis passablement
servi et vous êtes bien gardée. Mais je n'y ai plus
pensé dans mon désir de vous voir sans perdre
une minute. J'ai donné un coup de pied inutile.

— Aussi, répondit lentement Valence, vous
n'avez pas même l'excuse d'une brutalité si
malhonnête devant toute notre maison : vous
n'en aurez que la honte.

— La honte ! répéta le petit homme. Oh ! oh !
Puis il fit tourner sa chaise et s'y campa
vivement à califourchon au milieu de la chambre. Manière de s'asseoir un peu moins *malhonnête* que sa manière d'entrer, mais approchant.

— Savez-vous, reprit-il, que vous avez joliment profité de mon absence. Je vous reprochais autrefois d'être embarrassée pour exprimer ces grandes pensées qui vous venaient dans nos disputes....

— Que ne m'avez-vous pas reproché ! murmura-t-elle.

— On aurait dit que le fonds vous manquait alors...

— Le fonds se sera donc enrichi, interrompit Valence en relevant la tête, avec un regard assuré, car je ne me sens plus embarrassée du tout.

— Je le vois bien, vous êtes devenue belle parleuse.

La jeune femme eut un geste de mépris, seulement un geste des doigts ; elle ne desserra point ses deux bras croisés, le stylet aurait glissé de sa manche. Quant à lui qui l'observait, un nuage passa dans la lueur furieuse de ses yeux. Un peu d'inquiétude commençait de se mêler à sa colère, il ne pouvait croire à ce calme extraordinaire dans celle qu'il avait vue si souvent tremblante, éperdue à sa première menace ; la surprise lui arracha un juron dont il étouffa la moitié pourtant au passage.

— Je vous prie, dit Valence, faites-moi grâce désormais de vos mots grossiers et de vos injures.

— Comment donc ! s'écria-t-il, je ne suis
pas ici pour vous en dire, ce ne serait pas de
saison.

Et il se reprit à rire de ce même rire faux et
rauque, qui avait mis en fuite les serviteurs
effarés, quand il en assaisonnait ses invectives
à Sébastien Besnard, un instant auparavant ; il
avança de quelques pas, faisant courir sous lui
la chaise qui lui servait de monture.

— Je vais donc vous poser respectueusement
deux questions, dit-il. Et d'abord de quel droit
aviez-vous mis ces verrous quand vous connaissiez mon retour ? Et vous le connaissiez.

— De quel droit songe-t-on à se défendre,
quand on est sûre d'être attaquée.

— Suis-je votre mari ?

— Depuis longtemps vous ne l'étiez presque
plus, répondit-elle. Vous avez tout à fait cessé
de l'être depuis un moment.

Il se leva. Il vint s'accouder sur le bureau ; et,
bien que la jeune femme eût reculé autant que
le lui permettait l'étroit espace où elle s'était
renfermée, ces yeux allumés d'une haine sauvage se trouvèrent assez près des siens.

— Répétez cela ! dit-il.

— Vous avez pour jamais cessé d'être mon
mari, reprit-elle sans hésiter. Écoutez-moi,
Jean de Fresne, et ne vous flattez plus de me

7.

faire peur. Vous n'auriez pas eu tort de le croire,
il n'y a encore qu'un instant, mais vous avez
mis le comble à vos outrages, vous avez de
votre poing, de votre pied, anéanti mes derniers scrupules. Oh ! je sais ce que vous allez
me dire. Rien ne peut délier ceux qu'a liés la
main d'un prêtre.

— Parbleu, non ! fit-il. On n'efface pas le
sacrement. C'est ce qu'il a de mauvais et ce
qu'il a de bon.

— J'ai beaucoup réfléchi sur ces choses terribles. Ne riez pas encore de votre méchant rire.
Ce sont vraiment de terribles choses pour moi
qui n'ai pas fait comme vous le sacrifice de ma
vie éternelle ...

— Que je vous souhaite ! dit le petit homme
qui devenait plaisant.

— Eh bien, je crois, fermement de tout mon
cœur que Dieu ne défend point, dans de certains
cas, à une femme de se refuser aux engagements
bénis en son nom, quand s'y prêter encore ce
serait les avilir.

— Quand le mari est un païen.

— Un païen, si le mot vous plaît. L'épouse
chrétienne n'est pas une esclave, Dieu ne veut
pas qu'elle le soit.

— Mais le mari le veut, dit-il.

Il la dévorait toujours du même regard où la

vengeance n'était plus toute seule allumée. Ce courage si subit la lui faisait voir telle qu'il ne l'avait jamais vue. Cette émotion vaillante et contenue la lui rendait attrayante et nouvelle.

— La loi est avec le mari, reprit-il d'une voix sourde, et ne lui interdit aucun moyen de vaincre la rebelle. Aucun moyen, entendez-vous ? On dit par le monde que vous vous vantez de ne pas appartenir à la terre. Qu'est-ce que cela me fait à moi ? La loi et le mari, voilà les deux puissances dans ce vilain monde d'ici-bas où vous avez le malheur de vivre. Il faudra bien que vous vous y soumettiez. Je vous en donne ma parole ...

— De gentilhomme, ajouta-t-elle. Cette fois, vous n'avez pas eu besoin de me souffler le mot ; il m'est venu de lui-même ... Eh bien, non !

En même temps ses bras s'ouvrirent ; de sa manche, le stylet passa dans sa main. Jean toujours accoudé sur le bureau se redressa. Il ne riait plus.

— Que comptez-vous faire de ce couteau à papier ? demanda-t-il. Lequel de nous deux voulez-vous tuer, ma belle ? Si c'est moi, vous n'en aurez pas la force. Et dans le procès que vous méditez de me faire, si jamais vous arrivez à ce scandale, j'aurai la joie de dire que vous caressiez la douce pensée de percer votre

mari... Si c'est vous-même que vous avez
l'intention d'égorger un peu, ce serait dommage.
Et puis il faudrait en avoir le cœur !

— Je crois que ce sera moi, dit Valence
avec un pâle et léger sourire. Je vais vous
apprendre une chose dont je suis encore bien
persuadée: c'est que Dieu ne me le défendrait
pas. Il ne peut me commander de jamais appartenir, même en cédant à la force, à un homme
tel que vous, fussiez-vous mon mari deux fois.
Plutôt en appeler à lui ! Si je l'ai alors offensé,
qu'il me juge ! Il sait qui vous êtes, monsieur
de Fresne, il ne le sait pas mieux que moi qui
ai été votre femme. Allez ! je ferai ce que je
vous dis si cela devient nécessaire. Et ne soyez
pas surpris de me trouver aujourd'hui si
différente de moi-même. Vous ne me connaissiez
pas. Celle que vous m'avez envoyée pour
éclairer votre route a dû pourtant vous dire
qu'il serait plus sûr après tout de m'en écarter
une bonne fois et pour jamais. Je ne pense pas
que ce moyen de vous délivrer de toutes les
craintes que je vous cause vous embarrasse
beaucoup tous les deux...

— Des craintes ! dit-il les dents serrées.
Avez-vous dit qu'on devait vous craindre? Je
vois que vous voulez ici changer les rôles. Oh !
je ne vous croyais pas si hardie que d'engager

la partie avec moi. Quant à celle dont vous
parlez, sachez qu'elle est venue de son propre
mouvement, poussée par son cœur qui est
généreux.

— Voilà un éloge mérité, riposta Valence.
Oui, vraiment, madame de la Blotterie est une
généreuse personne. Qui peut le savoir mieux
que vous? Cependant vous savez aussi qu'il
faut mériter ses dons. Le prix des tâches
qu'elle impose est assez beau, mais la tâche
est effroyable...

Jean recula; il ne le voulait pourtant point.
Une puissance plus forte que sa volonté le repoussait hors du cercle de lumière projetée par la
lampe. D'instinct, malgré lui, il dérobait son
visage. En fuyant, car c'était un commencement de fuite, il menaçait encore.

— Sang Dieu! grommela-t-il, prenez garde,
misérable folle!

— Jean de Fresne, dit-elle, croyez bien que
je n'ai pas envie d'agiter vos remords si vous
en avez. J'aimerais bien mieux vous amener à
suivre le conseil de vos intérêts et de la raison.
Tout à l'heure vous parliez de scandale. Voulez-
vous nous l'épargner à tous les deux?

Il s'était adossé contre la muraille, à dix pas
maintenant du boulevard construit par Valence
et de cette lampe importune.

— Je n'ai pas d'autre remords, dit-il, que
de vous avoir donné mon nom.

— Je le quitterai.

— Je n'ai pas d'autre intérêt que de vous
dompter, reprit-il dans une sorte de rugisse-
ment qu'il ne put éteindre sur sa bouche. La
raison ne m'ordonne qu'une chose, c'est de
vous mettre en état de ne plus me nuire. Et je
le ferai, avant que cinq minutes soient passées.

— Il n'aurait donc pas fallu briser cette
porte, répondit-elle.

Jean frappa le mur de son poing crispé et se
tut ; il sentait bien qu'elle disait vrai ; et cette
assurance ironique qu'elle lui montrait faisait
renaître toute sa rage.

— La violence a gâté votre cause, reprit
tranquillement Valence ; et la mienne s'est
trouvée la plus forte. Ne demandez pas ce qui
m'a surtout rendu le courage contre vous. C'est
cela. Vous avez beau tenir toute la maison
sous la terreur, cette porte n'en est pas moins
en pièces, vous n'êtes plus libre de tenter
d'abominables choses ; mais vous pouvez encore
prendre une belle revanche pour votre orgueil.
Vous pouvez encore vous poser en maître qui
veut être obéi, et qui punit à l'instant s'il ne
l'est point. Chassez-moi !

—A la bonne heure ! dit-il, ceci, c'est de la politique. Espérez-vous me déguiser le piége où vous voulez me faire tomber ? Que je vous chasse, et le procès est ouvert, et le gain vous en appartient peut-être. Sotte femme, je ne veux pas de procès, je ne veux point de guerre. Je veux que vous soyez retenue par une chaîne si lourde et si sûre, que vous ne puissiez songer à la rompre. Je ne veux que cela.

— Vous me tuerez donc ! Mais il me reste bien quelques heures. Vous êtes obligé malgré vous de me les donner. Je vous dis que, ce soir, je n'ai rien à craindre. N'en accusez que vous, c'est votre faute.

— Alors, serrez cet outil, fit Jean montrant le stylet. Pas de comédie inutile, la belle. Vous ne serez pas plus tuée que chassée, mais vous deviendrez docile. Mes armes, à moi, sont plus solides que ce joujou ridicule. Je viens de vous les faire connaître. Mettons que ce soir j'ai manqué l'occasion. Mais demain est à moi, et le jour d'après, et de longs jours. Je saurai vous faire une telle vie que vous demanderez grâce. Vous n'en aurez point.

— Je n'en demanderai pas, dit Valence. C'est ici que vous vous trompez. Encore une fois, écoutez-moi bien, monsieur de Fresne. Il me reste quelques amis au monde. Si les vivants

ne venaient pas à temps pour me protéger contre vous, je vous dirais : « Prenez garde à votre
tour. Vous l'aurez voulu, j'appelle les morts. »

— Sang Dieu ! dit-il, ne ferez-vous point de
façons pour les déranger, ceux-là ?

Il revenait à son juron favori, et son rire
farouche remplit de nouveau la chambre. En
même temps, il se détachait de la muraille, il
se rassemblait dans sa petite taille comme pour
bondir vers l'imprudente qui le provoquait si
cruellement.

— Des façons ! dit-elle avec un sourire intrépide. Pourquoi ? Je dois croire que certaines
ombres n'hésiteront guère à se déranger comme
vous dites, car il en est une qui se plaît assez
souvent à visiter vos rêves. Celle-là vient vous
dire : Jean de Fresne, ceux qui oseraient préten-
dre que tu m'as tué de ta main, de ta main de
gentilhomme, commettraient un affreux mensonge ; mais s'ils disaient seulement que tu as
imaginé la plus ingénieuse manière de me faire
rencontrer ma fin et que ce trait de génie et
d'audace ne t'a pas été mal payé par ma veuve...

Jean se rua vers le bureau ; la lampe tomba.
Valence, acculée à la fenêtre, dont les vitres
volèrent en éclats, jeta un grand cri.

La maison accourait. Sébastien Besnard entra le premier dans la chambre, suivi du gros

Louis, qui portait un flambeau. Valence avait
réussi à se dégager de l'impasse entre cette
fenêtre et le bureau où le furieux l'avait saisie.
Les éclats du verre l'avaient blessée à la main;
toute sanglante, elle apparut, à demi couverte
par les rideaux de l'alcôve où elle s'était réfugiée. Jean de Fresne, haletant, demeurait ap-
puyé au chambranle de la croisée.

Cependant les domestiques arrivaient un à
un. Il leva la tête :

— Votre maîtresse a voulu me tuer, dit-il,
parce que j'ai cru devoir lui rappeler que j'étais
son mari. Elle portait sur elle un poignard...
Vous le trouveriez encore dans la manche de sa
robe.

— C'est vrai, murmura Valence en jetant
l'arme, le voici...

— C'était son droit, peut-être, de se défendre ! dit Besnard.

Les domestiques hésitaient ; ce mot du fermier, dit de sa voix mâle et de son air grave
qui avait tant d'effet sur le petit monde, décida
de leur opinion. Il n'en faut pas plus pour
entraîner la faveur populaire. Un cri s'éleva
sur toutes les bouches, et tout le monde, sauf
la fille de chambre, qui était bien gagnée, répéta : — C'était son droit.

Alors Valence redressa la tête à son tour : elle

s'avança lentement vers Jean, qui ne bougea point :

— Finissons-en, lui dit-elle tout bas, chassez-moi. Sur mon âme, si vous le faites, je vous jure de ne point dire aux juges comment le vieil Artus est mort. Je vous fais le serment de ne révéler jamais ni le secret ni la source de cette nouvelle fortune qui vous a permis de m'épouser. Sur mon âme ! entendez-vous ? Sur mon âme ! Mais chassez-moi !

Le petit homme ne répondit point. Un violent combat se livrait dans ce cœur frénétique. Valence avait déjà regagné sa place auprès du lit. Jean fit un pas en avant, et, s'adressant aux gens, mais la main étendue vers sa femme :

— Vous dites que le droit de madame de Fresne était de se défendre... Mon droit, à moi, c'est de la chasser. Aussi, je la chasse...

Un grand silence accueillit cette déclaration du *maître*. Jean de Fresne avait vraiment une ombre de revanche.

— Et derrière elle, je vous chasse tous, dit-il, tous ! Je ferai maison neuve demain...

X

La ville n'était qu'à cinq lieues ; il s'y tient,
le mardi, marché de valets et de servantes. Ce
jour-là, le deuxième depuis son retour au Plessis, au petit lever du soleil, Jean de Fresne
attela lui-même à son breack ses deux grands trotteurs normands, les conduisit à la main jusqu'à
la grille qu'il referma, mettant la clef dans sa
poche, enfin monta sur le siége ; et le breack
de filer un train d'enfer. La maison demeura
close et paraissait déserte. Une troupe d'enfants
se rassembla devant cette grille ; les marmots
chuchotaient entre eux : — La dame était déjà
partie !

Sur le seuil des maisons, dans la rue du
village, des femmes assises, le tricot à la main,
regardèrent passer la grande voiture et trouvèrent au maître une méchante mine. Les com-
mères ne pouvaient s'en étonner : mais elles se-

couaient la tête et disaient : — Il ne reviendra
pas.

Il revint au soleil couchant ; il ramenait avec
lui, sur le siége, un compagnon gagé ; il y en avait
deux autres et et une femme avec leurs paquets
dans la caisse du breack, toute une maisonnée.
Deux hommes à l'écurie, un au jardin, une servante au soin des appartements et à la cuisine,
c'était assez pour la *vie de garçon* que le châtelain allait mener désormais. Le village pensa
même que c'était beaucoup pour son avarice.

Quant au petit seigneur, juché sur ce haut
siége, il rongeait, en grinçant parfois des dents,
les restes de sa colère ; d'autres fois, il cédait
à une embellie et s'abandonnait aux rêves de
Perrette.

Par sa faute, par sa très-grande faute, il
avait perdu l'avantage dans le procès qui allait
s'ouvrir et qu'il n'espérait plus d'empêcher.
Pourtant, s'il regrettait les effets de sa violence,
se reprochait-il bien vivement de l'avoir em-
ployée ? Grand Dieu, non ! Et d'abord, n'eût-il
pas écouté les conseils de sa haine contre la
révoltée, la violence, c'était son humeur.

Et puis Valence représentait un péril pressant,
terrible. Quel autre moyen de le conjurer que
de briser sur sa bouche le secret dont elle était
armée. Avait-il été libre d'user de politique

envers elle? Pouvait-il tenter autre chose que de
jouer le tout pour le tout? Eh bien, oui, il avait
perdu. N'eût été la déesse de neige qui trônait
là-bas dans sa cour céleste à la Blotterie, il s'en
serait consolé.

Cette Fredda dédaigneuse, implacable, qui le
conduisait où elle voulait sans jamais récom-
penser ni sa docilité ni sa peine, demeurait
son plus grand souci. Avait-il donc le loisir, au
milieu de ses embarras, de s'occuper à lui plaire?
Et surtout y avait-il désormais tant d'intérêt?
Sans elle... Eh! sans elle, il aurait définitive-
ment adopté pour devise les quatre mots qui
lui échappèrent au moment où, poussant ses
trotteurs contre la grille, sans se rappeler qu'elle
n'était pas ouverte, il faillit tuer sa valetaille
neuve.

— Je suis battu, disait-il tout haut. Après?

Il avait chassé sa femme. Dès lors plus de
doute que la séparation ne fût prononcée contre
lui... Après?... Les personnes de moralité
scrupuleuse lui réservaient peut-être un blâme
sévère pour n'avoir point reculé devant le
scandale, les rieurs ne seraient plus pour l'exilée.
En lui refusant si publiquement l'accomplissement de ses devoirs pendant cinq ans, Valence
lui avait infligé quelque ridicule : par cette
résolution vigoureuse il s'en était bien relevé.

Qui en connaîtrait le fond ? Qui saurait que madame de Fresne avait demandé à être chassée ? Le nœud de la comédie devant échapper à tout le monde, l'honneur du dénoûment appartenait au mari. Certes Valence avait lestement mené sa cause et il comptait bien ne lui pardonner jamais. Il faisait même provision de rancune ; mais en se ménageant le triomphe devant les juges, elle lui laissait à lui l'avantage mondain : — Sotte femme ! se disait-il, que ferat-elle de sa liberté ? Il lui restera sans doute à entrer en religion. Moi, je continuerai de vivre !

Et même de bien vivre. Son avarice n'était pas sincère. Il n'avait jamais été ladre et vilain que contre sa femme. Petite noirceur et raffinement de vengeance. Madame de la Blotterie s'en amusait fort et la méchanceté du joli petit homme s'aiguisait. Quant à lui, n'étant un Harpagon que pour rire et par circonstance, il aimait pourtant l'argent, étant né riche, ayant voulu le redevenir. Qu'importait que Valence sût par quel moyen, puisqu'elle avait juré de le taire ? Il se voyait libre, et dût-il rendre à madame de Fresne cette terre du Plessis et la grande terre des Aubrays, en Vendée, toute la dot, il aurait encore le fameux demi-million gagné, disait-il, à la Bourse ; ce que le jeune marquis Victor de la Tréville avait beau mettre en doute,

il n'y avait d'incrédule que lui. Bien employé,
ce demi-million! Jean de Fresne en avait dégrevé
d'abord son domaine hypothéqué du Morbihan,
qu'il arrondissait sans cesse, ayant fait depuis
six ans de grosses épargnes. C'est là qu'il se
fixerait, chassant, tenant bonne table, tout en
amassant sur ses revenus de l'année de quoi
faire figure à Paris au printemps. Bonne et
joyeuse existence, indépendante et cossue. Il
croyait déjà la mener.

Voilà les rêves de Perrette. Fredda les ren-
verserait d'un mot: —Et si votre femme ne
tenait pas son serment?

Lui n'en doutait point; il connaissait bien
celle dont il avait été si longtemps le bourreau.
— Mais ce serment, répondrait-il, elle l'afait sur
son âme! — La déesse de neige, voyant tant de
candeur, lèverait les épaules, et peut-être dai-
gnerait en rire.

Fredda le rejetterait malgré lui dans le péril
et dans la lutte. Vainement il lui dirait: — Mais
la prudence nous commande de ne point tenter
celle qui nous tient dans sa main. Ce n'est pas
moi qui suis candide, c'est elle. La sotte créature — car il faudrait bien accorder à la déesse
que c'était une sotte créature, ce qu'il avait
toujours dit sans y croire — a toutes les sim-
plicités que nous n'avons plus. Elle a juré, elle

ne se parjurera que si nous lui en donnons le droit par nos menaces. Gardons-nous bien de lui faire peur ! — Fredda ne se contenterait pas d'assurances si légères. Elle avait donné ses ordres et ne les changerait point. Il tenait là, dans un portefeuille à secret, sur sa poitrine, trois lettres d'elle, l'une reçue à Genève, l'autre à Paris, la troisième à N..., quelques heures après la visite de madame de la Blotterie au Plessis. Celle-ci avait décidé de son retour. Les deux premières ne renfermaient que le conseil de rentrer chez lui au plus vite afin d'éviter un procès dont les débats pouvaient éclairer trop de choses obscures ; la dernière contenait la sentence : — Enchaînez votre femme sans retour au fond de votre maison, ou, si vous ne le pouvez, ôtez-la de notre route !

Le premier soin de Jean de Fresne, en s'éveillant le lendemain, fut de brûler ces trois lettres. Il avait médité, la nuit durant, un peu comme les tigres dans leur cage; ceux-ci ont de la prudence à leur manière, ils épargnent quelquefois leurs rugissements à ceux qui sont leurs maîtres afin de s'épargner les coups de fouet. Le petit homme était de plus en plus déterminé à se tenir coi, à se laisser faire le procès et à le perdre sans même s'être défendu autrement que pour la forme. Ce revirement des choses serait, dans le pays, la curiosité de l'année. Il s'en souciait bien! Le présent était sacrifié, restait l'avenir. Il attendrait sa vraie revanche. Tel ne serait pas l'avis de Fredda ; aussi, n'irait-il point chercher les inspirations de la sirène de glace.

Il ne se rendrait pas à la Blotterie, car la première question de la châtelaine serait celle-ci : — Où est votre femme ?

Une question assez naturelle vraiment. Mais, décidément fatigué de craintes, rassasié de violences, affamé de repos, il n'entendait pas même se mettre en état d'y répondre. Où était Valence ? Parbleu ! il n'en savait rien, ne souhaitait pas de le savoir et pensait que les actes devant bientôt aller leur train, MM. les huissiers, chargés de les signifier à qui de droit, prendraient soin de l'en informer.

Quand il descendit à la salle à manger, par une matinée lourde et très-chaude, il aurait été difficile de dire si c'était l'effort d'une si grande résolution ou l'orage de l'air qui le rendait plus que jamais nerveux et sombre. Il vit la table servie, s'assit, et tout à coup s'emporta si fort que la valetaille neuve en trembla et s'aperçut bien qu'il faudrait du temps pour se faire à un pareil maître. Que voulait-il? Du vin. Sa liqueur favorite, du xérès sec, un flot d'or qui brûle.

8

On apporta la fiole ; il but. Il s'était paré ce matin-là ; son habit de fine toile blanche faisait ressortir l'éclat soyeux de sa barbe noire ; il portait une cravate bleue, retenue par un solitaire monté en épingle, un présent de mademoiselle de Civré, autrefois, un cadeau de noces. Cependant le xérès l'allumait. Il sonna ; on ne venait point. Il frappa du dos de son couteau sur le verre qui se brisa, et il éclata de rire. Enfin la servante, gagée la veille, arriva :

— Au diable ! cria-t-il, je veux que ce soit désormais Sophie qui me serve.

Sophie, c'était la femme de chambre de madame de Fresne, celle qui, dans la fameuse nuit, se montrait si avidement curieuse d'une scène qu'elle pouvait bien avoir préparée. Elle était donc restée au logis, seule de tous les gens. La fille entra. C'était une grande et forte péronnelle aux yeux bruns, vifs et hardis, avec une épaisse chevelure tombant sur un front bas et brutal, et quelque fraîcheur au visage. Jean de Fresne, en la voyant, détacha l'épingle de sa cravate :

— Tiens ! dit-il, je te la donne. C'est pour les verrous !

Quoi ! l'étrange générosité ! lui, qui avait si longtemps passé pour un avare !...

Aussi, comme elle s'empressa autour de ce

maître si bon pour elle, si dur aux autres, songeant surtout à remplacer le verre brisé. Jean
se versa une nouvelle rasade et tint un moment la liqueur au bord de ses lèvres. Il respirait cette chaude senteur; la flamme montait à
son cerveau, y attisant des pensées perverses et
bouffonnes; une énorme fantaisie prenait corps
au fond de ce verre

— La bonne mascarade! grommelait-il en
riant; on la lui redirait, elle en serait humiliée jusqu'au fond de son cœur. Oui, c'est
cela ! je le ferai.

D'un signe, il appela la fille plus près de lui.
Un moment, elle l'écouta lui parler tout bas et
se mit à rire à son tour :

— Justement, dit-elle en secouant sa crinière
effrontée, j'ai la même taille que madame ; tout
le village va courir pour me voir. On croira
que c'est elle.

Jean quitta la table et se rendit au jardin ; il
continuait de s'entretenir avec son ivresse ; un
nuage couvrait ses yeux, les bordures des allées
dansaient devant lui, et deux fois il se trompa
de sentier. La même gaieté stupide courait sur
sa lèvre rougie par le vin :

— Eh ! disait-il, ce n'est pas pour cela qu'elle
violera sa parole... Qu'on ne la menace point,
qu'on ne lui fasse pas peur, tout est là. Mais

on peut bien s'amuser d'elle. La fille a raison
de dire que tout le village accourra sur la grève
quand elle se montrera sur la terrasse.

La Loire, ce jour-là, plus que jamais,
était vivante ; la brise soufflait du sud-ouest,
courte et dure. Les grands voiliers remontaient
chargés de toute leur toile : ils couraient presque
vent debout, rasant le bord où le castel du
Plessis est situé. Valence, autrefois, aimait ces
jours de demi-tempête pendant l'été ; elle
demeurait des heures entières sur sa terrasse,
écoutant siffler les cordages et craquer les mâ-
tures, tandis que ce grand vent tiède l'enve-
loppait de ses rudes caresses ; mais bientôt la
voile rouge de Boisdemetz, tranchant sur la
couleur grise du ciel et de l'eau, se montrait
au sud, et madame de Fresne gagnait la tonnelle.
Invisible sous l'épaisseur du feuillage, elle
suivait longtemps la grande aile pourpre battant
le flot, et quelquefois souriait à la pensée que
Christian Artus repasserait le lendemain devant
le Plessis, qu'il avait l'air de ne vouloir s'en
lasser jamais, et que c'était un duel plaisant
entre leurs deux opiniâtretés, — elle si ferme
à ne point se montrer, lui si résolûment
curieux de la voir. Et Valence avait près de
trente ans ! Et jamais il n'y avait eu que ce
roman dans sa vie !

Cette fois, la voile rouge parut comme la
veille, comme tous les jours depuis plus d'un
mois; la robe blanche, errant sur la terrasse
du Plessis, ne se dissimula point. Artus sourit
peut-être en pensant qu'à l'amour c'est comme à
la guerre : la défensive est rarement la plus forte.

Derrière la barque de Boisdemetz, en accourait une autre plus légère. Celle-ci avait
une voile grise, et tantôt s'enfonçait avec la
lame, tantôt rebondissait comme une mouette
à la crête du flot. Bientôt, toutes deux se rejoi-
gnirent et voguèrent de conserve. Artus et
le marquis Victor s'étaient salués en quelques
mots. Le grand vent ne permettait guère une
conversation suivie de bord à bord ; et, d'ailleurs, le jeune marquis, le moins volontiers
parleur de tous les hommes, était en ce
moment d'humeur bien plus taciturne que
jamais. Tous ses yeux, toute son âme s'étaient
fixés sur cette forme blanche, là-bas, sous les
tilleuls du Plessis. Il avait des pensées amères :

— Ainsi, elle est revenue! Ainsi, elle a
manqué de force pour lutter jusqu'au bout.
Voilà donc le courage des femmes!

Le regard d'Artus ne suivait pas une autre
direction ; mais il se sentait surveillé par son ami,
et ne se trompait pas. Victor de la Tréville,
tout plein de fierté pour ce qu'il aimait, se

8.

disait que le Norwégien ne connaissait point le départ de Valence et n'aurait pas à juger son retour ; il s'en applaudissait pour elle. L'aventure du Plessis était connue au château de Guesnes depuis la veille ; mais comment serait-elle arrivée jusqu'à Christian, dans sa solitude des Ombrails, au pied de ses ruines moussues, sous la ramure de son grand parc où ne pénétrait aucun bruit du monde ? Cependant les deux barques avançaient. Artus cria :

— Pourquoi tout ce monde sur le bord ? Il y a donc une fête au Plessis ? Votre vilain gentilhomme serait-il revenu de ses voyages ?

— Il est revenu, dit Victor.

Vraiment oui, tout le village était rassemblé sur la grève, hommes, femmes, enfants. La nouvelle s'était répandue en quelques minutes : Madame Valence est rentrée au logis ; on vient de la voir sur la terrasse.

Et tout le monde de se hâter vers la rivière. Madame Valence ne se montrait plus. Tous les cous alors de s'allonger et les commentaires d'aller leur train :

— Quel chemin a-t-elle donc suivi pour arriver au Plessis ? On n'a entendu rouler aucune voiture cette nuit dans la rue du village ; on n'a pas vu de barque ce matin. Elle n'est pourtant pas tombée du ciel.

— Non, dit Anne-Marie Besnard, qui était là. Si elle était allée jusqu'au paradis, son mari le lui a trop bien fait gagner depuis six ans, le bon Dieu l'aurait gardée.

Le seuil de toutes les maisonnettes bâties dans le sable et les roches, en regard de la rivière, sous l'ombre noire des figuiers, était rempli de curieux qui attendaient. La robe blanche reparut au bord de la terrasse. Ils allaient soulever leurs chapeaux et battre des mains, ils reculèrent en silence. Beaucoup de maisons se fermèrent. Une grande troupe remonta vers le village. Quand on fut dans le chemin couvert qui conduisait de la berge à la place de l'église, une clameur s'éleva contre le maître du château et la fille impudente qui osait bien s'attifer des robes de sa maîtresse. Les plus hardis proposèrent de redescendre sur la grève et de saluer la fausse madame Valence à coups de pierre.

Les deux barques, en ce moment, allaient raser la rive.

— Ce n'est point madame de Fresne qui est là! dit Artus.

— Madame de Fresne est à la ville, au couvent des dames Augustines, et Jean de Fresne est décidément un lâche, répondit le marquis.

Jean entendit, car il était sous la tonnelle, et

cette rude brise avait dissipé son ivresse. Du
même coup il apprenait le lieu que Valence
avait choisi pour sa retraite et il recevait cette
injure. Il serra les poings, mais ne bougea pas.
Le joli petit homme n'avait pas prévu ce châtiment si prompt de sa méchanceté et de sa
démence.

Aussi, quand les barques furent passées,
quand la fille, sans se douter qu'elle avait été
si près d'être lapidée par les justiciers de la
paroisse, et se pavanant dans les longs plis blancs
profanés, s'approcha en riant :

— Va-t'en ! lui cria-t-il.

— Eh ! dit la fille effarée, qu'avez-vous ? J'ai
fait ce que vous vouliez et rien autre chose.
C'était pourtant assez drôle de voir les gens du
village remettre leurs jambes à leur cou. Oh !
bien parce que ces deux-là dans les bateaux ne
sont pas contents ...

— Va-t'en ! reprit Jean de Fresne, ou c'est
toi qui payeras l'affront.

Épouvantée, elle s'enfuit. Jean se promena seul
longtemps sur cette terrasse, frappant de sa botte
le tronc des tilleuls, jurant, sacrant, puis enfin retrouva quelque peu de calme. Alors il réfléchit. Il
allait bien graver dans sa mémoire l'outrage que
lui avait infligé M. de la Tréville ; un jour viendrait où il réglerait ce compte avec beaucoup.

d'autres... Quant à la *mascarade*... Plaisante idée, malgré tout. Elle rendait encore plus sûre la perte de son procès, car il y aurait des témoins ; cela prendrait rang parmi les *sévices*, et les plus graves... Eh bien, c'est ce qu'il voulait. Seulement il savait à merveille que madame de la Blotterie ne le voulait pas.

Et pourtant la communauté de leurs intérêts reposait sur un terrible lien, qu'il ne pouvait briser... Mais il pouvait le détendre. Le dernier mot de ce long débat avec lui-même fut à l'adresse de Fredda : — Tant pis pour elle !

Victor de la Tréville venait de quitter Christian Artus. Le Norwégien ramenait sa barque vers Boisdemetz, et comme il n'était pas aisé de courir même en louvoyant contre une brise si lourde, dont la résistance s'augmentait encore de celle de l'eau, car la marée montait, il amena sa toile et prit les rames. Accoudé sur la terrasse, et désormais apaisé, Jean de Fresne se prit à le suivre des yeux avec une curiosité toute pleine de pensées diverses. La première, bien digne de ce joli petit fauve décoré du nom d'homme, c'était que, si ce grand et superbe compagnon venait à devancer par un accident les lois de la nature, madame de la Blotterie aurait un beau domaine de plus.

Le vieil Artus, — que Dieu traite bien son âme

et surtout qu'il la retienne auprès de lui ! grom
mela Jean de Fresne avec un de ses rires farou-
ches, — le vieil Artus avait mis en effet à ses
dons une seule clause restrictive: la terre de la
Blotterie devait faire retour à son neveu si celui-ci
survivait à sa veuve, la terre de Boisdemetz à
Fredda si Christian mourait avant elle et sans en
fants. Or, Boisdemetz était un superbe domaine...

Même ce serait un moyen de rentrer dans les
bonnes grâces de la châtelaine de la Blotterie
pour qui aurait eu le malheur de les perdre...

—Seulement ce n'est pas lui qui m'a fait
l'insulte... C'est la Tréville, dit Jean de Fresne
avec un retour de fureur. C'est ce jeune sot
qu'on appelle le *chevalier*. Il a l'esprit aussi
mal fait que le corps mal bâti avec sa tête carrée
et ses jambes torses. C'est pourquoi il n'entend
pas la plaisanterie. Oh! le louveteau stupide...
J'ai tué de plus vieux loups.

Cette curiosité que lui causait Christian lui
fit oublier sa colère. Il ne le connaissait point;
sans la voile rouge, fameuse dans tout le pays,
il n'aurait pas su même quel était le compagnon
du marquis Victor. Maintenant, il le dévorait du
regard, d'abord parce qu'il admirait toujours
la force physique. Cette embarcation que menait Artus, légère sous la toile, devenait d'un
poids terrible sous l'aviron; et pourtant le Nor-

wégien, de ses bras d'acier, la faisait voler sur le
flot. Le vent se jouait dans sa chevelure et sa
barbe d'or; une des fausses écoutes de la voile
captive s'étant détachée, il cessa pour un instant
de ramer et se leva pour réparer le dommage.
Jean de Fresne ne se possédait plus, le joli
petit homme était ravi en extase par cette stature de héros. Tout à coup il se remit à rire :

« — Au bal du château de Guesnes, mur-
» mura-t-il, mon neveu a voulu danser avec
» madame votre femme; mais le marquis Victor
» l'en a empêché. Si l'innocente et tendre
» personne était moins dangereuse, grâce à ses
» envies de juges et à ses démangeaisons de
» procès, voilà celui qui peut perdre bien des
» cœurs! Il est beau comme un dieu antique...
» Mais nous devons agir plus sûrement et frap-
» per plus vite... »

Ce n'était pas Jean de Fresne qui disait cela,
il ne faisait que se répéter un passage d'une
des lettres de Fredda:

— Un accroc à l'honneur du nom de de Fresne
ne lui aurait rien coûté, ajouta-t-il; mais sang
Dieu! elle avait raison. Un pareil homme perdrait
toutes les femmes. Elle a voulu que je fisse à
madame de Fresne des reproches de cette danse
qui n'a pas été dansée, et m'a conseillé de lui dire
que Christian Artus était un de mes pires ennemis.

Je l'ai fait. Pourquoi ? Si je le sais, que le
diable m'emporte! J'avais de l'humeur, je
n'étais pas très-satisfait de l'éloge d'un pareil
neveu sous sa plume. Après cela, ce bel homme
deviendra peut-être mon ennemi; mais il ne
pas l'est encore, à moins que ce ne soit pourtant
comme beaucoup d'autres, sans que je le sache.

La barque, rasant le bord de très-près, disparut derrière le petit promontoire de roches
qui séparait la grève du Plessis de l'anse du
Clavier. Christian Artus, lui aussi, avait pu
distinguer de nouveau les traits de M. de Fresne.

— Où donc ai-je vu cette petite taille ronde
et cette jolie figure à faire peur? se demanda-t-il.

Jean de Fresne aurait pu être aussi curieux
de savoir pourquoi Artus en ce moment faisait
virer sa barque et entrait dans l'anse. Par
bonheur il n'eut pas cette fantaisie. Un coup
de soleil à travers les nuées dorait les pampres
sur la colline. Christian sauta à terre, traînant
la chaîne de l'embarcation qu'il attacha solide-
ment à l'un des aunes.

Puis il prit à travers la vigne le sentier qui
conduisait à la ferme.

Vainement il avait essayé d'obtenir du jeune
marquis de la Tréville quelques éclaircissements
sur le départ de madame de Fresne. Victor
était muet. Pourtant, il avait consenti à dire

que la marquise, son aïeule, subitement retournée en faveur de la jeune femme, approuvait
hautement sa conduite, et que madame de la
Blotterie, au contraire, n'en pouvait cacher le
plus étrange dépit. Mais qu'importait à Christian
l'opinion de sa belle tante?

Il ne soupçonnait guère qu'un lien redoutable rattachait les malheurs de Valence au
problème, toujours insoluble à ses yeux, de la
fin soudaine de son oncle. Une seule chose
lui paraissait intéressante, c'était précisément
de connaître la cause de ce suffrage étonnant
donné par la vieille marquise à la fugitive
du Plessis :

— Je dois croire, avait-il dit à Victor, que
les bonnes dispositions de madame votre grand'-
mère vont se confirmer singulièrement après
ce que nous venons de voir, et le récit que vous
ne manquerez pas de lui faire.

— J'en suis persuadé.

— Cependant, hier, quand la marquise n'avait
encore que la nouvelle toute sèche de la résolution de madame de Fresne se retirant chez les
dames Augustines, comment une personne si
sévère a-t-elle pu tout de suite approuver?...

— Sachez, avait dit Victor poussé à bout, que
la nouvelle n'est point arrivée toute sèche. La
marquise a été informée que, sans la présence au

9

Plessis du fermier Besnard, très-dévoué à madame Valence, Jean de Fresne apparemment
l'aurait tuée.

— Que ce fermier soit béni! répondit Artus
en riant.

Cette fausse gaieté lui déchirait les lèvres ; et
pourtant, le marquis ne put apercevoir son
émotion sur son visage. Artus, d'ailleurs,
essayait de se vaincre lui-même ; le sentiment
qu'il éprouvait lui causait moins d'agitation
encore que de surprise. Il ne croyait pas que le
charme particulier de Valence, cette puissance de
vie et de tendresse qu'il avait lue dans ses yeux
au bal du château de Guesnes, eût fait ce chemin
dans son cœur ; il ne voulait pas le croire.

Mais ce même cœur, si hautain et si fort, le
poussait maintenant vers le lieu où il espérait
satisfaire sa curiosité, en apaisant son angoisse.
Artus avait trop bien appris depuis un mois
à connaître les entours de Valence pour ne
pas savoir que le fermier courageux qui avait
arraché la jeune femme à son gentilhomme
brutal et lâche était celui du Clavier. Il allait
donc trouver Sébastien Besnard par ce chemin
couronné de pampres, et ne se doutait guère qu'il
y foulait les traces de madame de Fresne, à peine
recouvertes depuis deux jours par ce sable fin
que remuait le vent.

Anne-Marie, revenue du village, tricotait, toujours chantonnant, auprès de la barcelonnette de ses deux marmots ; elle rougit en reconnaissant le superbe géant qui se courbait pour passer sous la porte et se leva un peu en désordre. Son émotion, pourtant, ne lui fit pas oublier les grandes traditions de la révérence telles qu'on les enseignait au bourg, chez les sœurs de Sainte-Marie, le centre des bonnes manières villageoises :

— Monsieur, dit-elle, faites excuse : qu'y a-t-il pour vous servir ?

— Je voudrais voir le fermier, votre père.

— Faites encore excuse, c'est mon mari. Pour le quart d'heure, il est à la ville.

Le visage d'Artus s'éclaircit.

— Quoi ! dit-il, votre mari ? Et ces enfants seraient les vôtres ? Vous êtes vous-même presque une fillette.

Il n'avait pas pris un mauvais détour pour arriver au sensible endroit du cœur de la jeune fermière.

— Faites toujours excuse, balbutia-t-elle. J'ai bien mes vingt ans.

— Ainsi, continua-t-il, pensant que c'était assez de compliments et qu'il pouvait courir au but, Sébastien Besnard est à la ville. Ne serait-ce pas au couvent des dames Augustines qu'on l'a mandé?

Anne-Marie se mordit les lèvres. Sébastien, en partant, lui avait dit: —Femme, méfiez-vous de tout le monde et ne parlez point. — Aussi ne souffla-t-elle mot.

— Je suis, reprit Artus hésitant, un ami de madame de Fresne...

La vivacité de la jeune fermière l'emporta sur les recommandations conjugales:

— Ça, ne le dites point! s'écria-t-elle. Mon bon monsieur, ce n'est pas possible. Allez! on sait bien que vous n'avez pas de méchantes intentions. Ça n'empêche que vous donnez une entorse à la vérité tout de même... Vous n'êtes pas l'ami de madame Valence. Non-dà! vous ne l'êtes point.

— Et pourquoi, je vous prie, ma chère dame? répondit le Norwégien embarrassé de se voir deviné si bien et si vite par cette petite paysanne aux airs madrés. La fine mouche de campagne! Les femmes sont partout les femmes.

— Pourquoi? reprit Anne-Marie:... Oh! je peux bien vous l'apprendre. Voyez-vous, le monsieur du Plessis, notre monsieur, est si méchant, que s'il ne fait pas un mauvais coup qui le mènera loin, il finira par porter la main sur lui. Mais en attendant, il est en vie; et tant qu'il y sera, madame Valence n'aura point d'amis, sauf votre respect, et n'écoutera jamais un homme. Allez! on la connaît chez nous!

Christian Artus avait rougi. C'était son tour.

— Vous avez raison, répondit-il. Prenez donc que je suis venu seulement pour voir votre mari Sébastien Besnard, un fidèle ami de madame Valence, celui-là, et pour lui dire que le jour où l'on aura besoin d'un bon cœur de plus pour la servir, le maître de Boisdemetz sera prêt. Je vous salue, ma belle enfant.

—Ça, fit Anne-Marie en le reconduisant, c'est différent, oui-dà? N'ayez peur, mon brave monsieur, on le lui dira.

XI

Ainsi madame de la Blotterie, en apprenant au château de Guesnes le départ de Valence, n'avait pas su retenir les grâces du Nord sur son beau visage ; toute cette glace brillante s'était une fois démentie, le masque tremblait. Le marquis Victor, parlant du *dépit* de Fredda, employait sans le vouloir cette atténuation dans les mots si chère à la vieille madame de la Tréville, son aïeule, — l'honneur et le sceau de la bonne compagnie.

Du dépit ! C'était bel et bien un terrible souci que cachait la déesse, un insupportable mélange de craintes trop justifiées, de brûlants et furieux désirs d'entrer elle-même en action, de cruel et parfait mépris envers ce Jean de Fresne qui renonçait au combat, qui la trahissait par ce renoncement aveugle, qui, par-dessus tout, fuyait ses reproches. Elle apprit encore la *mascarade* de la terrasse, et sa colère n'eut plus de bornes.

Ce jour-là, M. de Brantonnet était près d'elle. La déesse d'abord le flatta comme un instrument à ménager. Ce Brantonnet passait pour une des plus fines lames du département; ayant autant de courage que peu de réflexion, il pouvait devenir utile. Jean de Fresne, au contraire, ne servant plus, devenait incommode; sans compter l'outrage de sa défection.

— Je ne sais si je me trompe, dit madame de la Blotterie, mais il me semble que vous n'avez jamais beaucoup aimé M. de Fresne.

— J'en ai pourtant dit assez de bien quelquefois pour vous plaire !

— Ne vous abusez, pas reprit Fredda, avec un de ses plus francs sourires, vous parlez d'une chose dont vous n'avez pas encore trouvé le moyen...

— Mais, fit le Brantonnet, je croyais de mon côté que le joli petit homme était en grâce devant vous.

— Je le vois rarement. Il ne vient pas une fois tous les mois à la Blotterie et il ne se montre plus chez madame de la Tréville, depuis que le marquis Victor lui a déclaré la guerre. Enfin depuis quelque temps il avait voyagé.

— Je m'étais donc trompé, dit le gentilhomme à l'évent, je n'en suis pas trop fâché.

— Oh! trompé seulement à demi. M. de Fresne, après tout, me paraît charmant comme à beaucoup de femmes...

— Charmant? avec ses airs de loup.

— Un loup du monde, répondit Fredda, souriant encore, tandis que M. de la Tréville est un loup des bois. Entre les deux, je fais la différence, vous le voyez, suivant la justice.

— Je peux vous avouer, reprit le Brantonnet, que l'insolence ordinaire de Jean de Fresne m'a souvent choqué. J'ai même pensé quelquefois à la châtier quand j'étais plus jeune et que j'avais la tête chaude; mais lui-même n'était alors qu'un enfant.

Fredda eut un geste d'effroi:

— Mon Dieu! dit-elle, vos dispositions envers lui sont-elles meilleures qu'autrefois? J'ai peur que non, et je vous devine. Vous trouvez que la conduite de M. de Fresne, depuis qu'il a chassé sa femme, car il l'a chassée...

— Oui, le sot, quand il n'aurait eu qu'à la laisser partir.

— Ou à l'en empêcher. Enfin, s'il est vrai que tous les gens d'une même sorte se tiennent entre eux, cette conduite vous paraît fâcheuse pour l'honneur des gentilshommes en ce pays.

— Je n'avais pas eu cette pensée; mais j'aurais dû l'avoir.

— Renvoyez-la bien vite ! je serais désolée de vous l'avoir donnée.

— Je suis entièrement de votre avis. Ce Jean de Fresne nous compromet tous. Vivre avec des filles de chambre ! Leur donner les habits de sa femme ! Il faudra que je consulte quelques-uns des nôtres qui sont bons juges...

— Des juges du point d'honneur, c'est-à-dire des sages qui raisonnent gravement sur une folie. Laissons cela.

Oui vraiment, une folie. La plus dangereuse pour Fredda, le pire attentat contre sa sécurité et ses intérêts ; car, si Jean de Fresne lui échappait, c'était lui pourtant qui la couvrait encore de loin et qui lui servirait plus tard de bouclier.

Si elle se fût trouvée seule à la merci de Valence, sa perte eût été bien plus sûre. Elle connaissait mieux madame de Fresne que jamais elle n'avait voulu l'avouer. Valence, dans le procès, dirait tout ce qui pouvait la rendre libre ; mais elle hésiterait, à envoyer devant des juges criminels celui dont, séparée même, elle porterait toujours le nom.

Madame de la Blotterie ignorait le serment fait à Jean de Fresne par sa femme. Si elle l'avait connu, elle aurait feint, comme Jean le supposait, de ne pas y croire, et se serait pourtant sentie plus rassurée. Alors elle eût peut-

9.

être poussé le Brantonnet plus fort. Elle n'osait
à cette heure ; et c'était dommage. Elle aurait
trouvé tant de plaisir à punir ce grand traître
et ce petit rebelle.

— Quittez-moi, dit-elle à son visiteur.

Le gentilhomme à l'évent s'agita fort. On
venait déjà de lui déclarer, en riant, il est vrai,
qu'il n'avait pas trouvé le moyen de tout à fait
plaire ; il trembla d'avoir tout à fait déplu, et il
exprima cette crainte d'un ton suppliant.

— Non ! non ! dit-elle. Seulement, délivrez-
moi d'une tentation que vous ne pouvez comprendre.

Il était certes bien incapable de discerner le
lien qui rattachait ce congé déplaisant aux
pensées antérieures de madame de la Blotterie.
Fredda éprouva une vive impatience à le voir
se redresser, se gonfler comme le geai de la
fable. Quel changement ! Il s'en allait déjà confit
en joie, persuadé que cette tentation mystérieuse
à laquelle la jeune femme avait peur de suc-
comber n'était que le charme de sa personne,
et qu'il serait heureux quelque jour. La déesse
le rappela :

— Ne revenez pas à la Blotterie avant un bon
mois, lui dit-elle ; je crois que je ferai un
voyage.

Elle entendait se délivrer des importuns. Elle

avait besoin d'être seule pour agiter un nouveau plan de défense ou d'attaque, puisqu'on la réduisait à ses propres forces; seule pour recevoir Jean de Fresne qui viendrait à la fin. Cela, elle le voulait énergiquement. Mais le moyen de le forcer à venir? Une lettre qui contiendrait un de ces ordres auxquels il n'y a point de réplique? Non. On n'écrit pas à un homme livré aux servantes. Fredda réfléchissait et se trouvait stérile, indigne d'elle-même au milieu d'un si vif danger. L'idée de revanche, l'idée de châtiment, l'idée de salut se faisait attendre. Enfin, le quatrième jour qui suivit la visite du Brantonnet, la lumière jaillit.

Le nœud de cette nouvelle intrigue était dans le dernier mot qu'elle avait jeté pour adieu au malheureux gentilhomme éconduit: un voyage. Il fallait que Jean de Fresne crût à une résolution soudaine et suprême dans son ancienne alliée. Il devait penser qu'elle cédait aux approches d'un orage menaçant l'ordonnance de sa belle vie, qu'elle allait quitter sa demeure somptueuse, le pays, la France peut-être; il en serait moins surpris que personne, car il savait mieux qu'aucun autre à quel point elle était riche et libre.

Alors, la puissance de la déesse sur ce cœur capricieux et sombre se réveillerait peut-être. Il

ne voulait, en demeurant loin d'elle, que garder
la liberté de se conduire à sa guise, mais il
craindrait de la perdre. Elle savait bien qu'il
l'avait aimée avec une soumission passive et
prête à tout ; elle en avait eu de terribles gages !

Il viendrait. Alors un bout de promesse, une
lueur d'espérance le remettraient à sa merci.
Et si le même leurre qui avait eu tant de pouvoir sur Jean de Fresne pendant sept ans ne
suffisait plus... eh bien ! dût-elle se livrer,
il fallait le reprendre.

Jamais elle ne donnerait qu'un peu d'elle-
même ; lui, elle le posséderait tout entier.

Mais, auparavant, il y avait à tenter cette
grande manœuvre. Elle était bien sûre de frapper le reclus volontaire du Plessis par le coup
de partie qu'elle méditait; et comme elle poursuivait cette méditation dans ses jardins en
amphithéâtre au-dessus du fleuve, devant le
palais à l'italienne construit par le vieil Artus
sur le versant d'un coteau dont une futaie
magnifique couronnait le faîte, elle se prit à
regretter de ne pouvoir faire entrer dans ce jeu
savant toutes ces merveilles. Jean de Fresne
n'ignorait point qu'elle avait un grand amour
pour ce beau lieu où elle avait appris à être
reine. Quel effet sur le joli petit homme et sur
tout le pays, sur les résolutions mêmes de Va-

lence dans sa retraite, que la mise en vente de
la Blotterie ! Quant à lui, il se dirait qu'elle
préférait son repos à sa royauté et ne mettrait
plus en doute ses projets de départ. Valence
penserait qu'elle lui cédait la place et serait
disposée à la clémence. Elle était si sotte, la
réfugiée des Augustines, qui aurait aussi bien
pu être leur pensionnaire, si au lieu de trente
ans elle en avait eu quinze ! — De cette façon, la
déesse reconquerrait à l'instant le mari et désar-
merait la femme.

Un rêve que tout cela ! Fredda n'avait malheureusement pas le pouvoir d'aliéner cette
terre; certaine clause du testament de l'armateur
l'en empêchait... Ah ! le testament stupide ! Que
le vieil Artus l'eût fait moins bizarre, qu'il
n'eût pas commis surtout l'imprudence de le
faire connaître dans sa teneur capricieuse, avec
les omissions savantes qu'il y avait laissées et les
additions menaçantes qu'il se proposait d'y
insérer à son dernier jour, — et celle qui devait
être sa veuve aurait bien su écarter de son chemin la mort qui allait le surprendre !

Ces souvenirs assiégèrent un moment Fredda
tandis qu'elle remontait la vaste pelouse dont les
ondes vertes ruisselaient comme celles du fleuve
qui en baignait le pied; puis elle secoua ces
fantômes, et rentrée dans sa maison, demanda

la voiture qui servait ordinairement à la conduire
à la ville.

C'était une demi-calèche attelée en poste.
Sur le siége, à l'arrière, un seul valet de pied,
mais en une livrée éclatante, vert clair et argent,
portant au chapeau la cocarde blanche, signe
parlant des sentiments du vieil Artus, recueillis
par cette veuve pieuse avec le reste de l'héritage.
Il faut arborer haut et ferme la fidélité aux
vieilles causes quand on est encore, ainsi que le
disait mademoiselle de la Tréville, une personne
si nouvelle. Ce domestique était superbe ; en un
autre siècle, on en aurait fait un heiduque. Le
postillon enrubanné,—vert et blanc toujours,
—ne déparait point l'équipage. Tout cela avait
grand air. Madame de la Blotterie fit au bout de
deux heures une royale entrée dans la ville.
Les petites gens saluaient d'instinct la beauté et
la richesse en voyage ; les personnes plus qualifiées et plus réfléchies le faisaient délibérément
et respectueusement. On sait ce qui est dû aux
deux puissances principales de ce monde. L'orgueilleuse joie pour l'aventurière de Frederiksal,
élevée si haut par le caprice d'un vieillard, —
de faire également jaillir des yeux des femmes et
de ceux des hommes des éclairs dont la cause,
il est vrai, était différente !

— O Fredda ! se disait-elle, voilà les deux degrès de ton trône : les désirs de tous ces fils d'Adam, l'envie de toutes ces filles d'Ève.

Le fouet du postillon, les grelots des deux vigoureux percherons qui faisaient voler la demi-calèche attirèrent du monde aux croisées. Comme on passait sur une place des mieux hantées, au pied du cercle à la mode, tous les membres présents de cette réunion de choix coururent au balcon. Quel triomphe! Comme ils étaient tous agités, attendris! et pour des causes si légitimes, avec des mouvements si sincères! L'adorable femme! disaient-ils. Et quatre millions en terre!

Sans compter près de deux autres millions cachés... S'ils l'avaient su!

Mais à quoi leur eût servi cette découverte! A les pénétrer comme la lumière de la grâce. Rien de plus. Cette « adorable femme » ne voulait point de second mari; cet intraitable cœur était décidé à ne jamais se rendre. O veuve rebelle et charmante, aussi décevante que bien dorée!

Quant à elle, buvant sa gloire, enivrée de son prestige, le col un peu penché, comme ployant sous le poids de ces hommages qu'elle goûtait sans paraître les voir, caressant ses dentelles d'une main distraite, comme un beau cygne qui s'amuse à lisser ses ailes, Fredda se disait :

— Et je perd: ais tout cela par la vengeance
stupide d'une femme que la lâcheté de Jean de
Fresne n'a point su bâillonner au logis pour
notre sûreté à tous les deux !

Toute la ville élégante apprit ce jour-là que
la riche veuve s'était rendue chez son notaire.

Quarante-huit heures après, on savait dans les
châteaux de la Loire que ce notaire affligé avait
reçu le mandat de vendre toutes les terres de la
déesse, sauf la Blotterie. Fredda, renfermée dans
son palais italien, attendait avec confiance le
résultat de ce nouveau jeu de sa politique. Le
Plessis n'était pas si sourd, les servantes n'étaient
pas de si puissantes sirènes, Jean de Fresne
allait être informé de la grande nouvelle à son
tour.

Elle ne se trompait pas ; une lettre vint et
le porteur déclara qu'il avait ordre de ne la
remettre qu'aux mains mêmes de la châtelaine.
La déesse fit montre d'un courroux extraordinaire. Qu'était cela ? Elle n'avait point coutume
de recevoir de ces prétendus mystérieux mes-
sages. Et d'abord, qui était ce messager ? qui
l'envoyait ?

On ne le connaissait point ; il refusait de se
faire connaître. Fredda s'emporta plus fort ; tout
le monde au château tremblait devant cette froide
et altière maîtresse.

— Que ce singulier personnage remporte
sa lettre, dit-elle.

Elle n'avait pas un moment douté qu'il ne
vînt du Plessis. Un des nouveaux domestiques
de la maison, sans doute. Cette exécution lui
paraissait habile :

— Jean entrera dans une colère épouvantable,
pensait-elle.

Oui, mais si ce jour-là il souhaitait de la
voir, ce désir grandirait encore pendant la nuit.
Demain, ce serait l'ancienne passion rallumée.
Il n'enverrait plus de messager et il accourrait
de lui-même. Tout à coup, une nouvelle pensée
frappa la déesse...

Ce fut même d'une si terrible force, que,
d'abord, elle en demeura comme foudroyée. La
nuit... Eh bien, la nuit qui devait lui ramener
Jean de Fresne, c'était aussi le moment où Jean
cédait aux mauvais songes qui naguère l'avaient
trahi, qui l'avaient mis à la merci de sa femme...

Si maintenant le reclus du Plessis, qui semblait avoir abjuré toute sagesse, n'avait pas même
la plus vulgaire, celle d'écarter de son chevet
les créatures vénales...

Il faut dire que depuis l'aventure de la terrasse, la légende allait grossissant chaque jour
les folies du joli petit homme. Le Brantonnet,
dans sa visite à la Blotterie, l'avait représenté

comme vivant chez lui au milieu d'un harem de servantes... Fredda, alors, avait feint de le croire, et cette feinte n'était pas si éloignée d'une crédulité sincère.

— Oh! Judas! murmura-t-elle, comme il nous livre!

Le lendemain, cachée par une jalousie, elle se tenait à la croisée qui regardait le fleuve. L'heure s'écoulait. Peut-être aurait-on trouvé en ce moment quelque fièvre à ses mains. Enfin, une barque parut cinglant vers le nord. Au même instant, la grande voile rouge de Bois-demetz accourait également du sud, et, sous la main habile d'Artus, allait raser et dépasser dans quelques minutes cette embarcation pesante qui portait Jean de Fresne. On aurait dit même que le Norwégien n'avait point d'autre but. Les sourcils noirs de madame de la Blotterie se plissèrent sous la nacre de son front:

— Encore un danger que Jean ne soupçonne pas! fit-elle... Mais Christian peut-il le reconnaître?...

La déesse attendit Jean de Fresne dans un coin de son paradis. Ce n'était pas un salon, ce n'était pas une serre, mais un boudoir d'été aux murailles entièrement tapissées de feuillages. Trois glaces immenses s'encadraient sur trois côtés dans cette masse de verdure, le quatrième

côté était percé d'une large baie ouverte sur une
vérandah qui donnait elle-même sur les jardins.
A l'extérieur des stores blancs, au dedans un rideau de soie rouge défiaient la chaleur et laissaient pénétrer dans ce réduit délicieux une riche
et tranquille lumière. Le plafond très-élevé, for-
mant le cintre, représentait un ciel bleu sans tache où planait un aigle. Grâce à un trompe-l'œil
ingénieux, l'espace semblait s'ouvrir, se pro-
longer à l'infini et le royal oiseau — délicate
allégorie — montait, montait toujours comme
la pensée, comme les désirs de la châtelaine
dont rien ne pouvait troubler l'orgueilleuse
sérénité ni borner l'essor.

Des nattes de l'Inde au lieu de tapis couvraient
les dalles de marbre; les fauteuils et les divans
étaient de jonc ou de satin, étoffe toujours fraîche
au toucher. De grandes jardinières de bronze
doré placées au pied des glaces contenaient une
profusion de fleurs et ce n'était point leur rareté
qui les avait fait choisir; il semblait plutôt que
ce fût la vivacité de leur parfum. Les héliotropes
dominaient, mélangés aux résédas et aux tubé-
reuses. Ces senteurs puissantes auraient incom-
modé peut-être de simples mortelles, mais la
déesse était de neige; le sang circulait plus
lentement dans ses veines.

Tant pis pour les visiteurs s'ils se sentaient

enivrés par cette coupe violente qu'elle respirait librement! La petite inquiétude de fièvre que lui avait donnée l'attente était maintenant bien passée. Le divan sur lequel, nonchalante, elle vint s'étendre était de satin rouge comme le rideau de la baie. Quant à elle, ce jour-là, elle avait voulu s'habiller de noir.

Tout de noir transparent, comme les belles nuits de cette saison; ses bras éclatants étaient nus sous des dentelles. Ses petits pieds chaussés de bas de soie noire, reposaient dans des mules brodées d'or; elle ne portait que deux bijoux, un collier de perles d'or, et au doigt annulaire de la main gauche un énorme saphir, image de ses yeux.

Jean de Fresne avait mis pied à terre à cent mètres environ du château. Là s'ouvrait une petite crique où se balançait le yacht à vapeur et, sous son élégant bordage, toute une flottille de barques comme à Boisdemetz. Le maître du Plessis, dont le léger et musculeux embonpoint était serré dans une redingote noire, tenait à la main son chapeau de haute forme en feutre gris; il était ganté de gris-perle. Dans grande cette tenue de visite à la campagne et, d'ailleurs, plus que jamais sombre et agité, il avait si peu l'air d'un gentilhomme abandonné aux servantes que celles de la Blotterie qu'il rencontra, en traversant la cour des communs, auraient volontiers pris la fuite devant lui. Il faisait peur. Connaissant trop bien les êtres, il allait tout droit son chemin, au plus court, sans parler à personne. Cependant, comme il arrivait à l'angle du logis principal qu'il allait tourner pour joindre la façade et le grand perron, un bruit de clous et de marteaux résonnant au-dessus de lui l'amena brusquement à lever la tête.

Alors on aurait pu voir le joli petit homme reculer, blémir, porter la main à son front comme pour chasser un mauvais rêve qu'il faisait cette fois tout éveillé. D'une voix convulsive il dit à l'ouvrier qui rajustait un balcon de bois à l'une des croisées donnant sur cette cour des communs : — Pourquoi fais-tu cela?

Et l'ouvrier, surpris, de répondre :

— Il paraît que madame veut se servir de cette chambre qui était restée fermée *après le malheur*. Je remets le balcon. Il n'avait pas été replacé depuis sept ans; mais monsieur sait l'affaire mieux que moi...

XII

Cet homme était apparemment un ouvrier né dans le pays, et connaissait M. de Fresne Sans s'en douter, il disait horriblement vrai : « Monsieur sait l'affaire mieux que moi ! »

Jean demeura un moment cloué aux pavés de la cour. Si ses yeux les lui montraient tels qu'ils étaient alors, soigneusement lavés le matin, polis et luisants au soleil, ses souvenirs les lui faisaient voir peut-être tels qu'ils avaient été un jour, *il y avait sept ans*. Ce jour-là les domestiques, en se levant, avaient trouvé leur vieux maître mort, noyé dans son sang. Il était tombé du haut de ce balcon dont la rampe avait cédé sous son poids. Madame ne le voyant pas entrer chez elle, avait dû croire qu'il reposait dans son appartement, et tandis qu'il expirait sans secours, la tête fracassée, elle dormait en paix. Cette pensée, dans les jours qui suivirent, se représentait sans cesse à son esprit ; elle ne se lassait point de l'exprimer dans le grand éclat de son désespoir.

Aussi, elle avait commandé qu'on fermât à jamais cette chambre, bien que servant de salon d'attente à son appartement, dont les croisées s'ouvraient à l'angle de la maison regardant le fleuve ; mais tout passe, tout s'efface. La châtelaine aujourd'hui ordonnait une réparation nécessaire, cette pièce, si longtemps close, lui faisant défaut.

Peut-être viendrait-elle désormais chaque matin sur ce balcon, surtout dans les matinées d'hiver, car il était orienté au soleil levant. O mémoire des veuves !

Jean fit un violent effort pour s'arracher à ces pierres qui criaient sourdement vengeance. Un instant après, il longeait la façade du beau palais italien. Le logis était royalement tenu ; sur le perron, orné de balustres en marbre rouge d'Espagne dont le couronnement supportait des vases d'onyx algérien remplis de fleurs, se carrait un valet en grand habit. M. de Fresne le heurta au passage et ne lui souffla mot ; le visiteur s'introduisait lui-même. Le valet, pourtant, remis du choc, courut sur ses pas.

— Madame est dans son salon d'été.

Cet avertissement aurait dû rappeler au joli

petit homme que dans cette maison si sévèrement décente, il se conduisait ordinairement
avec plus de précaution ; mais en ce moment
Jean de Fresne n'avait cure des prudences né-
cessaires. Toujours muet, toujours farouche, il
redescendit le perron et suivit le pied du château jusqu'à l'angle opposé. D'un bond, il gravit
les degrés de la vérandah, écarta les plis de
soie qui masquaient l'entrée du paradis, alla
tout droit à la déesse qui se soulevait à demi
sur son divan rouge.

— Ainsi, dit-il, vous faites replacer le
balcon ?

— Je répare aussi volontiers autour de moi
que vous détruisez volontiers autour de vous,
répliqua-t-elle. Nos humeurs sont différentes,
monsieur de Fresne. Vous me sembliez en être
assez bien persuadé depuis quelque temps,
puisque vous aviez renoncé à la fatigue de me
voir.

Jean ne répondit point ; il parcourut un
moment la belle chambre verte, il étouffait mal
sa colère ; tout à coup, revenant à la châtelaine :

— Oui, dit-il, j'ai fait cette épreuve sur moi-
même. Heureusement, elle a réussi, je peux me
passer de vous voir ; et pourtant je ne veux pas
que vous partiez.

— Voilà une singulière contradiction. Mon

absence vous chagrinerait si fort quand ma présence ne vous est pas nécessaire?

— Oui ou non, cette mise en vente de vos
biens est-elle une feinte?

— Que croyez-vous?

— Je ne sais. Vous êtes capable de toutes les
plus violentes résolutions. Vous en avez de
soudaines, et vous en avez de durables...

— Encore la différence entre nous. Chez
vous la violence est subite mais passagère.

— Céderiez-vous à la frayeur parce que les
choses, au Plessis, ont tourné contre moi, s'écria
M. de Fresne, — parce que cette femme nous
échappe?...

— Madame de Fresne se tient-elle tranquille
en son couvent? interrompit la Norwégienne...
Oh! croyez bien que ce n'est point la frayeur
qui me rend curieuse. C'est le goût que j'ai
toujours eu pour les bonnes comédies. La grêle
des actes vous incommoderait-elle déjà dans
votre solitude du Plessis?... une solitude, dit-
on, assez joyeuse. Ce beau procès, enfin, est-il
commencé?

— Vous ne me répondez pas, reprit-il... Eh
bien, non! je ne crois pas que cette vente soit
sérieuse. On voit, en entrant ici, plus de recherche autour de vous et plus de luxe que jamais
dans cette maison. Ce n'est pas une résolution

10

de voyage qui vous a conseillé de renouveler la
décoration de ce salon d'été où les fleurs vous
étouffent ... Et puis, ce balcon !... Une bravade,
mais qui ne montre point de projets de départ.

— Ce balcon ne vous agite pas à demi, ce
me semble. Monsieur de Fresne, l'excès de
mémoire est une faiblesse.

— Non ! ce n'est pas cela... Ce sont ces fleurs.
Pardonnez-moi, je vous dis que ces parfums
abominables me rendent fou.

— Que voulez-vous ! dit la déesse en levant
doucement les épaules, je crains beaucoup autour de moi l'odeur des maritornes.

Jean, suivant sa coutume, serra les poings :

— Écoutez, reprit-il, et ne m'accusez pas.
Je sais que tout le pays crie contre moi au scandale. Eh bien, ce scandale, je l'ai voulu. Il faut
que madame de Fresne gagne son procès.

— C'est cela, dit-elle. Vous étiez parti en
guerre contre votre femme; la brebis enragée a
osé se défendre, et c'est vous qui vous avouez
vaincu. Il paraît que la bataille a été chaude;
on dit même que l'innocente aurait voulu vous
tuer un peu.

— Non, mais se tuer elle-même.

Fredda éclata de rire.

— Et vous l'en avez empêchée ? O cœur ma-
gnanime ! Tenez ! je ne vous ferai plus de re-

proches. Venez ici près de moi et contez-moi
tout... Pauvre courage ! Pourquoi jugez-vous
utile de donner contre vous de nouvelles armes
à votre femme ? Parce que vous ne croyez plus
en moi qui seule peux retremper les vôtres.

-Il obéit, prit une des chaises de jonc et
vint s'asseoir au bord du divan. Fredda laissait
flotter sa main qui effleura la sienne. Il tressaillit.

— Racontez et ne me cachez rien, dit-elle.

Il était bien repris, l'indocile et joli petit
homme. Rien cacher ? L'aurait-il pu sous le regard de ces yeux brillants fixés au plus profond
de ses yeux, interrogeant tous les replis de son
âme ? Il dit comment il avait surpris Valence, comment il avait mené l'attaque et comment, en effet,
elle s'était défendue; comment, fatigué de sa
résistance, il avait accepté le contrat qu'elle lui
offrait : Chassez-moi, rendez-moi libre de votre
main, et je tiendrai le passé enseveli pour mon
honneur et pour le vôtre !...

La déesse l'observait, agitant toujours ses
belles épaules d'un air de pitié profonde.

— Que vous avez là un bon billet ! dit-elle.

Il protesta, il jura que l'exilée du Plessis était
loyale et qu'elle tiendrait sa parole, à moins
que la persécution de ceux qui la haïssaient
— il était de ceux-là, il l'avait bien montré

depuis cinq ans! — ne lui donnât le droit de
s'en croire dégagée.

Fredda se tut un moment.

— Il n'y a point que notre haine qui la dé-
lierait à ses yeux, reprit-elle, d'un air pensif;
il y a aussi l'amour, si l'amour lui venait...

Jean de Fresne se leva brusquement :

— Que voulez-vous dire ? s'écria-t-il. Séparée
ou non, voilà ce que je ne souffrirais pas. Certes
elle ne peut l'ignorer! Elle sait qu'il lui en
coûterait trop cher !

— Voilà ce qui nous sauverait, monsieur de
Fresne, si nous savions alors reprendre l'avantage, répondit Fredda en le forçant à se rasseoir.
Je croyais vous l'avoir fait entendre dans une
de mes lettres ; l'orgueil des hommes est sourd.
Faut-il vous répéter que si votre femme n'a
dansé qu'avec Victor de la Tréville au château
de Guesne, c'est que le marquis rustaud n'a pas
permis à mon beau neveu de le remplacer près
d'elle ?

— Eh! grommela Jean, que m'importe!

— Mais votre femme n'en a pas été moins
affligée que notre Hippolyte de Norwége lui-
même; et si le marquis Victor s'est entremêlé
dans cette chaude affaire, c'est qu'il connaît les
sentiments de son ami. Le marquis, vous ne l'i-

gnorez point, aime madame de Fresne. Quant à
mon beau neveu, depuis ce bal, et jusqu'à
votre retour, la barque de Boisdemetz n'a pas
manqué un seul jour de passer devant la terrasse du Plessis.

Jean s'agita violemment encore une fois.

— Pourquoi vouloir que nous nous atta-
quions à cet homme? demanda-t-il. Que vous a
fait Christian Artus?

— Croyez-vous qu'il soit aveugle?...

... Si j'ai su toute seule découvrir les millions
dont une part a taché vos mains, monsieur de
Fresne reprit-elle en baissant la voix...

— Taisez-vous! fit-il. Sang Dieu! cet argent
me brûle plus souvent que vous ne le pensez.
Qui me tient encore de vous le rendre?

— Si j'étais seule à en avoir surpris l'existence, continua Fredda, qui se trouvait mieux
placé pourtant que Christian Artus pour la
soupçonner? Il connaissait les grandes affaires
de son oncle. Rappelez-vous comment il a répondu, quand, à son retour, les bonnes âmes l'as-
siégeaient et lui demandaient: — Que savez-vous?
Lui, écartant les curiosités: — Je ne veux rien
savoir! — Des amis obligeants sont alors venus
m'apprendre l'insolente réponse... Vous parlez
sans cesse de dangers. Voilà l'un de ceux dont
vous ne tenez compte... Apprenez à le regarder

en face comme tous les autres. Au lieu d'un cœur
turbulent, donnez-vous donc, comme moi, un cœur
impassible. Oui, Christian Artus est pour nous
une menace comme votre femme, et ce second
péril vient encore de vous effleurer tout à l'heure
quand la voile rouge a rasé votre barque.

. — Ah ! s'écria-t-il. Vous étiez à votre fenêtre ;
vous guettiez mon arrivée.

— Et cette pensée vous fait oublier tout le
reste, car vous m'aimez, dit-elle avec un nouveau
mouvement d'épaules.

— Ne faut-il pas que je vous aie terriblement
aimée ! Ne l'avez-vous pas voulu de toute votre
force, et avec quelles paroles ! Vous avez été
l'esprit infernal, s'il y a un enfer, qui m'a suggéré
cette effroyable idée du balcon croulant sous le
vieillard...

— Parlons bas ! dit la déesse. S'il y a un
enfer comme vous dites, et vous n'en doutez
pas, car vous êtes superstitieux comme le pays
où vous êtes né, monsieur de Fresne ; — eh bien ,
s'il y a un enfer, il ne faut point que là même
on puisse nous entendre. Trompons jusqu'aux
diables si nous pouvons ; nous avons bien
trompé le monde des humains. Allez ! c'était le
plus difficile...

— C'est vrai ; mais il fallait réussir à ce jeu-là,
car si nous avions perdu la partie...

— Vaincre ou périr, dit-elle ironiquement.
Vous auriez sûrement choisi la première alterna-
tive ; mais sans moi, vous auriez couru bien vite
à la seconde. Je vous offenserais, mon gentilhomme, si je disais que moi, une femme, je suis
plus brave que vous. Mais voyez comme je sais
me garder l'esprit plus libre ! Une seule pensée
me décourage un peu. Ce que vous avez fait pour
moi et avec moi, le referiez-vous encore ? Non.

— Je le referais, peut-être, murmura-t-il.

— Non ! Vous avez eu déjà l'envie de me
trahir... Vous m'aimez encore... Tout me dit
que ce n'est plus sans scrupule comme autrefois...
Mais en ce temps-là !... Souvenez-vous, Jean !
Nous n'étions pas contents de notre destinée,
nous avons su l'embellir, ensemble.

— Taisez-vous ! taisez-vous, répéta-t-il.

— Le hasard nous rendit un cruel service.
Car enfin, si l'une des vis qui retenaient la
rampe de bois de ce balcon s'échappa, ce fut un
hasard, ce fut un malheur. Qui pourrait pré-
tendre que ce fut un crime ?

— Qui ? Madame de Fresne ? Elle le dirait.

— Voyons donc ce qu'elle pourrait dire : Que
le maître du logis venait là, respirer souvent
l'air frais du soir, en attendant qu'il lui fût permis d'entrer chez moi ?... Que vous étiez jaloux ?
Elle aurait raison. Pourquoi le haïssiez-vous, le

vieillard? Pour cela bien plus que pour la part
de ces millions qui allait vous revenir. Oui, vous
m'aimiez, Jean de Fresne, et je vous rends
justice : s'il y a honneur et bassesse dans le
crime, suivant les mobiles qui l'ont inspiré,
l'honneur est à vous, la bassesse à moi. Mais
j'ai aussi la puissance... Ah! c'est elle que j'ai
voulue... Finissons bien vite de rappeler cette
cruelle histoire... Le vieillard s'appuie sur cette
rampe trompeuse... A nous la fortune!...
Vous n'en vouliez point pour votre lot, je vous ai
forcé de le prendre... Mais je sais quel remords
vous en est venu, et voilà ce que vous avez révélé
dans un cauchemar stupide à votre femme qui
aurait dû être endormie auprès de vous, rêvant
de son côté...

Tout cela n'arrivait plus que dans un souffle à l'oreille de Jean de Fresne ; la chevelure
noire de la déesse effleurait son visage.

— Qui m'a commandé de me marier? fit-il.
Qui a choisi pour moi mademoiselle de Civré?
J'avais espéré de dormir un jour auprès d'une
autre femme !...

— Qui n'aurait eu rien à apprendre de vos
mauvais songes, interrompit Fredda avec un rire
étouffé. Me marier, moi, quand je m'étais rendue
libre. Et à quel prix ! Je crois que nous avons
assez parlé du passé, monsieur de Fresne ; mais

je ne suis point fâchée de l'avoir réveillé, quoi
qu'il m'en coûte. Cela devenait nécessaire, et il
est vrai que j'ai fait aujourd'hui relever ce balcon
parce que je vous attendais. J'ai voulu vous
aguerrir. Quand nous avons si bien porté notre
masque depuis sept ans, est-ce l'heure de le
laisser sottement tomber? Était-ce l'heure surtout de me trahir? Que vous en serait-il revenu,
si je l'avais souffert? Vous savez pourtant bien
que votre courage, que votre force, c'est moi!
Qui peut vous guider dans ce procès si périlleux
que vous attendez? moi seule, moi toujours...
Qu'ai-je besoin de vous le redire? Est-ce que la
peur ne vous a pas saisi quand vous avez entendu
parler de cette vente de mes terres?... Ah! vous
avez cru qu'en retour de votre délaissement
d'une semaine j'allais vous abandonner à jamais.

— C'est encore vrai, dit-il, je voulais vous
voir et je ne le voulais plus... Je vous appartiens peut-être, et cependant, j'ai encore une
terrible envie de m'affranchir à jamais, comme
vous le dites si bien. Oh! ne riez pas!... à
jamais! Je ne recommencerai pas cette vie de
fausses espérances et de rages que vous m'avez
fait mener trop longtemps. Si je dois être encore à vous, il faut que vous soyez à moi!...

— On ne présente pas un pareil marché à

une femme qui me ressemble. Vous vous méprenez, mon ami … mon unique ami.

— Redites que je suis votre seul ami ! murmura-t-il, je voudrais le croire.

— Allez ! la peinture que vous me faites de l'aimable état de votre cœur ne découragera pas mon indulgence …

— Sang Dieu ! s'écria-t-il, vous me raillez !

— Non, je vous le jure. Aimez-moi, monsieur de Fresne; cela me plaît, je le veux ! Et voyez comme les choses d'ici-bas sont monotones; le cercle est étroit, nous ne faisons que nous y agiter sans jamais le rompre. Nous en voici revenus tous les deux aux jours d'autrefois, quand vous pensiez que mon devoir était de vous rendre heureux...

— Au temps des promesses que vous avez su ne jamais tenir !

Fredda se leva :

— Pauvre ami, dit-elle, je vous ai déjà fait observer que vous devriez me connaître. Je suis de celles qui ne se donnent point. Quelquefois elles se croient obligées de souffrir qu'on les lie. Encore faudrait-il que la chaîne fût bien légère. Mais nous en étions au passé ; nous ne pouvons nous en défaire. Je vous dis et je vous redis que madame de Fresne n'est pas le seul ennemi que nous ayons à craindre. Nous serons quatre bientôt dans ce duel : vous et moi d'un côté, de l'autre votre femme et Christian Artus. Je vous dis qu'ils s'aiment ou qu'ils s'aimeront et que cela vaudrait mieux, car nous n'aurions à tenter contre tous les deux qu'un seul effort. Je sais déjà que la voile rouge remonte à présent tous les jours jusqu'à la ville.

— Eh ! dit Jean de Fresne avec un sourire moqueur à son tour, il faudrait donc supposer que les dames Augustines sont de mauvaises gardiennes. Qnant à moi, je crois qu'elles n'ouvriront pas leurs portes; et ce bel athlète, votre neveu, n'a pas encore la force de Samson pour renverser les murs.

—Riez ! fit-elle... Cependant, vous souvient-il encore de cette soirée qui nous força de différer nos projets d'un mois, il y a sept ans? Vous attendiez dans le parc l'heure où je pourrais vous introduire chez moi. Nous devions examiner ensemble... Mais dispensez-moi donc de rappeler sans cesse ce balcon maudit... Le vieillard, ce soir-là, était souffrant...

— Oui, je rencontrai un homme sous les arbres qui bordent la rivière... Un domestique de la maison sans doute... Le temps était assez clair... Pourtant je le vis mal et je ne continuai pas ma route. Nous nous crûmes soupçonnés, épiés...

—Ce n'était pas un domestique, reprit Fredda.

C'était Christian Artus qui ne venait guère
alors au château; il voyait son oncle à la ville.
Mais, après une de ses rares visites à la Blotterie, inquiet de la santé du maître, il était
demeuré, et je ne le savais point. N'essayez pas
de dire qu'il ne vous connaissait pas. C'est vrai,
car il vivait déjà fort solitaire. Pourtant, si ses
yeux ont été meilleurs, ce soir-là, que les vôtres
s'il avait gardé la mémoire de votre visage?...

— Non, il n'a pu nettement le distinguer...
D'ailleurs, comment savez-vous si bien que
c'était Christian Artus?

— Il revint au château le lendemain. J'y étais
seule. Je venais de le railler sur le grand souci
que lui causait une indisposition légère du
maître. Écoutez bien ce qu'il me répondit :
— Madame, ce n'est pas la santé de mon oncle
seulement qui m'occupe, c'est aussi ce qu'on
est convenu d'appeler son honneur. Je suis aise
de vous faire entendre que si je veille sur l'une,
je me tiendrais prêt, au besoin, à défendre l'autre.
Il vous avait pris pour un amant qui attendait
l'heure...

— Il vous a dit cela? Et qu'avez-vous répondu? Et qu'avez-vous fait?

— J'ai porté mes plaintes au vieillard... Je
ne voulais pas être soupçonnée. La semaine

suivante, sous un prétexte futile, ce neveu incommode était exilé en Angleterre...

— Vous ne me l'avez pas dit alors ?

— A quoi bon ? Je n'ai point de vanité ; je
crois pourtant que ce fut un coup de maître. Il
y en aurait peut-être un autre à tenter aujour-
d'hui... Votre orgueil ne vous permet pas même
de l'envisager. Je ne veux pas lui faire violence
et je renonce à perdre madame de Fresne par
Christian Artus, mon ami.

Jean de Fresne tressaillit ; mais encore une
fois les yeux de la Norwégienne vinrent se plon-
ger dans les siens. Lentement la tête de la déesse
s'inclinait vers le petit homme :

— Je sais très-bien que vous ne prêterez pas
la main à cela, même pour moi...

— Peut-être, fit-il, d'une voix sourde, si
vous me traitiez mieux, si enfin vous m'aim...

— N'achevez pas, dit-elle en lui posant un
doigt sur les lèvres ; j'ai l'horreur des grands
mots, vous le savez bien. Que vous importe que
je me laisse aimer ou que je vous aime ?... Quant
à votre femme, mettons-nous en état de n'avoir
plus rien à redouter d'elle... Qu'elle nous
trouve sur son chemin, et elle trahira son serment, voilà ce que vous pensez. Eh ! encore
une fois, que dira-t-elle donc ? Ce qu'elle a surpris dans vos rêves ! Il faut donc que ses pré-

11

tendues révélations paraissent inspirées par le besoin d'attaquer et de nuire, faute de pouvoir se défendre. Nous n'aurons plus alors devant nous la vertueuse madame de Fresne, la fée immaculée des eaux, mais une femme déclassée qui aura tout l'air de perdre la tête... Ce n'est plus elle désormais qui nous tiendra dans sa main...

— Non ! s'écria Jean. Je pourrais consentir à tout, entendez-vous bien ? à tout, hormis cela ! Du moins dites-moi que si ce Christian Artus salissait mon nom, il me serait permis de le tuer...

— Ceci n'est pas mon affaire.

— Vous ne l'aimez donc pas ?

— Encore ! dit-elle en se penchant tout à fait vers lui. Encore le grand mot ! Je conviens qu'il est doux... Il berce ces vieux enfants qu'on appelle des hommes... Pourquoi aimerais-je Christian Artus?... Si je dois aimer un peu avant de vieillir, pourquoi ne serait-ce pas vous ?

XIII

Avait- elle été sincère ?

Il fallait être Jean de Fresne pour le croire,
et pourtant ces loups amoureux ont quelquefois
la double vue. L'ombrage que lui causait Christian Artus n'était pas chose nouvelle, mais
les raisons qu'il avait de le concevoir ne lui
étaient jamais apparues si distinctement que
depuis qu'il était heureux. Le joli petit homme
but une coupe singulièrement trouble, et n'en
fut pas moins ivre ; en même temps, dévoré
de méchantes pensées, il se répétait sans cesse
les derniers mots de Fredda dans cet entretien
du beau jour d'août qui avait remis son âme
forcenée et toute sa sauvage nature à la chaîne.
Avec le triomphe et les joies de la possession,
c'est lui qui était possédé ; et il sentait combien sa victoire tant souhaitée pouvait être fugitive, car il n'avait pour garant de sa durée que

le mot ironique de l'enchanteresse : Pourquoi
ne serait-ce pas vous que j'aimerais ?

Cependant il n'ignorait point que Fredda
était résolue plus que jamais de frapper Christian, et qu'elle menait une trame contre lui
dans l'ombre avec son habileté ordinaire. Le
supplice, c'était de soupçonner qu'elle obéissait à
une pensée de vengeance autant que de salut, —
et de ne pas arriver clairement à le savoir.

Que voulait-elle enfin ? Artus était si beau,
d'une beauté si virile ! Tant de demi-mots sur
des bouches d'or, tant d'allusions insupportables
avaient fait entendre à Fredda de la Blotterie
que le monde, malgré les apparences mêmes,
voyait encore en Christian le dompteur fatal des
indomptées comme elle ! Elle avait si souvent
entendu dire et se plaisait à répéter qu'il était
fait pour perdre toutes les femmes !

Quant au Norwégien, qui connaissait ces propos, il n'avait cessé de se montrer constamment
et dédaigneusement tranquille en face d'elle : il
avait trouvé le moyen de vivre le mieux du
monde avec cette fière et belle tante, et cela
pouvait être pis aux yeux de la déesse que d'y
vivre plus mal, mais de plus près. Il avait à
reprocher à Fredda de lui avoir coûté la moitié
de son héritage, et n'était pas même éloigné
de penser qu'une meilleure part de butin de-

meurait dans ses mains de neige; enfin il avait
pu l'accuser, un jour, de déloyauté envers le
vieillard dont l'aveuglement avait élevé si
haut l'orpheline de Frederiksal. Toutes ces raisons auraient allumé des ressentiments dans un
autre homme. Artus ne lui en voulait pas même;
il n'avait jamais songé à la haïr : il se conten-
tait de l'aimer peu. L'indifférence sans parure.

Mais elle, si depuis près de dix ans, elle
n'avait fait qu'amasser ses dépits, attendre l'occasion de la revanche, guetter l'heure?...

Ces pensées se présentaient à l'esprit du petit
châtelain du Plessis, et il aurait été doublement
tenté de les trouver justes si, quelques jours
après son entretien avec Fredda, il avait pu la
voir, seule alors dans sa chambre, se lever tout
à coup : — Serais-je plus contente de moi à présent, dit-elle tout haut, si ce beau Samson
m'avait aimée?

Jean de Fresne, dans ses grands accès de
jalousie n'appelait plus Artus que Samson, et
la déesse daignait souvent en rire. Cela était
bien trouvé pour peindre le beau géant, et chez
M. de Fresne ces traits étaient rares. Samson!... Ah! si Christian Artus avait eu de la
faiblesse pour une femme, ce n'avait pas été
pour elle! Aucun de ses enchantements
n'aurait pu prévaloir contre le charme simple de

la recluse du Plessis, puis des dames Augustines.

Oui, vraiment, le charme de Valence était *simple* aux yeux de la Norwégienne ; mais aussi elle savait bien pourquoi il était fort.

La recluse, d'ailleurs, était libre. Elle avait quitté la communauté des Augustines pour vivre auprès de sa tante de Cosseins, dans un vieil hôtel de la ville où la tante « toujours courant » était venue se fixer afin de suivre le procès. Et cela s'était fait sous permission de justice. Cette maison était l'ancien logis des Civré. Une requête allait été adressée au président Le Belin qui devait en trouver les motifs les meilleurs du monde. Au demeurant, ils l'étaient. Si ce président pouvait passer pour un puits de malice, c'était aussi un vase d'équité. Et la cause allait son train. Même elle allait, disait-on, un train d'enfer...

— Samson ! Samson ! reprit Fredda en parcourant cette chambre magnifique entièrement tendue de satin bleu que rehaussaient des crépines et des baguettes d'or. Ce n'est point la *séparée*, c'est moi qui aurai été sa Dalila ! C'est moi qui lui aurai pris sa force et coupé ses cheveux avec des ciseaux invisibles ! S'il ne répond pas par une excuse à mon billet d'hier, s'il vient...

Elle sonna.

— Qu'on m'envoie M. Dabin, dit-elle.

M. Dabin, c'était le gérant de ce grand domaine. Le maigre et long vieillard ne se fit pas attendre. Quiconque rencontrait M. Dabin dans son tilbury, trottant sur la route, enveloppé de son ample manteau qui, de toute sa personne, ne laissait voir que son visage bien reposé et rasé, sauf un collier de barbe blanche encadrant son menton et ses joues, ne manquait point de dire : Voilà un gentillâtre du temps jadis qui s'en va visiter ses champs. Le manteau dépouillé, M. Dabin perdait un peu de ce grand vieil air. Sa mise proprette sentait trop l'endimanché ; l'habitude de servir se trahissait dans tout son être, jusque dans les plis de sa redingote brune, couleur de pruneau, encore un goût d'autrefois. M. Dabin saluait en parfait domestique et non en manière de maître. Il est vrai qu'en se relevant de ses révérences, il faisait voir deux yeux gris droits et clairs sous leurs sourcils d'argent.

— Madame a bien voulu me faire demander, dit-il.

— Oui, répondit madame de la Blotterie. Vous avez étudié, je pense, l'échange de terre qui m'a été proposé au nom du maître de Boisdemetz ?

— Je l'ai étudié. Il s'agit des deux fermes de Tillières et de Préjoly. La première, qui appartient à madame, fait enclave dans le bien de Boisdemetz et s'étend presque sous le mur du parc. Il y a lieu de croire que cette disposition inscrite au testament a été une méprise de notre pauvre monsieur qui n'est plus...

Il s'arrêta, comme s'il attendait un court hommage de. l'heureuse légataire à la mémoire du généreux testateur, le tribut de bienséance. Fredda ne trompa point une si honnête attente.

— Je ne me plains pas de cette méprise, dit-elle. Si vous trouvez ce marché acceptable...

— Il est avantageux à madame.

— Nous le conclurons donc aujourd'hui même; car ayant appris que le maître de Bois-demetz s'était adressé à mon notaire, je lui ai écrit un mot pour lui en faire honte et le prier de venir déjeuner à la Blotterie. Nous causerons de cette petite affaire à table.

— Comme il convient entre parents.

— Comme il convient entre parents, monsieur Dabin. Vous parlez d'or, vous êtes clairvoyant et sage.

La plus étonnante métamorphose se produisit à l'instant dans M. Dabin, qui n'aimait point les moqueries. Sa longue taille décharnée se redressa et il secoua vivement la tête. Son profil était si sec et si rigide qu'on aurait dit la lame d'un couteau, et ses yeux gris, quand ils s'allumaient, y mettaient précisément les lueurs de l'acier.

— Madame me flatte, répondit-il. Ma sa - gesse est bien peu de chose. Il est seulement vrai que mes yeux voient quelquefois assez clair. Je me tiendrai donc toute la matinée à la Blotterie, prêt à venir si je suis mandé. J'ai reçu maintenant les ordres de madame. Je pense qu'elle n'a plus besoin de moi.

— Vous vous trompez, dit Fredda.

Elle était debout, près du lit,— le lit conjugal — enveloppé de rideaux de satin bleu dont l'éclat était amorti par un transparent de guipures précieuses. Le vieil Artus dormant sous ce nuage blanc et ce flot d'azur et se croyant au ciel, ne se doutait guère que c'en serait un jour le véritable chemin.

Fredda était habillée ce matin-là d'un long fourreau de velours noir à traîne, garni d'une riche et légère fourrure, car on était au mois d'octobre, et les journées grises comme celle qui s'annonçait devenaient froides. Cette parure sévère faisait encore plus vivement ressortir l'éblouissement de son teint. Ses pieds chaussés de mules dorées, suivant son goût favori, reposaient sur une peau de tigre placée devant le lit, et l'un de ces pieds charmants, d'une petitesse si rare chez les filles du Nord, tourmentait la tête du monstre.

— Oui, dit-elle, restez. Je me propose de

11.

me rendre en ville aujourd'hui, après la visite
de M. Artus, et je sais que vous y êtes allé hier,
mon bon monsieur Dabin. Quant à moi, j'y
verrai du monde, et j'aimerais à n'avoir pas
l'air d'une ignorante. Où en est le procès engagé entre M. et madame de Fresne?

— M. de Fresne est venu récemment à la
Blotterie, répondit le gérant. Je pense qu'il
doit avoir informé madame.

— Vous n'y pensez pas, au contraire, monsieur
Dabin. Ce pauvre M. de Fresne aime naturellement assez peu à s'étendre sur ce sujet. Il résiste;
et quand enfin on l'y a tout doucement amené...

La déesse se mit à rire.

— Eh bien ! alors il se fâche; il parle, il
parle, il se contredit...

— En sorte que madame ne serait pas fâchée
de contrôler les renseignements que lui a donnés le principal intéressé. Je dois dire à madame
que le mémoire qui vient d'être rédigé pour
l'une des parties n'est pas à l'honneur de l'autre.

— L'autre, c'est le mari sans doute, M. de
Fresne... Ah ! il y a un mémoire.

— Imprimé. Je m'en suis même procuré un
exemplaire.

— Vous vous êtes procuré... Eh ! mais, monsieur Dabin, vous paraissez vraiment assez
curieux de cette affaire.

— Oui et non; quant à moi, c'est un autre sentiment que la curiosité qui me guide. J'ai été accoutumé dans ma jeunesse à voir dans M. de Civré le premier homme du pays...

—Votre admiration se sera donc naturellement reportée sur madame de Fresne, sa petite-fille, monsieur Dabin?

— Le curieux, ce n'est pas moi, c'est mon fils. Je ne sais pourquoi...

— Votre fils? répéta madame de la Blotterie qui eut un léger tressaillement; Guillaume Dabin, oh! je le connais. Nous sommes presque des amis. Ne tient-il pas à N... un emploi, qui lui permettrait de surprendre bien des secrets...?

— S'il ne l'exerçait pas honnêtement! interrompit le vieillard en se redressant encore une fois; heureusement, il connaît ses devoirs. C'est un honneur solide, allez, madame! Et il n'y a point de tentation qui puisse l'entamer, ni argent, ni femme, ni démon!

— A la bonne heure! fit la châtelaine. Vous avez de justes idées sur la perversité de ce monde. La femme vous paraît aussi séduisante que l'argent et aussi malfaisante que le diable. Enfin, votre fils Guillaume a lu ce mémoire, parce qu'il avait ses raisons pour désirer de le lire. Quant à moi, je n'en ai pas moins envie.

— Je vais le prendre chez moi, je l'apporterai à madame; il ne doit point passer par les mains des domestiques. C'est une pièce encore secrète.

— Je vous serai obligée.

Le vieillard sorti, elle courut à l'une des croisées. Aurait-elle le temps de la lire, cette pièce secrète, avant l'arrivée d'Artus? Du regard, elle embrassa le fleuve : la voile rouge ne paraissait point... D'abord elle s'en félicita; puis une rougeur imperceptible passa dans la blancheur de son front. Si Christian ne tenait pas compte de son billet, qui avait dû être remis de grand matin aux Ombrails ? S'il ne venait pas ?...

M. Dabin rentra; il présenta le mémoire, puis une de ses grandes révérences; il allait se retirer de nouveau :

— Un moment, dit la châtelaine. Je vous remercie d'abord, bien que j'aie quelques motifs de croire que ceci me serait arrivé sans vous. Enfin, c'est vous qui me l'offrez.... Vous ne voudrez pas me laisser sans préparation en face de ce grimoire ? Encore faut-il que vous ajoutiez à votre obligeance une petite leçon... Oh ! je suis tout à fait comme votre fils : c'est la curiosité, rien que la curiosité qui m'a conduite à souhaiter de lire cela. Je veux que le péché ne soit pas stérile et que la lecture soit profitable. J'ai donc besoin d'être éclairée. Dans quelle circon-

stance et à quel effet l'avocat s'est-il donné
carrière ? Car il s'agit, n'est-il pas vrai, d'une
pièce rédigée par l'avocat de madame de Fresne ?

— Sous la responsabilité de l'avoué de cette
jeune dame...

— Votre partie préférée; vous n'êtes pas
favorable à l'autre partie, monsieur Dabin. On
le sait... Dites-moi, le mémoire est-il aux
mains de M. de Fresne depuis longtemps ?...

— Il peut ne pas y être encore arrivé...

— Grand Dieu ! C'est donc une primeur ?
Je trouve bien amusant de penser que je la
connaîtrai peut-être avant lui. Une autre question, s'il vous plaît ! Cette... primeur contient-
elle de nouveaux griefs, des choses... inconnues ?

— Je suis étonné, dit le gérant d'un air fort
guindé, que madame ne connaisse pas mieux
les incidents d'une procédure qui touche de si
près un des amis de la maison. J'ai l'honneur
de rappeler encore à madame que M. de Fresne
vient souvent à la Blotterie lui rendre visite.

— Plus souvent que par le passé, c'est vrai,
monsieur Dabin, mais seulement une ou deux
fois par semaine ...

Le vieux gérant la regarda; la déesse eut une
crispation des mains et un frémissement des lèvres. Toute cette comédie d'affabilité familière,
jouée pour égarer le bonhomme revêche, coûtait

décidément beaucoup à son humeur ordinaire.
M. Dabin prenait des libertés grandes !... Ce
regard se proposant d'aller au cœur de sa maîtresse, qui aurait pu le chasser, était trod hardi!...

— Abrégeons! dit-elle du ton le plus sec...
Je vous serais obligée de me répondre clairement,
en quelques mots. En quelle circonstance du
procès ce mémoire est-il lancé?

— Madame ne peut ignorer, qu'après la
requête présentée par madame de Fresne
les deux parties ont comparu devant M. le président Le Belin. Il paraît que cette entrevue a
été courte, M. de Fresne ayant refusé de répondre aux interrogations du magistrat... On eût
dit qu'il ne voulait pas se défendre...

— Vous êtes mieux instruit que moi. Après?...

— Une ordonnance de non-conciliation a été
rendue. Un domicile et une pension ont dû être
assignés à madame de Fresne. Enfin, il y a eu
jugement ordonnant enquête et des témoins
ont été entendus.

— Je sais un peu tout cela. Après? Après?

— C'est en cet état de la cause que le mémoire est présenté au tribunal.

— Fort bien. Je vous ai demandé s'il contenait de nouveaux griefs?...

— Je ne peux le savoir, n'ayant pas lu la
requête,

— Pas de curiosité ! décidément, dit Fredda. Votre fils en aura eu plus que vous.

— Mon fils est un enfant; mais je ne cesserai point de répéter à madame, qui veut bien me parler de lui souvent, que c'est un enfant honnête et avisé...

— Et même bien armé puisqu'il défie les tentations diaboliques ou féminines. Enfin le mémoire...

— Articule des relations outrageantes pour madame de Fresne...

La déesse fit un violent effort pour se contenir :

— Quelles relations ?

— Entretenues par M. de Fresne, dans sa propre maison, avec des servantes.

— Ah !...

— La mascarade de la terrasse, dit-elle tout bas... De moi, rien ! La brebis a tenu sa parole.

— Au reste, reprit le gérant, madame va le voir.

— Vous avez raison, monsieur Dabin, je le verrai. Allez !...

Maintenant, elle possédait tout le procès; elle savait tout ce qu'elle voulait savoir, tout ce que depuis trois mois elle n'avait pu arracher que par lambeaux à Jean de Fresne. Désormais

elle voyait toutes nues les choses que l'orgueil
du petit homme s'efforçait encore d'habiller
pour ses yeux. Jean ne lui avait qu'à demi
confessé son attitude piteuse en présence de sa
femme dans la chambre du président. Il avait
paré pour elle cette blessure, la pire de toutes.

— On la cicatrisera, mon pauvre gentilhomme;
mais sans la main de neige qui travaille pour
vous à couvert et dans l'ombre, la blessure
aurait été mortelle !

Elle récapitula les faits: ordonnance, requête,
jugement, enquête, audition de témoins, mémoire. Ah! la cause était bien perdue, à moins
que par un coup hardi on ne la changeât de face.

— Les témoins, murmura la déesse, je ne les
crains guère. Est-ce que je n'ai pas su toujours
agir sans témoins, moi?...

Elle n'avait eu peur que de « cette sotte
femme! » Valence ne s'était pas parjurée, Jean
avait eu bien raison de se porter garant de sa candeur. Le tout, à présent, était de ne point la vio-
lenter. Plus que jamais il devenait nécessaire
qu'elle ne soupçonnât pas le mal qu'on lui faisait;
quand elle le découvrirait, il serait trop tard.

Mais quel mal enfin ? Quelle trame si sûre
Fredda tissait-elle donc? Elle s'abîma dans de
grandes pensées, les yeux perdus dans l'espace,
un cruel sourire aux lèvres. Si elle souriait à

son œuvre, il fallait bien que l'œuvre fût profonde! Et puis elle se rapprocha de la croisée. La
voile rouge accourait du sud.

Pourquoi avait-elle voulu voir Christian Artus? Il avait bien fallu mettre Jean de Fresne
dans la confidence. Pas d'autre moyen de dé-
tourner l'orage que cette visite aurait amenée :

— Raisonnez un peu votre jalousie, enfant sauvage que vous êtes! Il s'agit de tenir l'ennemi là,
sous mes yeux, et de regarder au fond de son cœur.

Le hasard en fournissait l'occasion. Jean avait
été invité à remercier le hasard au lieu d'accuser
celle qui allait habilement s'en servir. Il n'avait,
d'ailleurs, accepté qu'en frémissant ce projet si
cher à la déesse. Le loup s'obstinait à le définir
d'un mot, en grinçant des dents: — Idée de
femme!

Artus se rendait à la prière contenue dans le
billet arrivé le matin aux Ombrails; il n'était ni
charmé ni étonné de l'avoir reçu, et voulait
bien traiter directement de cet échange de terre
avec sa belle tante; ni plus ni moins volontiers,
il aurait traité par entremise de notaire. Il
venait sans effort, sans embarras, comme il
s'était abstenu longtemps de venir; on ne l'avait
pas vu au château depuis le mois de mai. Fredda,
le visage collé aux vitres de la croisée, regardait
la barque fendre la houle grise du fleuve :

— C'est qu'un amoureux n'a point le cœur aux visites! dit-elle.

Elle pensait qu'Artus alors tout occupé de son rêve, le confiait à l'eau, à l'air, à l'espace. Maintenant il le disait au papier, qui est moins discret...

Il avait écrit à madame de Fresne. La châtelaine de la Blotterie le savait; Jean de Fresne ne l'ignorait pas plus qu'elle... Et si Artus venait sans embarras, il venait aussi sans méfiance!...

Triple fou! qui as dédaigné la reine du palais italien pour la fée craintive de la terrasse du Plessis! Maigre roman, plate idylle; au lieu d'un beau drame sans frein et sans peur, que tu n'as pas su désirer, pas même entrevoir... Tout à coup, une rafale vint à souffler. Premier effort de la tempête dont les nuées arrivaient là-bas avec la marée. Une lame se gonfla si haute, que la barque bondit, comme soulevée hors de l'eau, puis s'enfonça. Pendant un moment, Fredda retint son haleine... Si c'était la fin du roman? Si l'idylle demeurait ensevelie dans la grande tombe? Mais la voile rouge reparut à la crête du flot. D'ailleurs, la barque eût-elle sombré, Artus aurait fendu la houle. Sa force et son adresse défiaient les éléments; il ne craignait rien au monde... La déesse se mit à rire:

— Ce n'est pas bien étonnant, dit-elle; Samson ne voit pas Dalila qui se cache.

Un quart d'heure, au moins, devait encore s'écouler avant qu'Artus joignît le petit port où s'abritaient les embarcations de la Blotterie. Fredda, méditant profondément, s'approcha d'une table qui supportait une écritoire de vermeil; elle s'assit, cherchant dans un portefeuille ouvert du papier qui ne fût pas marqué à son chiffre. Alors, une plume à la main, elle sembla se recueillir encore plus étroitement. On eût dit dit qu'elle consultait sa mémoire et qu'en écrivant elle voulait la fixer.

La plume, enfin, courut sur le papier, puis s'arrêta, puis se remit en œuvre; elle ne traçait que des phrases isolées, après de longs intervalles. Autant de traits observés, gravés dans cette mémoire dangereuse, qui s'y réveillaient un à un...

« Oui, je vous aime; et vous, j'ai senti, la première fois que je vous ai vue, que vous aviez besoin d'être aimée... Encore fallait-il que ce fût par un être libre et sans crainte. Aucun lien ne m'embarrasse, aucune crainte ne m'arrêterait. Je peux être votre esclave parce que je suis mon maître..

» ... Vous vous êtes inutilement débattue contre la mauvaise destinée qui vous était faite; il eût mieux valu la rompre. Vous avez pu satisfaire aux lois du monde et ménager ce que

les vôtres appellent leur honneur. Vous n'avez
pu contraindre les mouvements de votre cœur,
qui demande enfin à vivre...

» ... Si vous m'aimiez comme je vous aime,
si je pouvais l'espérer et le croire, je vous dirais
que j'ai perdu un temps précieux et que je
vous l'ai fait perdre. Vingt fois , passant dans
ma barque au pied de votre terrasse, soupçonnant votre présence sous les feuillages, j'ai
songé à me lever, à vous tendre les bras et à
vous crier : Voilà le refuge inexpugnable où la
méchanceté d'un tyran ne viendrait point vous
reprendre !...

» ... Ce serait si beau de vivre loin du passé,
perdus pour ce pays l'un et l'autre ; tous les
cieux rient aux heureux ! Vous m'avez fait connaître la force de l'amour ; je crois sentir en
moi de quoi vous faire connaître sa douceur... »

— Tout à l'heure, s'écria Fredda, j'ai envie
de l'accueillir en lui disant : Bonjour, notre
poëte !

Ainsi c'était bien Artus qui avait écrit ces
lignes empreintes d'un sentiment si fort ? Et,
c'étaient les lettres adressées à madame de
Fresne ? Et madame de la Blotterie les avait
lues ? Comment ? Ah ! cela demeurait le secret
de cette reine de ténèbres. Ces accents si mâles
étaient restés vivants dans son souvenir. Brusque-

ment elle allait jeter au foyer le papier froissé dans sa main, quand elle se ravisa et parut examiner les caractères dont elle venait de le couvrir. C'était une longue et rapide écriture anglaise.

Elle reprit la plume, et sur une autre feuille, se mit à tracer des signes bien différents des premiers. Elle paraissait s'essayer à ce jeu, et bientôt une expression de triomphe anima toute sa froide beauté, car il ne réussissait que trop bien. L'écriture, cette fois, était inégale, comme d'une personne émue, incertaine... Et cependant, c'étaient bien encore des caractères féminins... Fredda avait vu et tenu plus d'une fois des lettres de madame de Fresne; elle avait la mémoire des yeux comme toutes les autres mémoires,

Si jamais ces caractères devaient être lus par Artus, il n'y reconnaîtrait pas aisément la main de la déesse... Mais on vit bien que tout cela n'était qu'un essai et qu'un jeu, car cette feuille alla rejoindre la première dans les cendres du foyer.

XIV

La *tante* et le *neveu* ne pouvaient éprouver aucun embarras dans le premier instant de leur rencontre. Artus était trop libre et trop naturel ; la châtelaine trop bien composée toujours, et, à cette heure, trop bien armée.

— C'est heureusement un lien entre nous que les affaires, lui dit-elle. Sans reproche, j'aurais pu croire que vous vous étiez remis en voyage.

— Vous n'ignorez pas, répondit Artus, que j'ai de tout temps vécu assez solitaire.

— Je la connais, cette excuse !

— Je ne quitte guère mes Ombrails que pour des courses en barque.

— Que vous poussez à présent quelquefois jusqu'à la ville. Mais, grand Dieu ! quand vous êtes rentré dans ces Ombrails démantelés, le soir, le matin, qu'y pouvez-vous bien faire ? Au moins, avez-vous souci de relever les murs ?

— Je n'y ai pas même pensé. Je me laisse vivre, attendant peut-être une vie meilleure.

— Tous les bons chrétiens attendent une vie meilleure, dit-elle en riant. Mais vous, ne faites jamais cette confidence à des personnes mal intentionnées ; elles y prêteraient un vilain sens profane. Quant à moi, je crois que vous voyagez toujours ; seulement, vous n'allez plus qu'au pays des songes.

Elle n'avait pas changé de parure pour descendre au salon où l'on venait d'introduire Artus et le recevait en ce riche déshabillé de velours noir qui donnait plus d'éclat à la blancheur de son visage. Christian leva les yeux sur cette merveilleuse pâleur nacrée ; la déesse eut un double sentiment de triomphe : d'abord il ne soupçonnait point du tout qu'elle fût instruite de la cause de ses courses jusqu'à la ville et du chemin vers la réalité qu'avaient fait ses rêves ; ensuite, il venait de lui rendre justice en s'avouant qu'elle était belle.

— Eh bien, non ! reprit elle avec une effusion admirablement jouée : point de reproches. Je serai toujours très-heureuse de vos visites, quand vous m'en ferez la grâce ; d'autant que vous la mesurez parcimonieusement à tout le monde et que je le sais bien. Vous plaît-il que nous réglions d'abord cet échange de terre qui vous serait agréable? Je vais appeler M. Dabin. Ce sera tôt fait ; et puis nous nous mettrons à table.

— Vous m'accablez de votre bonté, dit-il.

— Oh! fit la déesse, prenez garde! Vous en serez écrasé.

M. Dabin, mandé, arriva. Artus, qui le connaissait depuis tant d'années, l'accueillit en lui tendant la main. C'était un honneur que le gérant n'aurait pas attendu de la maîtresse actuelle du domaine, eût-elle changé de sexe.

— Monsieur Dabin, dit Christian, donnez-moi des nouvelles de votre fils Guillaume, que j'ai vu tout petit enfant.

Le vieillard n'eut point le loisir de répondre. Madame de la Blotterie fit entendre un de ses petits rires glacés et tranchants:

— Le fils de M. Dabin a grandi, et surtout en sagesse et en bonne conduite, dit-elle. Son père m'assurait, ce matin même, que c'était un garçon solide qu'aucune tentation ne pourrait jamais surprendre. Ce sont les gasconnades de l'amour paternel. Je souhaite que votre fils ne vous fasse point mentir, monsieur Dabin. Parlons d'affaires.

— J'ai rédigé un projet d'acte, répondit le vieillard dont les yeux gris s'étaient fixés sur la déesse, comme s'il cherchait à saisir la méchante pensée qui la rendait si moqueuse.

— Lisez.

Sans discussion, on tomba d'accord. Un valet, au même instant, vint annoncer le déjeuner servi.

— Je crois, dit madame de la Blotterie à son convive, que vous ne m'avez pas offert, depuis plus de sept ans votre bras pour aller à table. Allons ! le moins assidu de tous les neveux !

Le repas était soigné ; mais il fut d'abord assez froid. Le premier mot de Christian en s'asseyant avait été pour rappeler la mémoire de son oncle ; le vieil Artus, autrefois, aimait fort à voir son neveu dîner près de lui dans cette salle à manger magnifique : il se plaisait à lui faire faire bonne chère, et le jeune homme, sachant que le vieillard y trouvait la satisfaction de ses propres goûts, feignait d'y être sensible. Ces souvenirs, d'ailleurs, ne parurent pas incommoder la veuve :

— On ne saurait mieux se condamner soi-même, dit-elle. En rentrant dans cette maison après de si longues absences vous y avez un air d'enfant prodigue ; et vous le sentez si bien que vous l'avouez.

Il ne répondit pas, et ce silence produisit un peu de contrainte. Un moment après, on apportait des gélinottes. Ces oiseaux succulents, in-

12

connus dans la contrée, arrachèrent Christian
à sa rêverie; il laissa échapper une exclamation;
et la déesse de sourire :

— Oui, dit-elle, c'est du gibier de montagne
et des plateaux glacés où nous sommes nés tous
les deux. Ne savez-vous pas que la fantaisie m'est
venue récemment de racheter l'ancienne maison des Artus, au bord d'un de nos lacs de Norwége? Depuis, je ne crois pas vous avoir vu...
Ces oiseaux sont un des tributs de mon domaine.
J'ai voulu vous en faire honneur.

— J'aurais dû avoir la même pensée que vous,
répondit-il, mais j'avoue que je n'aime plus
mon pays. Je l'ai quitté, petit enfant, j'ai vécu
depuis sous des climats bien plus doux.

— Bon! le climat, c'est peu de chose. Tous
les ciels rient aux heureux.

Il tressaillit et la regarda. Ces mots, il les
reconnaissait; il s'en était servi en écrivant à
madame de Fresne, et il les retrouvait sur la
bouche de Fredda. Singulière rencontre. Mais
la déesse supporta ce regard d'un air si naturel !

— Voyez un peu, dit-elle, où peuvent mener
des gélinottes !

Il y eut un nouveau silence.

— Pourriez-vous, reprit-elle, me parler des
maîtres du château de Guesnes ? Je ne sors plus

·guère de la Blotterie que pour me rendre en ville. J'y ai loué un logis pour l'hiver. J'y vais une fois, deux fois, la semaine. Cela rompt toujours un peu la monotonie de l'existence. J'y ai reçu mademoiselle de la Tréville, il y a quelque temps. Depuis, aucune nouvelle de ces aimables gens. Et puisque, enfin, ce sauvage marquis Victor est votre ami... Par exemple, il n'est pas le mien !

— Victor n'aime que son aïeule, sa sœur et moi.

— Sans compter cette célèbre madame de Fresne... dit-elle.

Nouvelle pointe au cœur de son convive; mais ce cœur était bien gardé, si la main de la Norwégienne était sûre.

— Le marquis ne m'a jamais fait cette confidence, repartit tranquillement Artus, et vous pourriez bien vous méprendre sur la réalité de ses sentiments. Ce qu'il a toujours défendu, ce n'est peut-être que le bon droit.

— Et ce qu'il aime en madame de Fresne, c'est la justice. Comme vous prenez parti dans cette affaire ! Vous la connaissez apparemment mieux que moi !

— Je ne prends nullement parti et je ne m'attache qu'à la question générale, reprit Artus. Je veux dire seulement que dans cette.

France, qui est devenue ma patrie, le mariage
n'est pas un contrat équitable, puisqu'il ne
donne pas à la femme le moyen de se défendre
efficacement contre la méchanceté d'un mari,
et encore bien moins le moyen de s'y soustraire.

— Il me semble, riposta gaiement la déesse,
que les femmes qui en usent comme madame
de Fresne se défendent assez bien. Il y en a
passablement par le temps qui court, et j'entends partout des plaintes à ce sujet autour de
moi. Des personnes du grand monde et aussi de
grand sens, la marquise de la Tréville, par exemple, pensent que les juges autorisent trop volontiers ces scandales. J'ai entendu le président Le
Belin l'avouer et dire : « Nous semons les sépa-
rations de corps, je ne sais quelle sera la ré-
colte. » Vous avez à peine entrevu ce président
au château de Guesnes. Le personnage est tout
à fait plaisant; il mettrait, s'il le pouvait, ses
arrêts en calembours.

— La séparation? dit Artus, qui s'animait
malgré lui, je n'y vois qu'une transaction
perfide une concession lâche, un mensonge ! A
qui donc est-elle profitable? Toujours au mari.
Il a recouvré toutes ses libertés, sauf celle de
contracter un nouveau mariage ; il peut porter
son cœur où il lui plaît, et l'oublier même
aux mains des servantes...

— Je crois, répondit Fredda en riant, que ceci est à l'adresse de M. de Fresne. Les médisances arrivent dans vos Ombrails; il y a des brèches dans vos vieux murs.

— Pour la femme, cette liberté est un piége. Qu'elle essaie d'en user, et la déconsidération va l'atteindre. Qu'elle passe par-dessus les jugements du monde...

— Qu'elle jette son bonnet par-dessus les moulins! interrompit la déesse ironique.

— Et la vengeance du mari peut encore s'armer de la loi pour la frapper. N'est-ce pas une barbarie violente? N'y a-t-il pas une grande et juste nouveauté à introduire dans nos mœurs et dans nos codes?

— Là, là, dit Fredda, je vous attendais. Le divorce?

— Je sais qu'il n'a été admis qu'un moment en France, et dans une époque mauvaise... Mais il y a des moyens d'éluder ces interdictions...

— Barbares!

— On a vu telle femme séparée passer dans d'autres pays avec celui qu'elle se croyait le droit d'aimer... Là, on peut obtenir, par une prompte naturalisation, le bénéfice de l'exil...

Fredda écoutait de toute son âme: Voilà donc le roman qu'il a rêvé, se disait-elle, et il

12.

me le raconte! Mais il ne l'a pas dit encore à cette sotte femme. Je le sais, peut-être! C'est quand il l'osera que la main indignée de la fée n'hésitera plus à lui répondre... Ah! si nous la tenions, cette lettre...

— L'exil! reprit-elle; vous êtes Norwégien, après tout, et pour vous ce ne serait pas un si grand sacrifice de quitter la France. Vous l'avez bien montré pendant sept ans.

Encore une fois, il la regarda fixement:

— C'est que je n'y trouvais alors, dit-il, que soupçons et qu'amertume.

— Mais, répliqua-t-elle sans se troubler, madame de Fresne est Française.

— Je ne vous comprends pas...

— Attendez. Vous êtes né protestant, et vous n'avez pas abjuré comme moi... Vous oubliez que la religion de ce pays où nous sommes règle le mariage Ce n'est pas un contrat, c'est un sacrement. Madame de Fresne est catholique, et bonne catholique.

Artus pâlit.

— Touché! pensa la déesse. Le château de cartes s'écroule.

— Je vous entends de moins en moins, dit-il. Encore une fois, je n'examine point le cas particulier de madame de Fresne, que je connais si peu.

— Oui, vous vous mettez seulement à la place d'un homme que ce cas particulier intéresserait... particulièrement. Eh bien, celui-là serait aimé de la dame du Plessis, et il obtiendrait peut-être d'elle ce démenti éclatant à toute son éducation et à sa foi... Mais il faudrait qu'il eût éveillé un grand amour dans cette personne autrefois si tranquille et si sage.

— Je vous ai dit que je ne connaissais pas madame de Fresne.

— Il n'est pas possible que votre ami, votre unique ami, le marquis Victor, ne vous ait point souvent parlé d'elle à son avantage...

— Vous vous trompez. Le marquis ne parle volontiers que de M. de Fresne. Il est vrai que cela aurait suffi à me faire juger la supériorité d'âme de celle à qui vous rendez vous-même justice, si je n'avais pas d'autres raisons...

— D'autres raisons? répéta Fredda. M'en ferez-vous mystère?

— Non.

Il raconta comment, trois mois auparavant, il avait pu voir de près la scène scandaleuse de la terrasse du Plessis. Victor de la Tréville, alors, n'avait pu retenir son indignation, et si Jean de Fresne n'était point là, sous les feuillages, à portée de l'injure, la servante endimanchée dans les habits de sa maîtresse lui avait certainement reporté cette rude leçon toute chaude. Cependant, on n'avait pas entendu dire que le maître du Plessis en eût senti son honneur entamé.

— Encore une chose que je ne savais point, pensa Fredda. Jean ne s'en est pas vanté.

— C'est que M. de Fresne avait en ce moment la conscience de ses torts, répondit-elle.

— Heureux si depuis il ne l'a pas perdue?

— Je ne songe pas à le défendre. Cependant on ne peut nier qu'il soit brave; le marquis Victor et lui ne peuvent se souffrir. En tout autre instant, il aurait saisi cette occasion d'un duel, que vous auriez d'ailleurs empêché, si vous aviez été chargé des intérêts du marquis.

— Je ne l'aurais pas empêché.

— Et si l'on vous avait tué votre ami, votre unique ami?

— C'eût été un malheur pour M. de Fresne, dit Artus en se levant et en quittant la table, contre tous les usages, avant le signal de la maîtresse du logis, — un véritable malheur, car je l'aurais certainement tué à son tour.

— Quelle merveilleuse délivrance pour madame de Fresne! C'eût été cause gagnée pour elle! Plus de procès. Tant pis pour les avocats!

— Pardonnez-moi, reprit Artus, je prendrai.

si vous le voulez bien, congé de vous le plus
tôt possible, car la journée s'avance.

— Partir! y songez-vous ? s'écria-t-elle. Par
ce grand vent? Au risque d'un accident à votre
barque?

— Ce grand vent me conduira plus tôt à la
ville où je veux aller.

— C'est donc une résolution qui vous est
venue pendant le déjeuner?... Vous allez souvent en ville à présent... Mais, par cet ouragan
déchaîné? Et malgré ma prière... Oh! vous ne
craignez rien !

— Je crains peu de choses.

— Rien, absolument rien. — pas même ce
que vous devriez craindre si vous étiez sage,—
de me fâcher, mon cher Christian.

Un moment après, la voile rouge remontait
le fleuve, sous les tourbillons de ce terrible vent
du sud-ouest; la déesse rentrait chez elle et s'y
faisait habiller, tout en méditant sur cette entrevue qu'elle avait souhaitée et qui se dénouait
au gré de ses souhaits. Elle avait pénétré dans
le cœur et dans la pensée d'Artus; elle y avait
jeté l'impatience, attisé le désir, aiguisé l'audace.
Quant aux soupçons que ce jeu cruel avait pu
inspirer à Christian, ils étaient encore si vagues
qu'elle pensait n'en avoir à redouter rien, ou peu
de chose; elle n'avait donc pas perdu sa journée.

Dès que sa toilette fut achevée, elle demanda
sa voiture. Cette fois, ce n'était point le grand
équipage attelé en poste, mais un coupé bien
clos, bien capitonné. Elle y monta, s'y pelotonna
avec délices. La distance allait lui être singulièrement abrégée jusqu'à la ville ; elle emportait le mémoire.

La route longeait d'abord le fleuve, puis tra-
versait de grandes plaines; mais, pour la joindre,
il fallait avant tout suivre l'interminable avenue
du château. Par ce ciel chargé de nuées qui ne
répandait qu'un jour grisâtre, le voisinage de
ces ormes que la saison n'avait pas encore
tout à fait dépouillés devenait incommode ; les
allées seigneuriales peuvent avoir leurs incon-
vénients. Obligée d'interrompre sa lecture,
Fredda frappa du pied. C'est qu'elle n'en était
encore qu'au début du mémoire intitulé : Note
pour madame de Fresne. Il lui tardait d'a-
vancer dans les détours de cette prose d'avocat.
La voiture enfin dépassa l'avenue. Elle put
lire :

NOTE POUR MADAME DE FRESNE

« Madame de Fresne a, le 14 août 187...,
introduit devant le tribunal civil de... une demande en séparation de corps.

» Sur cette demande, plaise au tribunal admettre madame de Fresne à faire la preuve des faits suivants :

» Que le 30 octobre 186..., elle a épousé M. de Fresne et que, dès la deuxième année de son mariage, elle a souffert des exigences et de la tyrannie d'un maître égoïste et brutal, et subi des traitements auxquels sa condition aurait dû la soustraire, à défaut de son droit. .

» Qu'elle a tout supporté avec patience pendant des années, espérant que de certaines causes d'une nature très-délicate viendraient à disparaître, et que la vie commune serait plus aisée.

» Que, bien loin de là, M. de Fresne s'est d'abord complu à lui enlever le rôle que toute femme doit tenir dans sa maison, que seul, bientôt, il y a donné des ordres, ce qui ne l'empêchait point de refuser à sa femme le peu d'argent nécessaire à son entretien particulier.

» Qu'obligée de conserver les relations qu'elle avait dans le monde et de subvenir aux frais de sa parure qu'elle a toujours rendue la plus modeste possible, elle n'a eu d'autre ressource que les présents de sa tante, madame la comtesse de Cosseins, qui l'avait dotée.

» Qu'il lui fut promptement interdit de recevoir ses parents et ses amis, et qu'en particulier les violences de M. de Fresne ont chassé madame de Cosseins de la maison du Plessis que sa nièce tenait pourtant de ses dons.

» Que, non content d'avoir rompu les relations et les devoirs de la demanderesse, il s'est efforcé de rendre son isolement plus pénible par des scènes publiques; que cent fois les domestiques en ont été témoins, et que tous ces emportements avaient la même cause d'une délicatesse si singulière et qu'il est si difficile à une personne remplie d'un juste respect pour soi-même d'exposer clairement devant le tribunal.

» Que la brutalité même de M. de Fresne semblait avoir affranchi madame de Fresne des devoirs de l'épouse; que cependant l'époux, un soir, après avoir soupé et bu largement du vin d'Espagne, s'est oublié jusqu'au point de s'écrier devant ses gens : J'ai été élevé chez les Pères Jésuites et je connais leur devise. Je la réduirai comme il faut la réduire. *Perinde ac cadaver.*

» Que, naturellement, ces domestiques ne connaissaient point le latin, un seul excepté, le fermier Besnard; que celui-ci fit observer à M. de Fresne qu'il détournait méchamment cette devise de son véritable sens et qu'il manquait autant aux convenances envers les Pères qui l'avaient élevé, qu'envers sa femme et envers soi-même; ce dont le sieur Besnard rendra témoignage.

» Que, postérieurement, M. de Fresne ayant
fait un assez long voyage, l'épouse a reçu de lui
plusieurs lettres toutes pleines d'injures et de
menaces, lesquelles pièces seront, d'ailleurs,
produites au cours du débat.

» Qu'enfin étant revenu subitement pendant
la nuit au Plessis, il s'est fait d'abord servir à
souper; qu'ayant, suivant son usage trop fré-
quent, vidé deux flacons de vin de Xérès, il a
en présence de toute sa maison, brisé à coups de
pied la porte de la chambre de madame de
Fresne, qui s'était renfermée craignant de mauvais traitements; et qu'alors ayant accablé la
demanderesse des plus regrettables invectives,
il l'a publiquement chassée.

» Que depuis le départ de madame de Fresne,
il a non moins publiquement vécu avec une
servante, à laquelle il a fait présent des habits
de sa maîtresse; qu'ainsi affublée, la fille Sophie
Métaireau s'est montrée avec affectation sur la
terrasse en regard de la rivière; que les habitants du village se sont plaints que la grève
devenait un lieu de scandale par suite des
légèretés et des attitudes déplacées de M. de
Fresne et de cette servante; que M. de Fresne
ne s'est pourtant résolu qu'au bout d'une semaine, et probablement sur les représentations
et les instances de quelque personne inconnue

13

qui lui voulait du bien, à renvoyer la fille
Métaireau... »

— Ah! dit Fredda, en se renversant sur les
coussins de sa voiture, voilà enfin ce qui me
regarde: « une personne inconnue! » Ces trois
mots, c'est la porte restant ouverte aux révélations. L'avocat qui a rédigé ce joli morceau
ne sait pas lui-même quelle est cette «personne
inconnue. » La brebis est comme un vase clos
et plein de poison. Elle nous avertit: Ne faites
pas éclater le vase!

— Oui, mais si nous ne le brisons, qu'après
avoir eu soin de mettre un masque, les débris
n'en seront pas à craindre! et tous les poisons
s'évaporent!

Reprenant le mémoire, elle y lut encore:

« Que ces derniers faits sont si pénibles et si
humiliants pour la demanderesse, qu'elle se
décide avec bien de la peine à les articuler
devant le tribunal... »

— Humiliants pour moi et pour elle! reprit
la déesse. J'ai arraché Jean de Fresne aux mains
des servantes; et à quel prix! Quant à elle la
voilà, comme une courtisane d'autrefois, désha-
billée devant les juges!

X V

Ce qu'on appelait à N... le vieux logis de
Civré n'était, au demeurant, qu'un hôtel assez
vaste, construit au XVIIe siècle, et les archéo-
logues n'éprouvaient que des sentiments fort
tièdes en examinant la façade principale qui
s'élevait au fond d'une cour et que précédaient
deux avant-corps bordant la rue. Ils se conso-
laient en tournant un pâté de masures qui
formaient l'angle de la rue voisine, car de ce
côté, par-dessus un haut mur et des pignons
moussus et tremblants s'élevait une tourelle.

Une élégante tourelle au toit aigu, décorée
d'une fenêtre à fronton triangulaire que surmon-
tait un panache flamboyant et qui portait dans
son tympan un écusson fort bien conservé.
C'était le dernier reste de l'ancienne demeure
des Civré. Un cèdre magnifique, le plus bel
ornement du jardin, montait presque aussi

haut que la tourelle. La première des deux rues, qui ne montrait guère qu'une suite d'hôtels interrompue par ces méchantes masures où logeaient quelques pauvres gens et qui était surtout habitée par la *noblesse*, avait reçu d'une municipalité libérale et ironique le nom de Marceau. L'autre, franchement populeuse, s'appelait la rue Barbe-Torte, elle était étroite et, par conséquent, obscure ; le grand mur du jardin de Civré y entretenait autant d'humidité qu'il y versait d'ombre.

Toute la ville autrefois savait que la chambre de la tourelle était le salon particulier de cette vive et tendre Valence de Civré, dont les yeux orangés avaient tant d'éclat et de douceur profonde, qui semblait destinée à une si belle vie et si bien faite pour en jouir. Ce soir-là, comme au temps jadis, la fenêtre sculptée était éclairée. En rentrant sous la garde de sa tante de Cosseins dans la maison de famille, madame de Fresne y avait repris son appartement, avec le salon contigu qui avait vu mourir Anne-François, le grand aïeul. Naguère elle le trouvait un peu bien solennel et triste pour ses vingt ans, et la piété du souvenir toute seule le lui rendait cher ; maintenant ces boiseries de chêne et ces tentures de velours cramoisi à crépines d'or que les ans avaient blanchies lui paraissaient en harmonie

avec la tournure sévère de ses nouvelles des-
tinées. Ces couleurs sombres qui n'étaient pas
de deuil convenaient à la femme éternellement
solitaire qui ne serait point veuve. Elle allait
et venait dans la vieille chambre ronde, et
l'on pouvait bien voir à la façon dont son
pied battait ce parquet antique fait de pièces
de chêne et d'érable, au dessin curieusement
travaillé, qu'une cause nouvelle d'agitation et
de chagrin était venue s'ajouter à tant d'autres
épreuves. Un domestique entra :

— Madame la comtesse, dit-il, fait prier madame de descendre.

Valence parut réfléchir et se combattre ; puis
violemment :

— Dites à ma tante que je désire rester chez
moi ce soir.

Le domestique sortit ; madame de Fresne se
jeta dans un fauteuil :

— J'irais recevoir leurs compliments à l'occasion de ce mémoire abominable ! dit-elle.

L'envoyé de madame de Cosseins reparut :

— Madame la comtesse tient absolument à
voir madame sans retard.

Valence se leva. Un sanglot lui montait aux
lèvres :

—C'est bien, répondit-elle, j'irai.

O tyrannie des devoirs et des respects ! Su-

jétions de la reconnaissance! Il fallait obéir.
Sans le dévouement de cette tante impérieuse
et tendre, elle n'aurait pas trouvé si longtemps
le courage de poursuivre la lutte contre un autre
tyran. Dans cette froide maison des dames Augustines, elle se serait éteinte promptement,
comme une plante robuste qu'on sevrerait d'air
et qu'on priverait de soleil. Madame de Cosseins
était accourue, interrompant sa saison par un sacrifice héroïque.

— Soyez bénie, tante Lotte, je ne suis pas
faite pour le couvent, et je crois que j'allais y
mourir!

Valence, à présent, ne pouvait donc se montrer
ingrate, et ce serait le paraître que de s'opiniâ-
trer ce soir-là dans son humeur solitaire, et
dans la honte que ce mémoire lui causait... En
le lisant la première, puisque l'avocat lui en
devait l'hommage, elle avait couru cacher sa
rougeur, ses cris et ses larmes dans le sein
enrubanné de cette bonne tante Lotte, toujours parée et toujours batailleuse qui lui avait
dit :

— Mais ce sont les incidents du procès, ma
mignonne.

Et l'avocat survenant — : Madame, ce ne sont
que les faits de la cause.

Il aurait donc bien mieux valu peut-être que

madame de Cosseins continuât de courir le monde sans déranger sa saison, et qu'elle-même se laissât vaincre, réduire, remettre à la chaîne, qu'elle fût morte ! Tout cela aurait épargné beaucoup d'encre à cet avocat d'abord.

On n'aurait pas écrit sur elle ; *on ne lui aurait pas écrit ces lettres* qui lui avaient apporté comme un nouveau supplice raffiné, cruel et doux au milieu de tous ses autres tourments...

Il n'y avait que trois personnes dans le grand salon lorsqu'elle y entra, madame de Cosseins elle-même, le père Mathias et Sébastien Besnard. Oh ! celui-là, le plus humble des amis, en était aussi le plus discret et le plus sûr. Le visage de madame de Fresne s'éclaira quand elle vit le fermier.

— Arrive donc, méchante princesse de la Tour, s'écria madame de Cosseins. Il paraît que Besnard, notre soldat-laboureur, va nous apprendre des choses d'importance et tu le fais attendre depuis une heure, ce brave garçon. Je lui ai donné à lire, pour lui faire passer le temps, le beau mémoire de M⁰ Bautru.

Il parut bien en cette occasion qu'un simple fermier peut avoir quelquefois plus de tact qu'une grande dame, car Sébastien répondit :

— Oh bien ! je n'en pourrais guère juger ;

je ne sais point lire en compagnie, madame la
comtesse.

Madame de Cosseins ne l'entendit pas même,
elle était lancée sur Me Bautru et s'adressant au
religieux : Ne trouvez-vous pas qu'il a bien de
l'esprit pour un avocat, mon Père?

— Pardonnez-moi, madame, c'est un peu le
métier des avocats d'en avoir.

— Je croyais que depuis quelque temps,
depuis qu'ils se sont tous mis dans la politique....

— Madame, ils ont en général peu de chose
à perdre; c'est de l'esprit que de tout gagner
sans risquer rien, dit le Père. C'était un grand
homme lestement et fièrement planté, un peu
haut en couleur, avec des traits accentués, mais
dont l'expression était fort adoucie par une
longue étude de soi-même et par l'envie de
charmer les autres. Le mordant de sa parole
disparaissait dans la cadence de sa voix lente,
molle, bien rhythmée.

Madame de Cosseins n'avait pas les mêmes
raisons que ce religieux pour se tenir à couvert.
Aussi, elle déchirait ordinairement tous les
voiles; on la voyait alors sautiller avec des
grâces de caille dans les blés sur les lambeaux
qu'elle venait de faire. C'était une fort petite
femme toujours frondeuse, toujours à l'offensive,

toujours allumée, toute ronde, toute vive, avec
de certaines attitudes rengorgées et câlines. Ce
soir-là, justement, elle portait une grande robe
grise mélangée de tons roux, des flots de dentelles blanches autour de la gorge, et l'analogie
devenait plus parfaite : c'était bien la caille
grasse et tendre, facilement encolérée, dont on
fait sans peine un oiseau de combat. Elle en
avait toutes les manières et tous les goûts: plu-
mage, ramage et voyage.

Sa petite figure ronde et fine était animée
par deux yeux d'une mobilité extraordinaire,
deux prunelles autrefois alertes à jeter des
regards de côté, qui maintenant roulaient terriblement dans leurs orbites dès que la bonne
dame s'échauffait un peu, — car vraiment elle
était bonne, en dépit d'un léger égoïsme. Ce jeu
des yeux peignant au vif toutes ses émotions,
dont l'impatience était la plus habituelle, ne
trompait que ceux qui ne la connaissaient pas
bien ; elle était vaillante et secourable, quoiqu'il
fallût attendre de ce secours-là beaucoup de
fausses démarches ; elle aimait sa nièce tendrement, fortement, de tout son cœur, si enclin à
se répandre ; elle lui en avait donné, en la dotant
si largement, les gages les plus solides, car les
Civré n'étaient point riches, Anne-François
n'ayant laissé à son fils que peu de bien, celui-

13.

ci à Valence, sa fille, moins encore; — et pourtant Valence se disait: Si, au lieu d'être ma tante, elle avait été ma mère, aurait-elle dirigé ce procès contre M. de Fresne d'une main si lourde? N'aurait-elle pas été plus occupée de m'épargner que de lui nuire?

Rien de plus vrai. Le Mémoire était l'œuvre de cette tante, qui n'avait eu de la mère que le zèle et point les délicatesses ; et c'est parce qu'elle l'avait à peu près dicté qu'elle trouvait à la plume de M° Bautru tant de grâce et d'esprit. L'avocat avait eu celui de ne point la contredire, il savait fort bien son métier; il lui était arrivé de tenir publiquement un propos, aussitôt rapporté à madame de Cosseins, et qui l'avait grandement flattée: « Les femmes, ordinairement, embrouillent la chicane ; mais quand elles l'entendent bien, elles y deviennent nos maîtres. »

— Ah! je suis le maître de M⁰ Bautru! pensait-elle.

Aussi son esprit était-il toujours tendu sur de nouveaux plans d'attaque ; elle eût été trop humiliée de se borner à la défense !

— Écoutons Besnard, dit-elle.

Le fermier s'inclina fort respectueusement devant l'ancienne maîtresse du Plessis; mais ce n'était pas un homme qu'on fît aller où l'on voulait. D'un geste discret, il montra le Père.

— Eh bien? fit la comtesse déterminée à ne pas comprendre.

— Madame la comtesse, il y a des choses que je ne peux dire que devant madame Valence et devant vous.

Le Père se leva.

— Point! point!... s'écria la vieille dame. Restez! Faites-nous cette grâce! Et vous, Besnard, sachez qu'il eût été inutile de cacher au Père Mathias ce commerce pervers entre le Plessis et la Blotterie, le fond de nos espérances.

Elle avait un peu raison, la tante Lotte. Si l'on n'avait pas fait cette confidence au révérend personnage, placé comme il était dans la maison, il aurait été bien capable de la surprendre.

— Et puis, reprit madame de Cosseins, ce sera demain le secret de la comédie. Est-ce que le Mémoire, parlant des influences mystérieuses qui règnent sur le cœur et la volonté de notre joli petit bourreau, ne propose pas à tout le monde une énigme à débrouiller? Donc tout le monde va se mettre à la devinette. Les suppositions iront leur train; les bruits grandiront et parviendront promptement à l'oreille de nos adversaires. C'est encore un des souhaits que nous formons, Me Bautru et moi. La rage

est une mauvaise conseillère. Ils se trahiront
dans leur Réponse.

Valence pâlit: Une Réponse? Elle n'y avait
pas pensé! Et ils la souhaitaient cette Réponse,
qui n'aurait pour objet que de la livrer à la risée
des châteaux et de la ville. Rapidement elle
s'approcha du Père:

— Vous qui la dirigez, fit-elle tout bas,
dites-lui qu'elle finira par me mettre au désespoir en voulant trop bien me défendre.

Le religieux sourit doucement :

— J'y ferai de mon mieux, répondit-il sur le
même ton, car je pense comme vous, que madame la comtesse a trop d'ardeur ; mais je n'ai
point le même pouvoir que Mᵉ Bautru sur son
esprit ; je ne suis qu'un pauvre confesseur de
campagne...

— Allons, Besnard, fit madame de Cosseins,
on vous attend.

— Puisque ma tante m'a relevée d'une part
de la parole que j'avais donnée à M. de Fresne,
dit Valence, racontez ce que vous savez, Besnard, je vous en prie.

— Une part?... répéta la tante.

Elle enrageait de ne point connaître l'autre. Le
fermier, d'ailleurs, n'était pas mieux instruit
qu'elle; mais c'était un compagnon prudent.

— Mon Dieu, madame la comtesse, répliqua

t-il, je ne peux dire qu'une chose, c'est que M. de
Fresne est entré, la nuit, dans le parc de la Blotterie avant-hier par la petite porte du midi; il
doit en avoir une clef. Je pensais que cela devait arriver quelquefois, lorsque madame de la
Blotterie, qui a maintenant un logis en ville ne
peut s'y rendre. Au reste, il venait de la ville.
lui aussi, il avait laissé son cheval au village
des Musses, et il a fait une lieue dans la boue.
Tout le monde sait que M. Jean n'est pas bien
circonspect. Ce cheval pourra servir à le vendre.
Et ce n'est pas tout : je suis retourné hier sur
le chemin, j'ai retrouvé sa trace depuis le commencement de l'avenue jusqu'à la porte ; d'autres
ont pu la suivre dans le parc. Il n'a pas un
pied ordinaire : trop petit pour un homme, plus
grand que celui d'une femme. J'ai vu le vieux
Dabin, le gérant du domaine. Je le connais bien.
Il tenait un secret, il en avait la bouche con-
fite...

— Ce Dabin ne doit point aimer la dame de
la Blotterie ! interrompit madame de Cosseins.
Et cela n'est pas bien étonnant. Une maîtresse
hypocrite et si dure !

— Il ne l'aime point, c'est vrai; mais ce n'est
pas pour cette raison. M. Dabin a un fils qu'il a
bien élevé et qu'il a fait employé du Gouver-
nement, dans les postes. Il faut croire que ce

jeune homme est fou, car il a porté les yeux si
haut...

— Il veut être ministre !

— Ce n'est pas cela, ce n'est pas l'esprit qui
est malade...

— C'est donc le cœur? Que voulez-vous dire,
Besnard. La déesse de neige a-t-elle ensorcelé
ce garçon?...

— Ensorcelé, dit le fermier. Tout le monde
au château s'en est aperçu à la mine du pauvre
enfant quand il vient à la Blotterie voir son
père. Dabin le sait, et c'est pour lui un grand
tourment. Il s'imagine que la maîtresse s'est
fait un jeu de troubler cette malheureuse tête.

— Un roman ! s'écria madame de Cosseins.

— Un méchant songe, dit le Père.

— Mais qui ne peut nous servir de rien.
N'avez-vous pas autre chose à nous apprendre,
Besnard ?

Besnard regardait Valence et l'on pouvait
lire assez clairement la pensée du vieux soldat :
— Pour moi, j'ai su me préserver d'une pa-
reille folie ! disaient ces yeux fidèles.

Certes, il avait encore bien des choses à faire
connaître, mais à Valence toute seule. Elle le
comprit et lui fit un signe rapide.

Besnard alors s'adressant à madame de Cosseins :

— Je n'ai rien de plus à dire à madame la comtesse.

La petite dame ronde sonna :

— Qu'on serve à souper à notre ami du Clavier, dit-elle avec sa bonne grâce ordinaire. Il ne retournera pas chez lui ce soir et couchera dans la maison.

— Maintenant, récapitulons, reprit-elle quand le fermier fut sorti. Notre petit seigneur Jean s'en va nuitamment chez la dame. Eh ! que me disais-tu donc, mignonne ? Que le joli loup n'avait jamais été heureux et ne devait jamais l'être : j'ai toujours pensé que tu avais de trop beaux yeux pour y bien voir

— Et l'âme trop belle pour croire au fond du mal ! dit le Père.

— Si M. de Fresne était heureux, ma tante, répondit Valence, il ne faudrait pas lui envier un pareil bonheur, car il aurait d'affreux réveils. Quant à cette femme, toutes les armes peuvent lui être bonnes ; aucune ne la blesse... Si vous la connaissiez comme moi...

— Je la connais mieux que toi, car je ne prends pas plaisir à la pousser au noir. Oh ! oh ! la Norwége ne me fait pas peur. Je vois dans cette péronnelle ce qu'il faut y voir, une aventurière fortunée, qui s'est même élevée à une si scandaleuse fortune que ce serait une joie toute

particulière, toute raffinée que de l'en faire descendre... sans la charité qui, malheureusement,
ne permet pas de pareilles pensées, mon Père.

Le religieux s'inclina. Toute concession est
bonne.

— Récapitulons, récapitulons, continua madame de Cosseins. Jean entre la nuit à la Blotterie, et nous aurions des intelligences dans la
maison. D'abord ce Dabin, un vieux renard qui
défend la cervelle en danger du renardeau son
fils... Eh! mais avec cela on pourrait tenter un
coup décisif... Il faut que j'en confère avec
Mᵉ Bautru; je l'enverrais chercher à l'instant si
le président Le Belin ne devait venir ici tout à
l'heure en catimini. Cette rencontre lui déplairait; on l'accuse déjà de partialité dans la
ville, et il m'a priée de ne jamais lui parler de
ce procès... Quel dommage! En fait de consta-
tation d'adultère adroitement menée, un président doit s'y connaître!...

— C'est là votre projet, madame?

— C'est à cela que vous songiez, ma tante?

— Voilà, reprit le Père Mathias, une de ces
pensées dont vous disiez si bien tout à l'heure:
La charité ne peut les souffrir.

— Ah! cette fois, ce serait bien la fin de mon
honneur! s'écria Valence.

— Là, là! deux assauts à repousser ensemble!

Je vous répondrai d'abord, mon Père, que vous avez toujours sévèrement jugé la conduite de M. de Fresne et de cette femme. Or, l'Église, autrefois quand elle avait condamné un coupable, le livrait au bras séculier. Ne soyez donc pas plus timoré que l'Église. Quant à toi, ma mignonne, tu as décidément la manie du drame. Dans cette heureuse issue d'une affaire si épineuse, que verrais-tu donc, je te prie, de contraire à ton honneur?

— Quoi! fit Valence indignée, je demande à être séparée de mon mari parce que je ne saurais l'aimer, parce que je préférerais mourir que de me soumettre aux devoirs que le mariage impose! Je viens soutenir devant des juges que sa méchanceté doit m'en affranchir, et tout le monde dit: C'est son droit! Mais si je vous laissais agir, ma tante, vous ne voyez donc pas comme ma cause, qui est juste, serait à l'instant rabaissée! Elle n'aurait plus que le caractère d'une vengeance, et de la plus trouble et de la plus vile! Je poursuivrais la liberté de cet homme, moi qui réclame la mienne contre lui! Je lui ferais un crime de violer les devoirs que les lois lui avaient marqués envers moi, quand je ne demande qu'à être déliée des miens! Mais ce serait odieux! Mais ce serait abominable! Ma tante, vous n'y pensez pas!

Madame de Cosseins leva les épaules.

— Crois-tu, dit-elle, qu'il t'aurait ménagée si c'était toi qui eusses été la coupable?...

Alors on entendit un grondement. Le Père Mathias étendit la main :

— Madame la comtesse, dit-il, vous me forcez à protester contre une comparaison...

— Ce n'est pas une comparaison, c'est une supposition. Ne protestez point, mon Père...

— Peut-être, en effet, le Père Mathias aurait-il grand tort, interrompit Valence à son tour; quelle femme peut répondre de toujours vaincre les troubles de sa conscience, quand on se fait un jeu de l'égarer? Et qui peut aussi répondre d'enchaîner sans cesse tous les mouvements de son cœur? Si j'en étais à ne plus savoir où est le mal, en vérité, ce ne serait pas ma faute! Non, ce ne serait pas ma faute si j'en venais à penser que la récompense du bien n'est pas moins amère que le prix du mal! On me défend contre le bourreau de toute ma jeunesse par des moyens qui me livrent à tous les propos. Parlerait-on plus librement de madame de Fresne dans le pays et dans la ville si elle avait cherché depuis six ans des dédommagements à son humiliation et à ses peines qu'on n'en parlera demain, ma tante, quand le mémoire, votre fameux mémoire, sera tout à fait lancé? Je suis

maintenant une personne célèbre, et vous vou-
driez encore augmenter ma renommée! Ah!
j'appartiens au public, il me juge, il me
commente. Croyez-vous que ne me sentant
plus respectée, je ne pourrais, à la fin, en arriver à ne plus me respecter moi-même? Qui me
conseille tant de réserve désormais? Serais-je
plus véritablement compromise et diminuée si
l'on pouvait dire de moi que je veux être délivrée du mariage, non parce que je n'aime pas
mon mari, mais parce que j'en aime un autre?
Et si cela était, vrai; j'aurais la faute. Mais
avec la faute, j'aurais peut-être aussi trouvé un
peu de bonheur! Cela n'est point vrai, et je
reste sous le poids des petites hontes dont vous
m'avez chargée. Je vous le dis, le poids est trop
lourd!

Comme elle sortait du salon, elle faillit
heurter au passage le président Le Belin qui
entrait; le magistrat s'effaça pour lui faire
place.

— Ah! monsieur le président, lui dit-elle,
pourquoi m'avez-vous donné gain de cause contre
M. de Fresne? Vous m'auriez fait moins de
mal si vous m'aviez condamnée.

Madame de Cosseins s'était levée; le chagrin
et la surprise enchaînaient pourtant la colère au
cœur de la tante Lotte :

— Mon Dieu! murmurait-elle, la pauvre mignonne est folle!

Le président se fit raconter la scène qui affligeait si fort la bonne dame et vint s'asseoir au coin du foyer, en face du père Mathias qui ne soufflait mot. Le magistrat prit les pincettes et se mit à parler aux tisons :

— Folle! disait-il, ce n'est point le mot. Dévoyée à la bonne heure ! Qu'est-ce qu'un procès en séparation de corps? Le moyen de dépouiller une femme d'une grande partie de sa pudeur pour arriver à lui rendre une petite partie de sa liberté.

Puis s'adressant au père Mathias :

— Eh! dit-il, le « *Perindè ac cadaver* » a-t-il été tout à fait de votre goût dans le Mémoire, bon Père ?

XVI

Valence, en rentrant dans le salon de la tourelle, s'en alla tout droit à une crédence placée près de la cheminée, l'ouvrit à l'aide d'une clef tirée de la poche de sa robe, y prit un paquet de lettres qu'elle vint jeter sur une table, et s'assit dévorant du regard ces plis vingt fois lus et relus, mais toujours furtivement, toujours les tenant d'une main tremblante, toujours partagée entre le désir et la peur. La timidité de madame de Fresne en présence du fruit défendu s'effaçait rapidement; on aurait pu voir une fois de plus combien les fameux apartés du président Le Belin étaient prophétiques. Les procès en séparation de corps sont une mauvaise école pour la retenue des femmes. Valence ouvrit une de ces lettres, et d'abord, l'aspira longuement. Quel parfum croyait-elle donc y trouver? Il lui semblait que tout ce qui venait du maître de

Boisdemetz devait être imprégné des senteurs de la mer sans fin, recueillies sur le fleuve dans les brises de l'ouest, et du grand souffle de l'air libre et de l'espace.

Puis, elle commença résolument sa lecture, ou plutôt la recommença, car elle l'avait faite, la veille, le matin; mais quelle différence! Ce n'était pas avec les mêmes délices sans scrupule; et son cœur n'osait s'y noyer.

O tentations si longtemps combattues! O pensées si vaillamment repoussées sur la terrasse du Plessis pendant tout un mois, et à qui l'on disait avec de fiers sourires : Vous ne serez pas les plus fortes! O temps des illusions sur le prix de ces luttes qui avaient déjà leur douceur! Valence alors défiait la mâle figure de faire passer devant ses yeux autre chose que des rêves. De beaux rêves, il est vrai, accompagnés de regrets auxquels on n'interdisait point quelques larmes! —Pourquoi n'ai-je pas été celle qui aurait pu être aimée d'un pareil homme? Pourquoi ne m'a-t-il pas été donné de connaître ces fidèles et fortes tendresses? Pourquoi ne me sera-t-il jamais permis de bercer mon cœur endolori sur l'épaule d'un si doux maître?

Ces refuges sont toujours ouverts à celles qui n'ont plus peur de s'y jeter éperdues, et décidément et à jamais révoltées... Était-ce donc maintenant la pensée de madame de Fresne?

— Quand on a fait cela, murmura-t-elle, il faut mourir le plus vite qu'on peut. Qu'importe? en quelques mois on a vécu!...

Le désir partait du fond de son âme et n'allait encore que d'un pied boiteux. Tout à coup, il trouva des ailes: Aimer! s'écria-t-elle, et vivre enfin!...Ah! vivre!

Elle prit une autre lettre. Il y en avait six.

L'heure était loin où chacun de ces plis, arrivant le matin, tandis que madame de Cosseins dormait encore, lui causait pourtant un redoublement de frayeur, avec un faible retour d'impatience contre celui qui osait écrire... Jamais ils n'avaient éveillé les soupçons des gens, car Boisdemetz relevait du même bureau de poste que le Plessis. La valetaille examinait le timbre : « La jeune madame reçoit des nouvelles de sa pauvre maison, disait-on à l'office. Cela vient de chez elle, de Besnard, le fermier, apparemment. Il écrit comme un prêtre. » Ce n'était pourtant rien moins qu'une écriture ecclésiastique. On ne pouvait oublier, dès qu'on les avait vus, ces grands caractères, droits comme des épées. L'avant-dernier pli avait causé quelque tourment à Valence à l'instant où elle le recevait. On eût dit qu'il avait été froissé par des mains curieuses ; pourtant le cachet était intact. La

sixième lettre avait été jetée à la boîte de la poste
dans la ville, ce qui, heureusement, n'avait pas
éveillé l'attention des domestiques. Elle était
datée de la veille; mais ces trois pages avaient
ranimé les ressentiments de Valence contre Christian Artus. C'est qu'il s'y montrait plus hardi :
il ne craignait plus d'envisager l'avenir, et,
dans cette sixième lettre, il avait osé dire :
Venez à moi !

L'impression douloureuse qu'elle en avait reçue était maintenant effacée. Madame de Fresne,
cependant, prit une plume, et, sur la page demeurée blanche, elle écrivit :

« Vous m'avez déplu pour la première fois et
vous avez fait naître dans mon cœur une crainte
qui me vient de vous et non plus du monde ou de
moi-même. On m'a toujours dit que les hommes
qui disent nous aimer, oublient aisément ce
qu'ils nous doivent, et ne suivent que leur
propre désir. Je vois bien que cela est vrai. En
me proposant l'exil et le divorce, avez-vous
songé à ce que je suis ? Il paraît que les lois faites
par les hommes changent suivant les pays; la
loi de Dieu ne peut changer. Elle a rendu indis-
soluble le lien qui m'unit à Jean de Fresne, et
c'est un grand malheur pour le reste de ma vie;
mais si c'eût été vous mon mari, je vous aurais
aimé, et la même loi divine qui me retient atta-

chée à lui vous aurait à jamais attaché à moi.
Ce qui fait aujourd'hui mon désespoir aurait
été ma sûreté et ma défense. Je vous dis que
Dieu fait bien ce qu'il fait.

» Je peux bien écrire sans détour tout ce que
je pense, puisque cela n'arrivera pas jusqu'à
vous. Ah ! je ne sais ce que je ferais si j'en
étais réduite à retourner près de celui qui fut
mon mari. J'écouterais peut-être vos prières ;
vous me verriez peut-être accourir là-bas, dans
votre vieille maison, et vous m'entendriez
peut-être vous crier : — Prenez-moi, empor-
tez-moi, sauvez-moi... Mon âme et mon esprit
sont en un état que personne ne peut connaître et qui vous ferait pitié. Il y a des mo-
ments où la pensée me vient qu'après tout ce
scandale affreux qui me livre aux regards et
à la risée du monde entier, je n'ai plus rien à
perdre, et que je ferais mieux de déchoir tout à
fait pour me rendre heureuse un jour.

» Mais, quoi qu'il arrive entre nous, quand
je devrais outrager la mémoire de mon grand
aïeul Anne-François, et briser le cœur de tous
les miens ; quand je devrais, indigne et avilie,
préférer à tout une heure d'oubli que ma mort
suivrait de près, car je me connais bien, — il
est pourtant une chose que je ne vous sacri-
fierai pas, si lâchement que je vous aime !... Je

14

suis chrétienne et catholique ; je ne crois point
qu'on puisse effacer le sacrement de Dieu, car
il doit avoir des peines plus sévères contre
l'impiété qu'envers toutes les autres fautes. Il
pardonne des égarements, il est impitoyable
pour la révolte... Vous ne me reparleriez point
de cet abominable divorce si vous connaissiez
la douleur et l'épouvante que vous me causez...

» Qui sait?.... Peut-être, un jour, lirez-vous ceci.
C'est qu'alors je serai la femme qui vous appar-
tiendra... mais jamais, jamais *votre femme*... »

L'ouvrière de ténèbres qui, le matin, dans son
château de la Blotterie, avait médité de répondre, sous le nom de Valence, aux lettres
d'Artus, n'aurait peut-être pas atteint à ce
mysticisme abandonné ; mais, chose étrange,
l'écriture de madame de Fresne offrait une
ressemblance redoutable avec les caractères que
traçait alors la déesse de neige, comme exercice
et comme essai. — Seulement, il fallait que la
surveillance mystérieuse organisée par Fredda
autour du maître de Boisdemetz, eût été mise
une fois en défaut : cette sixième lettre d'Artus
n'était point passée sous ses yeux.

Quand Fredda, pendant ce déjeuner de famille édifiant autant que délicat, arrachait à
Christian le secret de se ses plus heureuses
pensées, il les avait déjà fait connaître à ma-

dame de Fresne. Voilà ce qu'elle ne croyait point. Elle avait encouragé le beau neveu dans ce rêve de fuite et de divorce, tout en paraissant douter de l'efficacité d'un projet si romanesque, et, toujours pour l'aiguillonner, lui avait fait pressentir la réponse de Valence, dût-elle de sa main dans son logis de la ville, écrire cette réponse. Là seulement elle avait touché juste.

Valence se leva, referma le paquet de lettres, et s'en alla le remettre dans la crédence ; puis, elle se promena quelque temps dans la chambre. Ses lèvres remuaient ; les paroles d'Artus laissaient dans sa mémoire une trace profonde et chaude. Le mécontentement que lui avait causé le dernier billet était bien loin, et il ne restait plus au fond de son cœur, pour l'embaumer, que ce parfum de loyauté chevaleresque et de virile tendresse qu'elle venait de respirer pendant une heure. Artus ne méritait-il pas de sa part beaucoup de reconnaissance ? Même en son égarement, comme il la ménageait ! Quel autre homme au monde aurait eu la généreuse délicatesse de ne pas lui demander de réponse aux lettres qu'il écrivait ?

Cette pensée, une de celles qui la charmaient ordinairement davantage, eut le don cette fois de la faire sourire : Que veut-il enfin ? se disait-elle. Me faire savoir ce que je dois attendre de

lui, si ma destinée me devient insupportable
et si mon courage n'est pas le plus fort?... Pour
le reste, il sait bien que je l'aime; il comprend
que je risquerais trop; et peut-être pense-t-il
que je perdrais un peu à lui dire : Oui, *mon
ami*, oui, je vous aime !...

Cela vraiment lui paraissait si beau qu'on
respectât sa liberté !

Dix heures sonnèrent à l'horloge de l'église
voisine. Valence avait attendu Sébastien Ber-
nard, et ne le voyant point venir, commençait
de penser que la visite de cet autre ami serait
pour le lendemain avant qu'il ne quittât l'hôtel.
Sans doute avait-il craint que la soirée ne fût
trop avancée: — Tous ceux qui m'aiment
véritablement sont trop discrets, fit-elle à demi-
voix avec un nouveau sourire.

Après tant d'émotions si diverses, elle sentait
un grand besoin de respirer l'air frais de la nuit
qui était assez belle. D'ailleurs, elle ne se
mettait plus au lit depuis une semaine sans
avoir ouvert un moment une fenêtre de ce salon.
Ce n'était aucune espérance, pas même le plus
vague désir qui la conduisait...

Au reste, la croisée qu'elle entrebâilla, suivant sa coutume, n'était point celle qui ornait le
front de la tourelle, mais une autre plus petite
qui ne regardait qu'obliquement au-dessus

grande muraille de clôture et qui donnait sur le jardin. Avant de s'engager dans l'embrasure profonde pratiquée dans l'épaisseur de la pierre, elle eut grand soin de laisser retomber derrière elle les lourds rideaux cramoisis; ainsi elle se trouvait tout enveloppée d'ombre. Au dehors, par un temps couvert, la lune en sa décroissance ne jetait qu'une lumière grise sur le feuillage du cèdre et sur le pavé de la rue.

Subitement, elle recula; mais elle n'était plus libre de se rejeter dans sa chambre. Si elle écartait les rideaux pour se faire passage, la lumière allait paraître et trahir sa retraite, par conséquent accuser sa présence... Cependant un homme suivait cette rue déserte, et c'était bien lui. Sa grande taille ne permettait aucun doute. D'ailleurs il s'arrêta. Immobile sous l'auvent d'une des pauvres maisons qui faisaient face à la tourelle, il parut examiner longuement l'heureux logis qui renfermait tout ce qu'il avait aimé au monde; car une de ses lettres le disait : — Je n'ai aimé qu'une fois, et c'est vous !

Quant à Valence, il lui sembla qu'il ouvrait les bras, et que dans ce grand silence un mot arrivait à elle, un mot dit à demi-voix, doux comme une caresse: —Venez !

Enfin, il se détacha de la misérable porte où il s'était adossé et s'éloigna.

14.

Valence ouvrit plus largement la croisée et se retira de nouveau précipitamment. Un pas vif, serré, encoléré, retentissait au bout de la rue. Ce pas, elle le connaissait trop bien. C'était celui de Jean de Fresne...

Est-ce que Jean avait suivi Artus? Est-ce qu'on l'épiait elle-même dans sa maison?

Il marchait avec sa rapidité de loup. Pour peu qu'Artus continuât son chemin lentement, ce furieux allait le rejoindre; et la rencontre pouvait avoir lieu dans ce dédale de rues sourdes et obscures qui avoisinaient l'hôtel. Une affreuse crainte serra le cœur de madame de Fresne; mais ce ne fut qu'un moment: — Je suis folle! Est-ce qu'il faut jamais craindre pour lui? dit-elle.

Est-ce qu'il n'était pas de tous les hommes le plus fort et le plus brave, comme il en était le plus généreux? Non! il n'y avait à craindre ni pour lui ni pour l'ennemi aveuglé par la colère qui oserait s'attaquer à lui. Et puis, la réflexion reprenant son empire, Valence pensa qu'elle était doublement folle. Pourquoi Jean de Fresne serait-il irrité contre Christian Artus qu'il ne connaissait même pas? Que savait-il, et que pouvait-il savoir?

Elle rentra dans le salon, et cette fois, ayant bien cessé d'attendre Besnard, passa dans sa chambre à coucher.

Artus, en effet, poursuivait sa route, avec la lenteur naturelle à l'homme qui s'éloigne d'un lieu où son bonheur est prisonnier. Bientôt le labyrinthe de ruelles l'arrêta. Il demeura même un instant fort en peine, portant ses yeux autour de lui dans la pénombre; le clocher d'une chapelle lui apparut au-dessus de tous ces toits croulants et il résolut de le prendre pour guide, car il ne voulait point décidément retourner en arrière et repasser devant l'hôtel de Civré.

Un moment, il put croire que le hasard lui envoyait du secours. Un autre pas que le sien vint à résonner sur les pavés humides. Sa première pensée fut d'attendre le personnage et de lui demander son chemin; mais, au même instant, Artus remarqua qu'on s'attachait à le suivre. Le compagnon demeurait court s'il s'arrêtait et se remettait en branle dès qu'il marchait. Quelque bonhomme en goguette, apparemment, vaguant à ce demi-clair de lune, enchanté d'avoir rencontré une compagnie vivante, parce qu'il n'aimait point la solitude. Pourtant ce manège lassa le Norwégien; il fit halte assez brusquement.

Le personnage qui n'était plus qu'à dix pas de lui recula, comme s'il cherchait l'ombre; mais le déchirement soudain d'un nuage le trahit. Alors se voyant en plein éclairé par la lune, il n'hésita plus et s'avança. Ce fut même

d'un bond, à la manière des fauves. Artus para
le choc d'un revers de son bras vigoureux, et
s'apercevant que son agresseur, bien loin d'être,
comme il l'avait cru, un pauvre diable, était un
homme de sa sorte, il remarqua sa petite taille,
reconnut Jean de Fresne et tressaillit, mais se
remit aussitôt :

— Êtes-vous gris ou êtes-vous fou? lui demanda-t-il de sa belle voix sonore et calme. Que
me voulez-vous?

Le petit homme ne répondit que par un cri
sourd, la colère l'étouffait, et il bondit encore une
fois. En deux secondes il fut terrassé. Valence
avait bien raison de ne rien craindre de la force
et de la générosité d'Artus. Le Norwégien cependant, tenant Jean de Fresne sous son genou, le
regardait à la clarté de la lune et le voile se déchirait dans son esprit, comme il venait de se
déchirer au ciel :

—Ah! lui dit-il, j'étais bien sûr de vous avoir
vu autrefois. C'est vous qui entriez, la nuit,
à la Blotterie dans la maison de mon oncle.

XVII

.... Fredda avait vu Jean à la ville. Elle avait même imaginé pour le retenir près d'elle de lui lancer un trait dont elle croyait l'effet sûr : — Monsieur de Fresne, est-ce que vous commenceriez d'aimer votre femme?

Jean de Fresne était sorti sans même avoir entendu.

Il avait lu le mémoire ; il aurait supporté qu'on le représentât comme adonné au vin et aux servantes, il ne se possédait plus à la pensée que celle qui avait brisé sa chaîne pût être véritablement libre un jour. Fredda venait de lui apprendre la présence d'Artus à N.., après sa visite à la Blotterie, et de lui raconter ce qu'elle appelait le *roman d'Hippolyte*, les projets du Norwégien et les espérances qu'il essayait de faire partager à Valence. Il recueillait ce poison tombant de ses lèvres; il ne l'aurait pas

autrement regardée s'il se fût proposé de l'ex-
terminer dans un moment et toute la terre
avec elle, Fredda ne lui disait point comme à
Christian Artus que Valence se refuserait à
la pensée même du divorce. Il les vit heureux,
contre lui l'un par l'autre!...

Eh quoi! celle qui avait été son bien devait
porter son nom jusqu'à la fin comme une livrée
de servitude, et ce devait être sa revanche à lui;
et au lieu de la revanche, il était à présent menacé de n'obtenir que la risée universelle! On
dirait que madame de Fresne ne s'était reprise
à son mari que pour se donner gaillardement
au maître de Boisdemetz, et cela serait vrai!
Sans doute, on blâmerait la femme téméraire et
divorcée, mais on se moquerait du mari. Et ils
lui échapperaient tous les deux! Et il y a des
lois dans ce certains pays pour rendre ces choses possibles!

Déjà il était hors du logis, il courait sur la
route de l'hôtel de Civré. La déesse qui prenait
vite son parti en face des choses nouvelles se
dit: Eh bien! qu'il rencontre Christian sou-
pirant à la lune aux abords de la vieille maison,
ce sera donc une querelle entre tous les deux!

En ce cas, l'important c'était que le scandale
fût public. Quant à la Fée des Eaux, que dirait-
elle alors? Plus que jamais elles seraient clouées

ces fameuses lèvres innocentes qui ressemblaient, disait-on, à de la chair de cerise. Valence n'aurait garde d'attaquer, ayant assez à
faire de se défendre ! Et voilà un procès qui aurait promptement changé de face.

Fredda en arriva bientôt presque à souhaiter
cette rencontre entre les deux hommes. Curieuse
d'en connaître les incidents, elle attendit Jean
une partie de la nuit; il ne revint pas. Le lendemain, tout le jour, elle recommença de l'attendre; il ne paraissait point.

Le logis d'hiver loué par la maîtresse du beau
palais italien de la Loire avait pourtant été
choisi de façon à rendre aisées les visites se-
crètes ou discrètes. Il était situé dans une rue
peu fréquentée, une haute maison y faisait
face ; les locataires y étaient nombreux, mais
ils appartenaient à la petite bourgeoisie de
la ville, qui ne connaissait guère les personnes
de la noblesse. Jean de Fresne n'avait pas à
craindre les rencontres quand il venait, même
au milieu du jour, frapper à une petite porte
pratiquée dans le mur qui bordait la rue. Cette
façade borgne aurait pu donner un caractère
mystérieux au pavillon d'habitation qui s'élevait
d'un étage seulement au fond d'une cour assez
exiguë, mais la cour était plantée de lauriers-
thym qui dépassaient le couronnement du mur

et montraient leurs larges étoiles blanches épanouies, car ce sont des plantes de belle humeur
qui fleurissent volontiers sous la bise; ces
fleurs égayaient le tableau et donnaient à cet
asile de l'intrigue dorée un air tranquille de
« maison bourgeoise. »

Rien n'y trahissait l'envie de se dérober aux
regards des passants. A gauche, une serre for-
mant aile se prolongeait jusqu'à la rue, et
même aurait pu s'y ouvrir par une large porte
cintrée, pleine jusqu'au milieu de sa hauteur.
Il est vrai que les vitres de la partie supérieure
avaient été soigneusement dépolies, la porte
semblait condamnée. A droite était un passage
voûté pour les voitures. Les écuries et les communs enveloppaient d'un côté le jardin qui s'é-
tendait derrière la maison. Sur deux autres
côtés, il confinait aux vastes jardins d'une communauté religieuse, et ce ne sont point les
« Dames Blanches » qui s'aviseraient d'élever
des boulingrins chez elles pour regarder chez
le voisin. Madame de la Blotterie était bien
garantie de toute curiosité dans son nid d'hiver où, d'ailleurs, elle ne se cachait nullement,
puisqu'elle y recevait les visites de mademoiselle de la Tréville. Les habitants de ce quartier
modeste ne savaient rien de la nouvelle loca-
taire, sinon qu'elle était très-riche, et ils virent

qu'elle était belle. Ils apprirent que le logis avait
été loué par l'entremise d'un jeune homme
employé aux postes, qui n'avait point déguisé
sa qualité, se donnant pour le fils du gérant
des grands domaines de la dame. Aucun mystère.

Le salon donnait sur le jardin qui était beau,
point resserré, grâce à l'espace ouvert à l'entour.
De la fenêtre, on apercevait chez les Dames
Blanches le clocheton d'un oratoire, but ordinaire de leurs processions. Sans doute, on entendait les chants religieux; on pouvait recueillir l'édification dans son fauteuil. La pièce
était à peine meublée, quoique très-remplie : des
tentures de damas rouge à la muraille et des
rideaux de basin aux croisées; des siéges de
toute famille, les uns de rotin, les autres recouverts de coûteuses étoffes, des chaises dorées
et des pliants, un air de campement et de hâte.

Un autre salon s'ouvrait entre cette pièce et la
serre et ne recevait de jour que de l'une et de
l'autre. Ce lieu obscur renfermait de riches et
curieuses et savantes choses pour éblouir les
yeux dès que les lumières étaient allumées. La
muraille en était tapissée de satin violet que re-
haussait un encadrement de feuillage d'or et
qu'éclairait un tapis aux nuances très-claires,
recouvert de deux précieuses peaux d'ours

15

blancs. Deux torchères dorées supportaient deux
lampes colossales en bronze du Japon, figurant
un enlacement de monstres. La lumière venait
de toutes parts, de deux candélabres reposant
sur la cheminée en albâtre oriental, du plafond,
dans un lustre de Hollande. En ce merveilleux
boudoir, le similaire par la somptuosité du salon
d'été de la Blotterie, tout ce qui n'était pas
sombre était blanc et or, et cette opposition
puissante était une invention de la déesse. Elle
avait créé de sa main et de sa pensée ce séjour
des enchantements inéluctables. Des ondes de
parfum sortaient de la serre, une atmosphère
troublante et tiède venait expirer autour d'elle.
La soirée s'avançait ; elle était assise depuis une
heure au coin du foyer dans un large fauteuil violet et or, elle-même toute vêtue de
blanc.

Sans doute, ne croyait-elle pas en ce moment
qu'il fût nécessaire d'ajouter à cette grande parure le charme vivant du sourire. Elle mordait à
belles dents sa lèvre inférieure, la colère lui
mettait au front des plis qui auraient bien pu
passer pour des rides.

Pourquoi Jean de Fresne ne venait-il pas ? La
pensée de Fredda sur la turbulence de son allié
avait changé depuis vingt-quatre heures. Il im-
posait à son orgueil une épreuve aussi dure qu'à

sa patience. Oserait-il donc encore agir seul ?
Qu'avait-il fait ?

Si la querelle s'était allumée la veille entre
Artus et lui, peut-être craignait-il qu'elle n'em-
pêchât le duel. Voilà pourquoi il ne se montrait
point. Vraiment il se trompait. Il aurait bien
dû savoir qu'elle ne serait jamais femme à se
mettre en travers des coups du hasard, quand ils
pourraient profiter à ses intérêts et à sa cause.
Mais ce duel, est-ce qu'il était possible ? Elle
n'avait ni à le désirer, ni à le craindre. Artus se
garderait bien de jamais tuer M. de Fresne, par
la solide et lumineuse raison que, l'ayant tué, il
ne pourrait épouser sa veuve...

Pourtant il se passait des choses nouvelles. Lesquelles enfin ? L'impatience la dévorait. Et aucun
moyen sûr de rien savoir de ce qui était arrivé !

Arrivé par sa faute...

Si vraiment, elle avait un moyen ; mais celui
qui devait le lui fournir tardait comme Jean
de Fresne. Tout le monde, ce jour-là, se mêlait
de la faire attendre.

Il était onze heures. Dans la maison endormie, qui ne renfermait d'ailleurs qu'un très-
petit nombre de servantes et un seul valet, dans
les grands jardins du couvent, dans ce quartier
désert, un profond silence. Aussi Fredda saisit
sans peine un bruit léger qui paraissait venir

de la serre. On eût dit un coup furtivement
frappé contre la porte cintrée qui regardait la rue.
Rapidement elle s'engagea sous le feuillage. On
aurait alors reconnu qu'en dépit de ses airs de
visage de bois, cette porte n'était pas condamnée.
La partie pleine remonta le long du châssis vitré,
grâce à un ressort caché sous un vase contenant
une grande scolopendre et que la déesse ne dé-
plaça point sans effort. Un homme entra en se
courbant.

— Répondez-moi tout bas, comme je parle,
dit-elle.

Apparemment, ce n'était pas la coutume de
converser dans cet endroit, après tout, bien mal
défendu des oreilles curieuses. La serre n'était
pas éclairée : bonne précaution, car des mansardes
on aurait pu voir des ombres passer sur le vitrage.
L'homme se disposait à faire retomber le vantail
et à replacer le vase.

— Non ! reprit sur le même ton madame de la
Blotterie, répondez d'abord, car j'ai besoin d'un
renseignement que vous irez chercher au dehors
— au théâtre, dans les cercles, dans les cafés de
la ville, que sais-je ? partout où se recueillent
les nouvelles. Il me le faut à l'instant. M. de
Fresne a dû avoir hier, aujourd'hui peut-être,
une querelle...

— Dont l'issue vous inquiète, interrompit

avec une évidente amertume ce singulier visiteur
nocturne. Je n'ai rien entendu dire de pareil,
madame, et je peux vous assurer que M. de
Fresne, rentré au Plessis dans la nuit, n'en est
pas sorti de tout le jour. Je le tiens de Sébastien Besnard, qui était parti derrière lui pour
le Clavier, qui est revenu en ville, et que j'ai
rencontré ce soir.

Fredda respira largement. Ainsi Jean était
allé se cacher dans son Plessis. Pourquoi? Eh!
ne savait-elle pas déjà le principal? Que la querelle n'avait pas eu lieu. Le plus probable c'était
que Jean, la veille, n'avait point rencontré Artus
et qu'il était retourné tout simplement chez lui
pour y apaiser sa rage.

— A la bonne heure! dit-elle. Suivez-moi
donc, monsieur Guillaume.

Il n'y avait point à étouffer le bruit de ses
pas sur le sable fin de la serre. A la vérité, le
jeune homme était si ému qu'il s'embarrassa
plusieurs fois, non sans bruit, dans les feuillages
rampant au bord du chemin, et s'en alla donner
contre un buisson de camélias; les branches
fouettèrent son chapeau, qu'il tenait à la main,
et le lui arrachèrent. On arrivait déjà au cercle
lumineux projeté par les torchères et les bougies
du salon. La déesse, se retournant, eut le spectacle ridicule du chapeau roulant par terre et

du malheureux se précipitant pour le reprendre.;
elle arracha une fleur aux camélias, et la lui
lançant au visage :

—Tenez ! dit-elle, en souvenir de votre mala-
dresse... Mais passez donc vite ! Le passage ici
est dangereux.

Guillaume Dabin ne mit que trop d'empres-
sement à obéir ; il marcha sur la traîne de la
robe blanche ; on entendit le petit craquement
de l'étoffe qui se découd :

— Mon Dieu ! dit madame de la Blotterie,
vous n'êtes pas heureux ce soir !

Il arriva sous ces grandes lumières, rouge de
dépit et de honte, maudissant sa gaucherie qui
devait l'enlaidir. Le pauvre garçon ne savait pas
qu'un peu de confusion ne gâte pas nécessaire-
ment un beau visage. Il était véritablement assez
beau, et il n'eût tenu qu'à la déesse impitoyable
qui faisait de lui l'instrument de ses desseins,
de débrouiller tant d'avantages naturels si, de
la même main qui le dépouillait de sa conscience,
elle se fût egalement plu à raffiner un peu sa
personne. Guillaume Dabin promettait d'être un
jeune homme de bel air quand il aurait tout à
fait cessé d'être le commencement d'un honnête
homme. Pour le moment, il sentait encore le
fils du gérant son père : mélange de petit rustique arrivé aux honneurs des emplois de l'État

et de phénix de séminaire. Il venait tout habillé
de noir, croyant encore cette grande tenue de
rigueur pour toutes les occasions solennelles de
la vie, les amoureuses même et les coupables,
celles qui mènent aux joies célestes comme
celles qui conduisent aux gouffres. Ses cheveux
blonds auraient été charmants s'il ne les avait
portés longs et plats comme les jeunes abbés.
Ses yeux, d'un bleu sombre, étaient superbes,
et quand enfin il osa les relever sur Fredda,
ils exprimèrent tout ce qu'éprouvait à la fois ce
pauvre petit cœur de vingt ans en proie à une
si redoutable tentatrice, — des audaces sans
frein, des peurs enfantines.

— Savez-vous pourquoi vous êtes troublé ce
soir? lui dit-elle. C'est que vous avez commis
une faute. Je vois avec plaisir que vous en avez
le sentiment. Vous n'êtes pas venu hier soir, et
cependant vous saviez que j'étais ici.

— Je n'en étais pas sûr, balbutia Guillaume.
Si vous m'avez attendu, je vous supplie de me
pardonner...

— Je ne vous attends jamais, je vous reçois
aux jours et aux heures convenus; cela fait quelque différence. Enfin, qui vous a retenu?

— Une visite de mon père. Il paraît qu'il
avait eu le matin, avec vous, un entretien qui
lui avait donné des pensées... Il sait que je

vous suis dévoué jusqu'au déshonneur, jusqu'à la mort...

— Pas de phrases, interrompit madame de la Blotterie ; faut-il vous redire que je les déteste? Ne prenez pas cet air de supplicié. Votre dévouement est sincère, exprimez-le simplement. Aurait-il le malheur de choquer monsieur votre père?

— Veuillez m'écouter, je vous en prie, et jugez de ce que j'ai souffert. Mon père m'a dit aussi que M. de Fresne avait été vu la nuit dans le parc.

Fredda n'eut pas même le tressaillement le plus léger :

— Votre père a menti, dit-elle durement. Du moins, je n'en sais rien, mais je dois le croire. Si M. de Fresne a la fantaisie de se promener la nuit dans mon parc, ce qui n'est guère probable, d'autres pourraient l'imiter, et ce serait peut-être plus dangereux. Ceux qui me servent ne font donc pas bonne garde. Cela dit, je serais curieuse de savoir pourquoi cette imagination de votre père vous a fait souffrir?... Est-ce par zèle pour ma réputation?

Il fit un pas vers elle. Ses yeux étincelèrent, ses lèvres s'ouvrirent... Il n'osa.

La déesse se laissait doucement aller dans le

large fauteuil violet et or et lui montrant un
siége à l'angle opposé du foyer :

— Asseyez-vous là, devant moi, dit-elle.

Alors ce fut une fascination étrange. Fredda
se tint un moment la tête renversée, puis, lentement, avec un petit rire doux comme un rou-
coulement de colombe, la retourna vers le
jeune homme. Quel changement! Ses yeux se
fixèrent sur Guillaume Dabin. Lui, qui venait
de retomber de toute la hauteur de son désir,
s'était assis au bord de sa chaise, les mains sur
ses genoux. Dans son désespoir de se sentir si
peu de chose auprès de celle qu'il aimait si follement, il s'oubliait, il revenait naturellement
aux attitudes du séminaire où il avait été élevé.
Fredda, plus lentement encore, se pencha sur le
bras de son fauteuil; tout ce beau corps ondulait
en se rapprochant du jeune homme, et bientôt
elle l'enveloppa de son regard froid et bril-
lant. D'abord il se redressa, comme s'il avait eu
l'audacieuse pensée de résister au sortilége.

— Venez plus près, dit-elle.

Il obéit et fit avancer sa chaise.

— Si vous êtes resté hier loin de moi, reprit
Fredda, c'est que *vous n'aviez rien*. Vous ap-
portez aujourd'hui quelque chose. Donnez !

Guillaume, vaincu, fouilla dans la poche de
son habit et y prit une lettre. D'un geste rapide,

15.

Fredda la saisit, mais ne retira pas la main qui
la tenait. Le dos de cette main blanche et lustrée
s'offrait à la bouche du jeune homme qui la
couvrit de baisers. Jouis de ta récompense, misérable! Elle était douce, mais le sentiment de
l'action qui la méritait était trop amer. Guillaume eut un de ces accents soudains et convulsifs qui semblent être les cris de l'âme déchirée
et qui sont plus douloureux que des sanglots.

— Satan! murmura-t-il.

— Monsieur Guillaume, dit-elle en se levant
paisiblement pour gagner une petite table de
laque placée dans un coin de la chambre, près
de la porte du premier salon, voilà un vilain
mot. Il serait dit par tout autre qu'il faudrait en
rire, car ce ne serait que de l'emphase vulgaire
et de la littérature surannée; mais dans votre
bouche, à vous qui avez reçu l'éducation des
maisons religieuses, il a un sens réel. En vérité, vous semble-t-il que je vous damne parce
que je permets à votre amitié de me servir?
J'use un peu de l'influence que vous m'avez
donnée vous-même sur votre bon cœur. Je n'en
vois en tout ceci rien de satanique; je n'y vois
même rien que d'honnête, car nous travaillons
ensemble pour une bonne cause.

— Celle de M. de Fresne! s'écria-t-il. Croyez-
vous à votre tour que je sois un petit enfant

qui ne sache point voir les choses? Cette cause, vous êtes résolue à la faire gagner à monsieur Jean, comme vous dites quelquefois — ou même Jean tout court — contre sa femme. Mais ce n'est point pour que jamais il la reprenne avec lui. Elle, vous ne travaillez qu'à la perdre. Quand cela sera fait, il sera triomphant et libre. Alors M. de Fresne ne sera plus obligé de se cacher pour venir la nuit chez madame de la Blotterie, si elle consent à le recevoir.

— Je crois, dit-elle, que vous revenez à la sotte invention de votre père. Ne vous flattez donc pas de n'être plus un enfant, puisque vous ne savez point deviner les excellents motifs de M. Dabin pour vous faire de ces beaux contes.

— En revanche, reprit Guillaume, je devine les sentiments qui vous rendent si passionnée pour les intérêts de M. de Fresne. Je ne suis point aveugle.

L'enchanteresse se rapprocha du jeune homme, et posant sa main sur son épaule :

— Vous avez les yeux d'un petit jaloux pour qui l'on a été trop bonne, dit-elle ; fermez-les et rêvez !

Déjà elle retournait vers la table, toujours armée de la lettre.

— Non ! fit Guillaume en se levant avec violence, car le rêve me tue lentement, et si je ne

trouve point le courage de m'en défendre, le
réveil m'achèvera. Qui me dit que la liberté va
suffire à M. de Fresne et à vous? Allez! je
sais bien que dans votre pays, où vous pouvez
retourner, puisque vous êtes assez riche pour
porter partout avec vous ce qui remplace les
beaux soleils, je sais bien que le divorce c'est
la loi.

Fredda eut un sourire muet, expression de
sa vive surprise. Guillaume Dabin lui prêtait
les mêmes projets que Christian Artus essayait
de faire partager à la femme de Jean de Fresne.
Il y a de singulières rencontres.

— Ce que c'est que d'être de Norwége! dit-
elle. On soupçonne toujours en vous des pensées
d'un autre monde. Attendez, monsieur Guillaume, je vous répondrai tout à l'heure. Vous
voyez bien que *je suis au travail.*

Sur la table de laque il y avait des feuillets
de papier blanc, un verre plein d'eau, et dans
le tiroir elle avait pris une petite éponge très-
fine. La besogne, en effet, était délicate. A
l'aide de cette éponge, elle humecta le papier
et y posa la lettre dont l'enveloppe n'était que
gommée. Un cachet de cire, c'est un rempart,
mais c'est aussi une enseigne. Comment aurait-
on pu croire à l'office de l'hôtel de Civré que les
lettres reçues par madame Valence venaient de

Sébastien Besnard si elles avaient été scellées avec une empreinte portant une devise ou des armes? La déesse était bien attentive à son travail, — un travail de démon encore, celui-là, — toujours suivant la langue des maisons religieuses.

— Si vous me priez d'attendre, continua Guillaume, c'est que vous êtes embarrassée peut-être !

Il s'enhardissait par la douceur apparente et la patience de madame de la Blotterie, qui ne l'écoutait même plus.

— Ah ! ce divorce ! il me tourmente la nuit et le jour, reprit-il. Ce qui me dévore surtout, c'est de penser qu'il aura été mon ouvrage. C'est moi qui aurai perdu madame de Fresne en dérobant ces lettres pour vous les livrer, moi qui aurai affranchi M. de Fresne de toute obligation d'honneur envers sa femme. Et c'est pour cela que j'aurai trahi tous mes devoirs, que j'aurai sali le nom de mon père qui est un vieil honnête homme ; c'est pour cela que je cours à la prison et à l'infamie !

— Encore des phrases ! dit Fredda revenant à lui, la lettre à la main, l'enveloppe bâillant, le pli ouvert. Et quelle exaltation, monsieur Guillaume ! Je vais la faire tomber d'un mot bien simple et bien uni, comme j'aime à en

dire. Je vous fais le serment que je n'ai jamais
pensé au divorce pour M. de Fresne. Je vous
jure que je n'épouserai jamais personne, et lui
moins que tout autre, — jamais !

En même temps, sous la lueur des grands
candélabres de la cheminée, elle extrayait avec
précaution la lettre de l'enveloppe ; elle la dé-
plia, lut les premières lignes... Alors, elle se
jeta sur Guillaume Dabin, et le saisissant par le
bras :

— Il paraît que vous avez commencé à vous
défendre du rêve, par crainte qu'il ne vous tue !
lui cria-t-elle. Vous aurez été repris par vos
scrupules de séminaire ! Ceci est la septième
lettre. Où est la sixième ? Vous me l'avez dérobée,
vous m'avez trahie parce que vous avez eu peur,
parce que vous avez été lâche. Si je prenais ma
revanche, moi ! ... Si je vous chassais !

XVIII

Vends donc ta conscience et ton âme, pauvre hère, pour recueillir en échange de si dures paroles! Si tu as une fois hésité devant l'accomplissement du mal, on te nommera lâche. Et n'espère point de rachat, jamais! Il n'y en a plus de possible. Tu t'es vendu. Exécute ton marché, ou l'on te chasse. Obéis, et l'on te payera en sourires qui te rendront fou, en regards qui te brûleront le cœur. Tu sais bien que tout cela ne saurait être que mensonge! Comment croiras-tu que tu puisses être jamais aux yeux de la déesse autre chose qu'un fils de valet!

— La première pensée de madame de la Blotterie en s'éveillant le lendemain fut qu'elle avait bien rescellé la chaîne de Guillaume Dabin. Quelle habile colère! C'est que, vraiment, elle la ressentait alors. N'y aurait-il de puissant que ce qui est sincère!

La faute de ce méchant garçon était grave, les conséquences, heureusement, en demeuraient sans portée. Oui, il avait laissé passer cette sixième lettre par une composition soudaine avec lui-même, profitant de ce qu'elle ne portait pas le timbre de Boisdemetz, se réservant l'excuse d'un défaut d'attention, si celle dont il trahissait les vues venait à le confondre. Fredda l'avait bien confessé. Un enfant ! D'ailleurs il lui avait été aisé de voir que le nouveau billet n'était que la répétition du précédent ; c'était même ce qui lui avait ouvert les yeux. Artus revenait sur le divorce, faisant allusion à des choses précédemment dites ; il lui paraissait avec raison délicat de les redire. Cette septième lettre n'était point retournée comme les autres dans le paquet de la poste pour être distribuée le lendemain. Malgré les prières et les larmes de Guillaume lui disant qu'elle achèverait sa perte, Fredda l'avait gardée.

Qu'en ferait-elle ? Cela, elle ne le savait encore. C'était un instrument de combat ; mais il en faudrait expliquer la possession. On y réussirait peut-être. En attendant, elle le tenait. Quant à Guillaume Dabin, plus que jamais épouvanté de ce qu'elle l'obligeait à faire, il n'en serait que plus fortement à elle.

Quel pouvoir magique que celui de la beauté,

quand on ne connaît surtout ni les attendrisse-
ments du cœur ni le feu des sens, quand on est
sûre de demeurer toujours maîtresse de ses armes !
Mais aussi quel abaissement d'avoir été forcée à
les livrer, et quel ressentiment caché, implacable contre celui à qui l'on ne s'est point donnée, mais par qui, suivant le langage de la déesse,
on a dû se laisser prendre ! Voilà ce que Fredda
pensait, en s'abandonnant, descendue de son lit,
aux soins de ses deux filles de chambre. Les mi-
roirs lui renvoyaient sa merveilleuse image, et,
tandis qu'elle se complaisait dans l'admiration de
la statue de neige presque sans voiles, des bouil-
lonnements de haine l'agitaient au souvenir
du mépris tranquille de Christian Artus qui
n'avait jamais eu envers elle le commencement du désir, pas même de la curiosité ; au
souvenir du bonheur insolent de Jean de Fresne,
qui avait eu la possession...

La richesse coûte cher quand pour la con-
quérir superbe et pleine il a fallu risquer des
actions qui demandent un complice. Toutes les
causes d'alarmes qui troublaient la déesse à cette
heure lui venaient de Jean, comme lui étaient
venus du farouche et joli maître du Plessis tous
les dégoûts, toutes les contraintes de sa belle vie
depuis sept ans. Jean était son esclave, comme
Guillaume Dabin, mais à quel prix différent ! En-

core l'esclave faisait-il le rebelle. Depuis deux jours, il se cachait. Le troisième allait-il s'écouler sans qu'il vînt apporter sa confession ou des nouvelles? Que comptait il-faire? Surtout qu'avait-il fait?

Habillée, elle descendit au jardin sous un furtif rayon de soleil. Dans son « pied à terre » de la ville, elle jouissait de bien plus de liberté qu'à la Blotterie. La tête nue, elle se mit à marcher dans les allées sous un vent aigre, car l'embellie n'avait guère duré, le rayon tremblant disparut. Le froid qui la pénétrait la fit songer à son pays. Ah! les choses se gâtaient autour d'elle! Bientôt, peut-être elle n'aurait point de meilleure ressource que de chercher un refuge dans la maison de famille des Artus, pieusement rachetée par ses soins. C'était peut-être le pressentiment de l'avenir qui lui avait dicté cette ironie diabolique. Démasquée, soupçonnée, sinon accusée d'avoir aidé le hasard à précipiter la fin du vieil Artus, maître de tant de biens, et de n'avoir pas ensuite apporté tout le butin au partage, sortir de France ne serait qu'une prudence nécessaire. Vivre en Suisse, en Italie, dans ces contrées aimées par la mode autant que par la nature, qui sont les grands chemins de l'Europe, ce serait s'exposer à des rencontres épineuses. Les lacs de Norwège ont l'hiver une robe de glace sans tache, et l'été un manteau d'azur sans rides. Christian Artus dans ses lettres à Valence, Guillaume Dabin, dans le grand éclat de ses craintes jalouses, avaient exprimé la même pensée l'un et l'autre : Tous les ciels rient aux heureux ! — Vous êtes assez riche pour porter partout avec vous ce qui remplace le soleil. — Ils avaient raison tous les deux.

Seulement, lorsque Guillaume Dabin s'imaginait que si jamais elle devait quitter sa deuxième patrie pour la première, ce serait en compagnie de M. de Fresne, ce petit Guillaume avait candidement tort. Sa jalousie ne lui avait ouvert qu'à demi les yeux : il devinait un lien existant entre elle et le maître du Plessis ; il ne savait pas de quel cœur impatient elle supportait d'être liée.

En ce moment, l'unique serviteur mâle de cet étroit logis accourut à elle. Quelqu'un sans doute l'attendait dans la maison et l'on venait l'en avertir. Un visiteur ? Jean ? Enfin !

C'était lui. On l'avait introduit dans le salon banal, le *campement* qui précédait le paradis. Elle lui vit en entrant la mine si sombre qu'aussitôt elle devina une partie de ce qui était arrivé.

— Vous pouviez livrer la bataille en choisissant le terrain et l'heure, vous avez fait le com-

'pagnon d'avant-garde et vous avez été battu, lui dit-elle. Comment? Je n'en sais rien. Mais vous l'avez été. La honte alors vous a saisi encore une fois et vous êtes allé vous cacher dans votre Plessis. Est-ce vrai, cela? Ai-je touché juste? Dites-le.

— C'est vrai.

— Vous avez rencontré Christian Artus autour de l'hôtel de Civré. Ce n'était que trop facile, puisque vous commettiez la folie d'aller l'y chercher. Mais vous étiez en proie à l'une de vos plus méchantes colères, il était de sang-froid. Qu'y a-t-il d'étonnant à ce qu'un furieux soit battu par un homme calme?

— Battu! s'écria-t-il. Pour l'amour de Dieu, employez un autre mot. Vous voyez bien que celui-là me met hors de moi. Écoutez.

Il raconta tout, et il n'était pas toujours aisé de l'entendre. Les confessions des loups sont entremêlées de grincements de dents...

— Là, disait Fredda, apaisez-vous, je vous en prie. Ainsi vous avez suivi votre rival dans un labyrinthe de rues obscures... Je dis à dessein; votre rival!... Et vous l'avez assailli?... Décidément vous aimez votre femme... Malheureusement, vous n'avez pas été le plus fort. Mais vous vous en étiez pris à un homme généreux qui n'abuse point de ses victoires. Sans quoi il

conduirait déjà madame de Fresne sur la route
de Suisse. Elle a beau faire la délicate, elle se
laisserait enlever, la brebis ! Alors, vous pourriez bien courir après ces heureux amants ! ...
Enfin, continuez votre récit... Christian Artus
vous a mal accommodé, mon pauvre ami, Goliath
a terrassé David. Une seule chose me paraît obscure mais louable dans le tableau de cette lutte
héroïque, c'est le défaut de suites. Je vois que
vous avez eu la sagesse de ne point demander
réparation à votre ennemi.

— Il me l'a refusée, répondit Jean. Si je lui
avais envoyé le lendemain deux personnes char-
gées de mes intérêts, suivant l'usage, il aurait
donné la raison de son refus. Ne raillez plus,
car vous cesserez d'en avoir envie quand je
vous l'aurai dite. Sang Dieu ! vous n'aviez point
tort de penser qu'un jour il pourrait me reconnaître pour l'homme qui fuyait devant lui
dans le parc de la Blotterie, il y a sept ans. Il
m'a reconnu.

De tous les sujets de crainte que cette rencontre lui avait donnés, celui-là était le seul
auquel Fredda n'eût pas songé. Trois mois auparavant, lorsqu'elle faisait part de ce péril à Jean
de Fresne, ce n'était qu'un jeu, elle n'y croyait
pas. Aussi le coup fut terrible parce qu'il était
imprévu.

— Suivez mon conseil, monsieur de Fresne,
murmura-t-elle ; rassemblez ce que vous avez
de précieux et mettez-vous en voyage. Je ne
demeurerai point en arrière. Prenez le Midi, je
prendrai le Nord.. Pour vous comme pour moi
le plus tôt sera le mieux.

— Vous voilà prompte à désespérer, fit-il,
vous savez bien pourtant que cet homme aime
madame de Fresne. C'est par là que le misérable
est lié.

— Vous avez peut-être raison... Non, il ne
faut pas nous laisser abattre... Quels soupçons
a-t-il ?

— Les pires de tous. Il n'a jamais cru à la
mort naturelle de son oncle et il me l'a dit.
Mais pensez-vous qu'il songe à lui faire connaître ces soupçons à *Elle?* Il aurait peur de blesser de chastes oreilles. C'est un amoureux délicat. Voulez-vous considérer qu'elle ne répond
pas à ses lettres? S'il se tait dans les siennes,
elle n'apprendra donc rien. Sang Dieu ! s'ils
pouvaient échanger ce qu'ils savent l'un et
l'autre ce serait le danger ! D'ailleurs, partez
si cela vous plaît. Perdu ou non, moi je reste.
Elle ou lui, ou tous les deux, il faut que je les
tue !

Fredda le regardait avec attention. Quel changement ! Trois mois auparavant, quand elle

jouait pour le ramener à ses pieds la comédie de la vente de ses biens, il lui disait avec rage : Je ne veux pas que vous partiez ! Maintenant, il venait de lui dire : Partez si cela vous plaît !

Trois mois auparavant, quand elle prenait tant de plaisir à lui prouver qu'un jour Valence aimerait Artus, il disait seulement : Elle sait que je ne le souffrirais pas. Il lui en coûterait trop cher ! Il venait à présent de s'écrier : Je la tuerai !

— Vous demeurerez pour la vengeance, répondit-elle avec un sourire. Il y en aurait une bien plus raffinée, ce me semble, à laquelle vous ne songez pas. Ce serait de tuer votre rival tout seul et de reprendre votre femme.

Il tressaillit et ne dit mot. Fredda sourit plus franchement, elle avait achevé de s'éclairer.

— Vous me rendez la confiance, reprit-elle. C'est aussi contagieux que c'est beau, le courage ! Je le reçois de vous à présent, au lieu de vous le donner... Oh ! je l'avoue sans fausse honte. Ainsi voilà qui est bien arrêté dans votre esprit et qui commence d'entrer dans le mien ! Christian Artus se taira parce qu'en effet il n'a qu'à se taire... Félicitons-nous de ce que votre rencontre à tous deux ait eu lieu dans le quartier désert que vous venez si bien de me peindre. Ailleurs vous auriez pu vous heurter à des té-

moins incommodes ou trouver des oreilles ou-
vertes.

— Nous avons eu un témoin.

— Vous avez eu ?... Ce témoin était donc un
ami, car il paraît ne vous causer aucune alarme.

— C'est le fermier du Clavier, Sébastien Besnard. Il était en ville, et il avait quitté l'hôtel
de Civré, sans doute pour se rendre aux prières
du soir dans la chapelle voisine. Encore un saint
homme ! Il revenait au logis par le chemin le
plus difficile, mais le plus court. J'imagine que
le bruit de la lutte l'aura engagé à presser le
pas. C'est lui qui m'a arraché à l'étreinte de ce
maudit géant qui m'étouffait.

— Un ami, répéta Fredda. Je vous le disais
bien.

— Le plus irréconciliable de mes ennemis.
Il a entendu ce que Christian Artus me jetait au
visage ; mais il a aussi entendu mes reproches à
l'adresse de madame de Fresne, sa chère maîtresse ; il sait que cet homme a osé lui écrire, car
je l'ai dit...

— En termes vifs, je suppose. Ce devait être
une belle querelle !...

— Voilà pourquoi je ne crains pas le fermier
du Clavier. Celui-là encore se taira pour deux
raisons. La première, c'est qu'il s'était accoutumé à voir dans sa maîtresse la vertu descendue

sur terre. Il déchante à présent! Son idole est un peu gâtée! La seconde raison, c'est qu'il croit posséder tous ses secrets, il ne se trompe guère; et cependant elle ne lui a pas confié celui qu'elle a surpris, celui qui aurait pu nous perdre. Je l'ai bien vu. Il me hait, il se serait joint au Norwégien contre moi, il n'a soufflé mot. Précisément parce qu'elle ne lui a rien dit, jamais rien, sur ce qui s'est passé à la Blotterie, il y a sept ans, il demeure incrédule. C'est un compagnon prudent, il ne se risquera pas à rien rapporter à la légère...

— Pas même à madame de Fresne, quand il la reverra.

— Il la reverra désormais rarement, et se clouera la bouche, car il faudrait parler d'Artus. Je le connais, il ne le fera pas.

— Oh! dit Fredda, vous n'avez pas seulement retrouvé le courage, vous avez rencontré la politique. Monsieur de Fresne, quelle métamorphose! Ce que c'est que la force d'une bonne haine comme celle qui vous souffle au cœur... Et moi qui vous croyais vaincu, vous cachant dans votre Plessis!...

— J'ai passé deux jours à rassembler des documents pour le Mémoire de l'avocat, en réponse à celui de madame de Fresne. Sang Dieu! il sera venimeux, je vous le jure!

— Vous faites un Mémoire, continua la·déesse, qui marchait de surprise en surprise... Oh bien ! je vais vous donner de quoi l'enrichir. Prenez cette lettre.

— Une de celles qu'il lui a écrites! dit-il en saisissant le pli qu'elle lui présentait.

— Au lieu de la rendre à Guillaume Dabin, je l'ai gardée. Mais songez que c'est une arme à deux tranchants! comment cette preuve sera-t-elle arrivée dans vos mains? Les juges vous le demanderont, ils sont curieux... Oh! ne levez pas les épaules! Je sais bien que vous avez abjuré toute crainte; cependant, si vous étiez de nouveau terrassé!...

— Prenez-vous plaisir à me rendre fou? s'écria-t-il.

— Ce serait bien fini pour votre sécurité et pour la mienne, reprit-elle sans s'arrêter à sa colère. Oh! quant à moi, n'y songez pas, je vous en prie...

Il n'y songeait guère, et c'est ce qu'elle admirait davantage.

—... Mais vous, peut-être allez-vous, de gaieté de cœur, vous jeter dans le gouffre!...

— Que m'importe? dit Jean. Il faut que je leur rende outrage pour outrage. Il faut que j'accuse publiquement cet homme. Si mes coups se retournaient contre moi, je sais ce qu'il me resterait à faire!...

— Ce que vous aimeriez mieux, avec assez de raison, faire aux autres, vous tuer pour échapper aux suites de tant d'actions téméraires. Jean, sachez que je ne m'en consolerais point.

Il s'arrêta court et la regarda. Il croyait à une raillerie encore, elle aurait été sanglante; mais les yeux brillants de la déesse lui apparurent comme sous un voile humide.

— Vous en doutez! fit-elle.

Et il baissa la tête; ses mains tremblaient.

— Allons! pensa Fredda, il ne sait pas encore bien laquelle il aime!

Un instant après, il sortait. Fredda l'entendit qui refermait bruyamment la porte extérieure de la maison donnant sur la rue.

— Va! murmurait-elle. Et d'abord, tu me délivres! Te voilà vraiment en bon train de te perdre tout seul. C'est toi que tu feras tuer comme un loup! As-tu jamais été autre chose? Quand tu n'y seras plus, pourquoi me poursuivraient-ils, *eux* qui deviennent décidément les plus forts! Christian Artus ne voudra point faire condamner le nom que sa femme a porté six ans. Et quant à la brebis, les bêlements amoureux sont si doux, lorsqu'on a dû si longtemps les étouffer sur ses lèvres... Je la connais! si elle devient heureuse, elle recommencera d'être bonne.

Fredda tomba dans une de ses grandes médi-
tations ordinaires, et n'en sortit que pour donner
un ordre de départ. Elle allait regagner la Blotterie.

Tout en errant encore dans le salon, elle continuait à se parler tout bas :

— Mes plans ont encore une fois changé,
disait-elle, je prends une nouvelle devise : Laisser faire !

XIX

... « Sur sa demande en séparation de corps, le tribunal a cru devoir admettre madame de Fresne à la preuve des faits sur lesquels cette dame a fondé l'action judiciaire qu'elle a formée contre son mari. Le même jugement autorise M. de Fresne à faire la preuve contraire.

» Les articulations de madame de Fresne débutent ainsi :

» Le 30 octobre 187..., elle a épousé M. de Fresne, et, dès la deuxième année de son mariage, elle a souffert de la tyrannie d'un maître brutal, etc.

» Madame de Fresne viole hardiment la vérité. Elle eût été recevable à dire : J'ai cru longtemps être heureuse ; mais la révélation de faits que j'ignorais est venue détruire mon bonheur passé. Alors, elle aurait pu rencontrer l'atten-

16.

tion du tribunal, — sans parler de la crédulité publique.

» Mais, il est trop évident que madame de Fresne n'a emprunté ses griefs qu'à sa seule imagination. En écrivant sa requête, et en dictant un mémoire à son avocat, elle était placée sous une impression dont la nature se démêle sans peine. Le tribunal n'ignore point que le cas ordinaire où une femme s'avise de trouver qu'elle ne saurait aimer son mari est celui où sa pensée sort de la maison conjugale et où son cœur se met en voyage. Tout porte à croire que ce cœur égaré s'en allait, déjà depuis un temps, à la dérive, le long du fleuve qui coule au pied de la maison que madame de Fresne habitait. Il ne sera produit ici pourtant aucune articulation téméraire. On ne se propose point par cette note de prendre une revanche, mais de rétablir la vérité.

» Qu'on veuille bien dépouiller les faits de brutalité reprochés à M. de Fresne de l'exagération naturelle à la femme, et surtout à la femme passionnée contre son devoir, que reste-t-il? Rien de précis, rien même de dénommé. En vérité, de si légères imputations peuvent-elles avoir, au moindre degré, la valeur juridique?

» Quant aux faits d'inconduite, que voit-on? Le même système de vagues insinuations: une

accusation hautaine jetée contre une malheureuse servante et que l'on prétend appuyer, dit-
on, par le témoignage des gens du Plessis, tous
gagnés à la cause de madame de Fresne par les
grâces de cette dame. Et l'on peut croire que ces
mêmes grâces irrésistibles n'ont point séduit
que ces paysans, qu'elles ont porté au Plessis ou
non loin de là le feu de la sensibilité dans des
cœurs moins naïfs.

» Tout donne à penser que madame de Fresne
ne s'est pas déterminée du premier coup à accuser son mari de libertinage et d'adultère. La
rancune et la haine l'aveuglant de plus en plus
ont peu à peu déguisé à ses yeux la culpabilité
de l'acte qu'elle allait commettre.

» L'agression a été violente, la réponse sera
modérée autant qu'elle aura été réfléchie. Mais
peut-être sera-t-il demandé compte à madame
de Fresne de ses propres démarches depuis
qu'elle a quitté sa maison.

» Examinons d'abord une première série de
faits relatifs à une correspondance mystérieuse
dont la preuve, au besoin, se trouverait dans les
mains du défendeur.

» Il ne la produirait que sous l'empire d'une
nécessité douloureuse et à ses risques et périls.
Encore une fois, il n'a point de passion, si ce
n'est celle de faire prévaloir la vérité... »

Le *contre-mémoire* poursuivait sur ce ton.
Tout d'abord il n'examinait rien, et par une première échappatoire, se dérobait à ce qu'il venait
de promettre. Il suffisait, pour le moment, que le
venin fût répandu. Jean de Fresne avait bien dit
que sa réponse serait empoisonnée.

Valence avait sous les yeux ce terrible factum.
L'insolent envoi lui était arrivé le matin. Si
jamais écrit manqua de « valeur juridique »,
pour s'exprimer comme l'auteur, c'était celui-
là ; on ne s'en souciait guère. M. de Fresne avait
trouvé un avocat jeune, avisé, sans trop de scrupules, qui, d'ailleurs, avait griffonné toutes ces
belles choses sous la responsabilité d'un avoué
peu clairvoyant, et, quant à lui, risquait au moins,
dans cette aventure, une réprimande du conseil
de son ordre. Il le savait bien. Aussi avait-il rè-
solûment violé les règles et changé la forme de
ces compositions spéciales. Ces hardiesses auraient pu compromettre une meilleure cause
auprès des juges ; mais l'inspirateur du contre-
mémoire ne se faisait pas d'illusion sur la sienne,
et ce n'était pas devant le tribunal qu'il voulait
la gagner.

Madame de Fresne épouvantée essaya de
le relire. Il lui semblait que ces caractères se
changeaient sous ses yeux en pointes aiguës qui
venaient les déchirer. Elle comprenait tout !

Voilà donc pourquoi depuis plusieurs jours elle ne recevait plus de lettres d'Artus. Les misérables les avaient surprises et dérobées. Comment?

Eh! qu'importait le moyen employé? Il avait réussi. Tout le monde à présent connaissait la *vérité!* toute la ville devait sourire en disant : —Le cœur de madame de Fresne s'en est donc allé à la dérive le long de l'eau? Elle recevait des billets mignons, le mari les a confisqués au passage. Ce mari-là peut être méchant; après tout, il est dans son droit.

Tout à l'heure, madame de Cosseins allait faire appeler sa nièce. — Je subirai un interrogatoire, murmura Valence. Que répondrai-je?

La plupart des femmes seraient allées au plus court pour sortir, ne fût-ce qu'un moment, d'un si dangereux embarras. Elles auraient tout nié ; elles auraient dit : — Est-ce donc la première fois que la haine se met en frais d'invention, sans raison et sans honte, et qu'on voit un avocat se charger de développer l'imposture? Ne me demandez pas ce que toutes ces insinuations veulent dire? Je n'en sais rien.

Mais ce qui l'effrayait ce n'était pas surtout de mentir. C'était la pensée que ce mensonge serait une grande lâcheté. Allait-elle renier tout ce qui, depuis trente ans bientôt qu'elle était au

monde, avait mérité qu'elle l'aimât, douloureusement, sans doute, et avec quels remords!
mais fièrement aussi, et avec quelles délices!
Si ceux qui l'accusaient venaient à le connaître,
ce reniement indigne, ils l'en mépriseraient plus
fort et ne l'en épargneraient pas davantage. Si
celui qui en aurait été l'objet devait l'apprendre,
comme elle descendrait à ses yeux!

Et puis ce n'était pas seulement pour obéir
à une fantaisie cornue que madame de Cosseins
s'était plu naguère à faire peindre sa nièce sous les
traits de sainte Thérèse, sa deuxième patronne.

— Cela lui va fort bien, disait alors la tante
Lotte. A la voir si robuste et si fraîche, on ne le
croirait point : toute cette fleur de santé n'est
pourtant qu'une violette mystique.

— J'ai commis la faute, pensait Valence. Je
reçois le châtiment. Je ne dois point m'en défendre. On ne le veut pas là-haut!

Un nouveau dessein se forma dans son esprit :
Refuser de répondre, demeurer muette, insen-
sible en apparence devant toutes les interrogations et tous les reproches ; tout entendre, tout
supporter et se taire. — Les moralistes d'à présent qui ont dépeuplé les cieux ne connaissent
guère ces états de certaines âmes féminines,
pieuses et tourmentées, qu'un désir consume,
qui boivent en même temps à la source fraîche

du repentir et qui ne savent quel est le plus
délicieux ou de l'amère ivresse de l'expiation
ou des caresses du péché.

Pourtant une autre pensée venait à Valence et
celle-là, moins mystique, mais plus humaine
vraiment — ou plus inhumaine : la vengeance.
Est-ce que l'infamie de Jean de Fresne ne la
relevait pas de la parole donnée ? Est-ce qu'elle
n'était pas la maîtresse de le précipiter dans
l'abîme, avec Fredda ? et cela d'un mot. Est-ce
qu'elle n'avait pas la disposition souveraine de
l'instrument le plus sûr de leur chute, et quand
il lui plairait, l'arme vivante qui devait les fou-
droyer ? Christian Artus serait de moitié, dès
qu'elle le voudrait, dans l'œuvre vengeresse. Il
aimait ce vieillard qu'ils avaient tué.

Oserait-elle ?...

Ah ! la redoutable résolution à prendre !...
Elle rêva. Il lui sembla qu'elle l'avait prise... Et
alors, qu'arrivait-il ? Voici la marche du songe:

Elle sort de l'hôtel de Civré sans être vue,
par un passage abandonné, une porte à peine
connue des gens de la maison, conduisant
du jardin dans les cours des masures qui for-
ment l'angle des deux rues. Elle va serrant
son voile, dans ce quartier, où son visage
est familier même aux enfants. Un fiacre passe,
c'est une bonne fortune ; elle y monte et donne un

ordre tout bas. Le cocher s'étonne, la distance est longue, c'est un marché à faire ; l'homme sourit, c'est chose conclue. La voilà bientôt dans les faubourgs, puis dans la campagne, sur le chemin fatal qu'on né suit qu'une fois. On va, on ne saurait plus revenir... Les chevaux qui la conduisent ont l'allure passive et lente, et pourtant la route fuit derrière elle. Tout à l'heure... Ah! ce sera le plus cruel instant! Il faudra passer devant ce Plessis tant aimé, où doucement a coulé le miel des heures de la jeunesse...

Quelle joie de vivre alors! Quel contentement de soi, des autres, du monde entier, de Dieu maître du monde qui ne pouvait manquer de faire à la fille des Civré et à l'héritière de Cosseins, une vie si belle ! Puis quel lendemain! Non! non! point de regrets!... Il faut se méfier de ces souvenirs, car ils ôtent le courage. Celui qui a commis ce crime d'entrer dans une noble maison, comme un loyal épouseur, un masque sur le visage, et de lier à son cœur hanté par des ombres, dévoré de l'horreur de soi-même et du passé, un cœur si honnête et si pur en ces temps heureux, celui-là enfin va être puni !...

Mais s'il se trouvait là, sur la route, s'il devinait dans le fiacre aux stores baissés la voyageuse qui, pour le mener plus sûrement au gouf-

fre, va se perdre elle-même à jamais?... Non,
le terrible passage est enfin doublé. Jean de Fresne n'est pas au Plessis ; il est auprès de son
abominable alliée, sans doute, de sa complice,
de son démon, car c'est elle qui de cet enfant
violent a fait un monstre... Là-bas s'élève une
ruine moussue, puis court une muraille sans
fin enserrant la haute et noire futaie, qui
jadis faisait tant de peur à mademoiselle de
Civré, quand elle était une fillette, quand la
tante Lotte, ne croyant pas prophétiser même
pour un peu, disait en riant à ses hôtes du
Plessis : — Je veux vous montrer une grande et
belle cachette d'amoureux : cela peut servir ;
— et faisant alors atteler sa calèche, les conduisait à Boisdemetz...

Valence voulut s'arrêter dans son rêve, car
ce n'était bien qu'un rêve encore ; mais il prenait
d'instant en instant une réalité plus vivante.

... La voiture continue de courir, franchit
une barrière ouverte, suit les allées herbues
sous la ramure, s'arrête au pied de la maison.
Le maître accourt, puis demeure immobile. Sur
son visage, il y a comme une pâleur mortelle,
et pourtant une joie insensée dans ses yeux :—
Oui, dit-elle, c'est moi ! Vous m'avez appelée,
je viens. Que gagnerais-je à demeurer plus
longtemps loin de vous, que j'aime ? Nos ennemis

n'ajouteront rien au manteau d'infamie dont ils
ont chargé mes épaules... J'ai fait une épreuve
et je sais à présent qu'on n'est jamais heureux parce qu'on a mérité de l'être. Le bonheur se vole... Eh bien ! je l'ai volé. Me voici.
Ne craignez rien, ni pour moi, ni pour vous,
si vous êtes capable de crainte. Allez ! nous
sommes bien libres désormais... Ceux qui nous
haïssent pour le mal qu'ils nous ont fait, n'es-
saieront plus même de nous poursuivre, car je
vous apporte de quoi les ôter de notre chemin...

La suite du rêve !... Mais il avait tant de force,
que madame de Fresne allant à la crédence
placée près de la cheminée, y prit, avec les
billets d'Artus, la lettre autrefois commencée
pour sa tante de Cosseins, dans cette soirée qui
avait précédé le retour de Jean au Plessis, alors
que croyant avoir tout à craindre, elle écrivait
son *testament* pour la seule personne au monde
qui pût désirer de la venger. Ce testament ina-
chevé était un acte d'accusation contre ceux que
la mort du vieil Artus avait faits si riches.
Ces choses terribles étaient écrites ; plutôt que
de les répéter de vive voix, il serait moins
cruel de dire : — Lisez !

Maintenant elle était munie de tout ce qui
pouvait être nécessaire au départ ; elle avait son

trésor et ses armes, elle était prête... La chaîne
allait-elle se souder entre la réalité et le songe ?...
Un bruit de voix se fit entendre dans l'escalier
de la tourelle. La jeune femme reconnut les
grands ramages de la tante Lotte. Madame de
Cosseins ne faisait pas appeler sa nièce, elle
venait de sa personne; elle n'était pas seule.
Le Père Mathias l'accompagnait.

Elle entra, brandissant au-dessus de sa tête
le Mémoire de Jean de Fresne.

— Eh bien ! s'écria-t-elle, je l'avais souhaitée
cette réponse. La voilà. Qui m'aurait dit ?... Le
petit furieux a trouvé un avocat qui lui ressemble. Une paire de loups. Avec cela, plus
d'esprit que Me Bautru. Mon enfant, que tu
es à plaindre ! Que d'accidents et de vilenies
pour démarier une honnête femme ! Ah ! les
scélérats ! les menteurs !...

Là-dessus, tante Lotte de se jeter au cou de
sa nièce. L'embrasseuse étant bien plus petite
que l'embrassée, se haussa sur la pointe de ses
petits pieds; Valence sentit ces deux bons yeux
humides sous ses lèvres qui tremblaient.

— Ainsi, ma tante, murmura-t-elle, vous
ne croyez pas...

— Je ne crois pas un mot de ce qui est
écrit dans cette pièce infâme. Et comment le
croirais-je, quand je te connais si bien, que

je t'ai élevée de mes mains avec tant de contentement de toi, ma pauvre petite! Je te dis
que c'est un tissu d'inventions abominables.

— De cruelles inventions! répéta le Père
Mathias, regardant attentivement Valence. Je
comprends la juste indignation qu'elles peuvent
vous causer, ma chère fille. Aussi, bien loin de
moi la pensée de vous troubler dans votre chagrin! Je viens pour vous offrir de tout mon
cœur l'humble assistance de mon ministère.

— Écoute, fit la tante Lotte, est-ce que je
n'ai pas toujours dit que le Père était un
ange?

— Madame votre tante, reprit-il sans ployer
sous le compliment, a pensé que cette pièce
injurieuse n'atteignait point que vous; elle peut
blesser une tierce personne dont l'humeur est
fière et vive et lui suggérer le fâcheux dessein
de se mettre en cause. Je ferais donc volontiers
auprès de cette personne une démarche...

Valence repoussa la tante Lotte, et faisant un
pas vers le prêtre:

— Une démarche? dit-elle, y pensez-vous? ou
bien, est-ce que je rêve? Une démarche? Auprès
de qui, mon Père, je vous prie?...

— Mais, répondit-il, auprès de M. le marquis
Victor de la Tréville que la réponse de M. de
Fresne semble désigner assez clairement.

— Le marquis de la Tréville? répéta madame de Fresne.

Elle eut un grand éclat de rire, se laissa tomber sur un fauteuil, porta la main à son cœur qui l'étouffait, et, au même instant, fondit en larmes.

— Mon Dieu! s'écria madame de Cosseins, une crise de nerfs! Il y a bien de quoi en avoir dix! La pauvre enfant!

— Non! répondit la jeune femme en se soulevant avec effort, ce n'est rien... Ainsi, ma tante, vous pensez que ces misérables ont voulu lancer cette calomnie contre Victor de la Tréville ; car ce serait bien une calomnie, allez!

Le père Mathias, plus que jamais, la regardait aux yeux, au fond du cœur. Elle se sentit de nouveau défaillir, car elle commençait à comprendre le jeu du prêtre : il avait sciemment donné le change à madame de Cosseins ; pour lui-même, il n'avait garde de le prendre.

— Il sait bien que ce n'est point Victor, pensait-elle. Si ce n'est pas lui, qui est-ce donc? Voilà ce qu'il voudrait savoir.

— Si ce n'est le marquis, s'écria la bonne tante Lotte, qui donc veux-tu que ce soit, petite? Il se peut bien que ce jeune fou, un gentilhomme par le cœur, mais par les manières un

sanglier, et pour la naïveté un enfant, se soit
permis de t'écrire. Après tout, le monde entier
sait qu'il t'aime depuis qu'il a commencé de se
sentir. On sait aussi qu'il déteste ton mari et
qu'il n'a point l'humeur accommodante. Je suis
persuadé qu'une visite du Père Mathias au château de Guesne pourrait prévenir un nouvel
éclat. Ne veux-tu point qu'il la tente ?

Madame de Fresne était retournée à son fauteuil.

— Je le veux bien, dit-elle d'un air indiffé-
rent. Pourquoi ne le voudrais-je pas, ma tante ?

— Tu n'en es même pas bien fâchée. Va, je ne
te forcerai point d'avouer que ce petit Victor t'a
poursuivie de ses hommages... Oh ! bien innocents !... Qu'est-ce une lettre ?... Avec beaucoup
de méchanceté, les avocats pourraient-ils même
en tirer quelque chose contre toi ?... Ils auront
beau dire que ton cœur, au Plessis, s'en allait
à la dérive. D'abord, ce n'est pas exact, puisque, pour arriver à Guesnes, il aurait dû re-
monter la rivière. Et puis le tribunal ne les
croira pas. Les avocats sont plaisants, les juges
sont sérieux... Pour le reste, tout est réglé. Le
Père prendra ma voiture.

— Un trajet de quatre heures pour l'aller et
le retour, dit le prêtre. Madame la comtesse,
je vous rapporterai bientôt de bonnes nouvelles.

Visiblement, il croyait que Victor de la Tréville, en se disculpant, le mettrait sur la trace
de la vérité. Valence suivait sa pensée, et se prit
malgré elle à lever les épaules : — Il ne connaît
pas le marquis ! se disait-elle. Victor sait ou de-
vinera tout et certainement souffrira de le
savoir ; mais il ne dira rien.

— Je vais donc donner des ordres, reprit
madame de Cosseins. Aussi bien tu ne seras
point fâchée non plus qu'on te laisse seule. Tu
parais bien lasse, petite.

— Lasse à désirer d'en mourir, répondit Valence d'une voix profonde, et cela vous épar-
gnerait peut-être bien des peines. Adieu, chère
tante Lotte. Allez ! je vous ai tendrement
aimée !

Sans sa pétulance ordinaire, madame de Cosseins, qui gagnait déjà la porte, aurait entendu
ces derniers mots, et peut-être l'auraient-ils
ramenée en arrière. Ils ne furent point perdus
pour le prêtre dont l'allure était bien plus lente :

— Ma fille, dit-il en étendant la main, que
Dieu vous sauve !

— Dieu voudra plutôt perdre avec moi ceux
qui ont fait le mal, répondit-elle. Adieu, mon
père.

XX

Supporterait-elle désormais les regards de cette tante à la fois égoïste et tendre, sceptique envers toute la terre et si crédule quand il s'agissait d'elle ? Madame de Cosseins considérait sa nièce comme son œuvre et la défendait comme son bien avec sa vivacité ordinaire. Ceux qui s'avisaient d'y toucher étaient des vilains, des menteurs, des infâmes. C'était pourtant une chose consolante et douce de se voir si fortement aimée par cette tante Lotte qui aimait si légèrement le reste du monde. Mais aussi, lorsqu'elle serait éclairée, quels reproches et quel tapage ! Elle ne pourrait guère chasser la fille des Civré du logis qui portait son nom, bien qu'elle l'eût racheté pour l'arracher à l'avarice de Jean de Fresne prêt à le vendre. Cela était heureux peut-être. La tante Lotte eût été capable de renvoyer la nièce félonne au couvent des Dames Augustines.

Et pour comble de honte, les religieuses, après l'éclat du Mémoire, auraient refusé de recevoir l'exilée.

Le P. Mathias offrait son alliance, il n'avait eu d'autre dessein que de le faire comprendre à la jeune femme en se rendant auprès d'elle avec madame de Cosseins; mais il voulait des aveux en échange. Son voyage infructueux au château de Guesnes allait le rendre bien plus exigeant au retour. Valence pouvait, il est vrai, donner à ces aveux le caractère de la confession, ce qui leur ôterait toute contrainte humiliante ; mais, après l'avoir entendue, que pourrait donc le religieux pour elle ? La couvrir de l'ombre de sa robe. Cette protection respectée mettrait un frein peut-être aux bruyantes indignations de la tante Lotte, et la ramènerait à l'indulgence. Madame de Fresne en perdrait-elle moins son procès contre son mari ? Ou si elle gardait encore quelque chance de le gagner, sa réputation en serait-elle moins entamée?

Plainte et consolée dans la maison, raillée, décriée au dehors...

Le Père ne la sauverait pas des propos du monde. Il ne l'empêcherait pas de se demander sans cesse s'il ne vaut pas mieux les mériter tout à fait dans leur cruauté sans voiles que de les encourir à demi avec leurs ménagements hypo-

crites et moqueurs. Toute sa douceur ne saurait
éteindre le désir d'être libre qui s'attisait en elle
depuis que la liberté, à ses yeux, c'était l'amour ;
et qui brûlait, avec des flammes si cuisantes depuis le matin, depuis que l'amour se confondait
avec le droit à la vengeance. De sa main molle
et savante qu'on sentait à peine, mais qui jamais
ne laissait échapper ce qu'elle avait pris, il la
conduirait entre les deux hautes murailles du
devoir et du repentir. Il y a des sources fraîches
et des gazons fleuris dans ces prisons de l'âme :
ce n'en est pas moins la prison, elle n'en serait
pas moins toujours captive.

Non !... ce qu'elle voulait, c'était la revanche
écrasante contre ses ennemis, c'était la révolte
éclatante contre les méchants ; c'était le bonheur,
puisqu'il ne devait pas coûter plus cher que la
soumission, les regrets et la servitude... Le Père
Mathias, revenant de Guesnes, ne serait pas
étonné d'apprendre que madame de Fresne avait
quitté l'hôtel, car il devait certainement avoir
compris le sens de cet adieu que madame de
Cosseins n'avait pas même entendu. Pauvre
tante Lotte !

Valence jeta un manteau sur ses épaules, descendit au jardin, chercha la petite porte, mas-
quée heureusement par un bouquet d'arbres
verts. Les misérables locataires des masures

voisines étaient au travail ; on ne voyait aux fenê-
tres des cours que deux ou trois vieilles femmes
et des enfants. L'un de ces marmots courut après
la jeune dame de l'hôtel et lui demanda l'aumône.
Valence lui donna une pièce d'or et l'embrassa.
C'était un sacrifice au Dieu des pauvres et des
petits enfants avant d'entreprendre ce qu'on
pouvait bien appeler le dernier voyage.

Le *songe* se réalisa de point en point. Une
femme voilée suivit la rue obscure, s'engagea
sans être reconnue dans un quartier moins désert,
héla un fiacre qui passait, fit avec le cocher
un marché quelque temps débattu : le fiacre
traversa la ville, les faubourgs, s'achemina
dans la campagne, franchit le redoutable passage du Plessis, les stores baissés.

Mais tout à coup, comme on arrivait au pied
du coteau que couronnait la ferme du Clavier,
la voyageuse fit glisser une des vitres, et, tirant
l'homme par les plis de son manteau, lui donna
l'ordre d'arrêter.

Ce n'est donc pas chose si aisée qu'elle l'avait
cru d'aller se perdre ! On n'a vu, en partant,
que le fond gazonné du gouffre où croissent les
fleurs mystérieuses des mondes inconnus ; on a
réfléchi sur le chemin, et déjà on ne fait plus
que mesurer la portée de la chute. La voiture
roulait ; quels combats ! Qui aurait dit à Va-

lence que bientôt elle accuserait ce fiacre de
courir trop vite !... Arrêtez !... Encore un moment !... Elle descendit, elle était à bout de
forces et le cœur lui manquait.

Ce qui achevait de l'accabler, c'était l'épouvante de s'être trompée sur les sentiments qui
lui avaient dicté cette résolution violente du départ. Tout son être pourtant s'élançait alors
comme à tire d'ailes vers celui à qui elle allait
se donner, parce que seul il méritait un présent
si périlleux et si cher, parce que seul il était généreux et bon, seul il était fort !

Et voilà que maintenant tout son être aussi
se cabrait, qu'elle demandait un délai, — le
quart d'heure de grâce !

— Mon Dieu ! murmura-t-elle, est-ce que je
ne l'aime pas assez ?

Le cœur lui manquait. Elle avait senti qu'une
étape était nécessaire ; mais pourquoi donc avoir
choisi le pied de ce coteau que dominait la ferme
du Clavier ? Était-ce l'instinct du salut ? Se
disait-elle : — Si décidément je ne trouve point
le courage de continuer et d'atteindre le but,
le refuge est là.

Elle n'avait pas vu Sébastien Besnard depuis quatre jours et s'était demandé bien souvent la cause d'une négligence si rare ; il était
plus vigilant d'ordinaire. Depuis le matin, elle

n'avait guère pensé à lui. C'est que les choses avaient pris une tournure trop menaçante ; il ne lui semblait pas que, dans ce suprême danger, le secours de l'humble ami pût la servir. En était-il donc autrement à cette heure ? Que voulait-elle de Sébastien Besnard ? Elle ne le savait. Qu'allait-elle lui demander ? Rien. S'il s'étonnait de sa présence, s'il osait l'interroger sur un si singulier voyage, répondrait-elle ? Peut-être oui !

Et s'il lui disait : — Vous n'irez pas plus loin !... aurait-elle la lâcheté de l'en croire ? Non ! Pour cela, non ! Elle n'avait à prendre conseil que d'elle-même.

Mais, encore une fois le cœur lui manquait.

Elle descendit du fiacre, et, d'abord, ne s'achemina que bien lentement, car elle se soutenait à peine. Toute la campagne était déserte. Les prés étendaient à ses pieds leur tapis fangeux ; plus haut, c'était la vigne dépouillée : les ceps avaient des airs de squelettes ; plusieurs avaient été arrachés après la vendange et entassés au milieu du clos ; on aurait dit un monceau de vieilles armes rouillées. Le fleuve roulait son large flot et sa plainte monotone ; le ciel montrait comme deux étages de nuées. Sur un fond gris lumineux par place, comme s'il tamisait pourtant un peu de poussière de soleil, passaient de larges nuages noirs, frangés de blanc qui ressemblaient à des draps mortuaires.

Valence montait. A sa gauche, se voyait un bouquet d'arbres, un toit aigu parmi les branches, un clocher ; à sa droite, un autre clocher, une haute tour éventrée et toute noire, puis une masse énorme de ramure. De ce côté était Bois-demetz, de l'autre le Plessis. Ici le commence-ment de sa vie, l'aurore de toutes les joies, l'aube souriante de toutes les espérances ; là les cré-puscules du bonheur coupable qui se cache...

Toujours gravissant le coteau, madame de Fresne ne regardait plus que le Plessis.

Personne dans la cour de la ferme. La porte de la maison était close ; Valence la poussa. Anne-Marie, la fermière, à l'une des extrémités de l'immense chambre, repassait du linge sur une table volante. A l'autre bout, près du foyer, deux hommes étaient assis, causant à voix basse. Madame de Fresne reconnut le compagnon de Besnard, étouffa un cri et fit un pas en arrière ; mais Anne-Marie déjà était auprès d'elle, l'en-tourant de ses grands bonjours et criant de joie, suivant sa coutume. Le fermier s'était levé :

— Femme, dit-il, laisse-nous.

Tandis qu'Anne-Marie obéissait avec humeur, le marquis Victor de la Tréville, car c'était lui, s'avança vers madame de Fresne :

— Comment êtes-vous ici ? lui demanda-t-il

avec sa brusquerie accoutumée. N'avez-vous déjà
plus d'autre refuge? Avez-vous rompu avec
votre tante? Peut-être aurez-vous fait encore
cette imprudence! Madame de la Tréville, ma
grand'mère, me disait ce matin : — La pauvre
enfant se sera bien perdue par sa faiblesse. Il
n'y a que vous qui auriez pu la sauver d'un accident qui la compromet si fort; vous auriez
imposé silence à la fâcheuse passion de votre
ami. — Ma grand'mère avait raison. Il n'y avait
que moi! J'aurais pu empêcher ces lettres...

Valence fléchissait sous la dureté apparente
d'un si singulier accueil et cherchait des yeux
une chaise à ses côtés.

— Victor, murmura-t-elle, j'aurais bien fait
de suivre ma première pensée en vous voyant.

— Oui, reprit-il, de vous retirer parce que
j'étais là. Les femmes font-elles jamais autre
chose que de mépriser ce qui est sincère et de
méconnaître leurs vrais amis?

— Là, dit Besnard en faisant avancer le siége
que cherchait Valence et où la jeune femme se
laissa tomber en se couvrant le visage de ses
mains, vous serez toujours trop rude, monsieur
le marquis. D'abord, comment madame de Cosseins aurait-elle chassé sa nièce? Est-ce que cela
est possible? Et puis, les choses n'en sont pas
arrivées où vous dites. Il faudra que M. Jean

confesse d'où lui est venue cette lettre qu'il
tient. On a des soupçons à la poste, où l'on a lu
le Mémoire, et l'on a mis le fils Dabin dehors,
ce matin même, en le menaçant de la prison.
Dabin le père, le gérant de la Blotterie, a les
yeux depuis longtemps ouverts sur de vilaines
choses et vous savez mieux que personne qu'il
en a parlé longuement avec quelqu'un qu'il n'est
pas utile de designer par son nom...

Valence écoutait de toute son âme. Elle croyait
deviner ce quelqu'un qu'on ne nommait pas et
que le vieux Dabin était allé trouver; mais le
marquis interrompit Besnard.

— Toi, dit-il, ne la trompe pas. Tu me disais
tout à l'heure : — il n'y a qu'un seul moyen
de la sauver. Tu ajoutais que, si tu étais demeuré
au service, tu serais officier; qu'alors tu pourrais
te mettre en état de dire deux mots à des hommes placés comme le maître de Boisdemetz ou le
maître du Plessis, et que tu saurais bien écarter
de son chemin l'un ou l'autre.

Valence eut un geste indigné, voulut se redresser et retomba sur sa chaise :

— Victor, songez-vous bien à ce que vous
dites ?

— Quant à moi, continua le marquis, tu
sais que je suis venu au Clavier seulement pour
que nous parlions ensemble de ce qui devient

si difficile. J'ai dit ensuite ce que je pensais devant madame de Fresne, et j'y ai mis un peu trop de franchise et de liberté peut-être; mais une compagne d'enfance peut me le pardonner et il fallait qu'elle entendît une fois la vérité. Une fois n'est pas coutume. Toi-même tu la blâmais, il n'y a qu'un moment...

— C'est vrai, dit le fermier.

— Voilà donc, balbutia Valence, pourquoi vous m'aviez abandonnée, Besnard?

— Nous voulons tous les deux la défendre. Ce que tu ne feras point, toi qui es honnête et brave, parce que tu n'es qu'un fermier, moi je pourrai le faire. Il y a deux hommes qui vous ont mise en grand péril, Valence de Fresne. En ne sachant pas résister aux obsessions d'un étranger, vous qui aviez été jusqu'à présent si droite et si loyale, vous avez donné de terribles armes à celui qui, après tout, est encore votre maître. Christian Artus vous a causé plus de mal en vous aimant que votre mari en vous haïssant de tout son lâche et méchant cœur! Et maintenant que faire, et contre lequel des deux tenter quelque chose...?

Il s'arrêta, puis il eut un rire violent et prolongé :

— Un autre que moi vous demanderait une grâce, reprit-il. Ce serait de déterminer votre choix. Duquel de ces deux hommes préféreriez-vous être délivrée?

La tête de la jeune femme s'affaissa sur sa poitrine. Besnard saisit le bras de Victor :

— Vous n'êtes plus maître de vous, lui dit-il à demi-voix. Allez-vous-en, monsieur le marquis. Vous voyez bien que, le voulût-elle même, elle ne pourrait pas vous répondre. Je crois qu'elle va défaillir.

— Appelle donc ta fermière pour la secourir, répondit Victor sur le même ton; je la soutiendrai un moment s'il le faut, et puis je t'obéirai, car j'aime mieux ne point la voir.

Et tandis que Besnard se dirigeait vers la chambre voisine, il se pencha rapidement à l'oreille de madame de Fresne :

— Si je devais en tuer un, dit-il, vous savez bien que ce ne serait pas celui que vous aimez. Je veux que vous continuiez de vivre honorée ; mais je veux aussi que vous viviez heureuse. Adieu.

On eût dit que Besnard, en s'éloignant un moment, savait bien ce qu'il faisait ; il n'eut garde d'appeler Anne-Marie, et dès que le marquis eut quitté la chambre, il revint lentement vers Valence. Madame de Fresne s'était levée par un grand effort. Une de ses mains s'appuyait encore à la chaise, l'autre demeurait sur ses yeux et le fermier vit des larmes rouler entre ses doigts.

— Pourquoi pleurez-vous? lui dit-il de sa voix grave. Celui à qui nous demandons dans nos prières de nous préserver des tentations, ne vous les a pas épargnées. Le jeune homme n'a pas deviné pourquoi vous étiez ici. Je le sais, moi. Ce sont de mauvaises pensées qui vous ont mise en chemin; vous ne les avez pas écoutées jusqu'au bout et vous êtes venue au Clavier, parce que l'ombre des chênes de Bois-demetz, là-bas, vous a fait peur. Je vais vous reconduire à la ville, mais il faut que vous sachiez tout auparavant. Il se prépare beaucoup de choses contre M. Jean et la dame de la Blotte-rie, qui ne s'est pas assez méfiée du vieux Dabin. Le gérant est allé trouver le marquis Victor, qui déteste votre mari, parce qu'il vous a fait du mal. Sûrement, il vaudrait mieux pour vous être veuve que de voir le maître du Plessis sur un banc, entre deux gendarmes, devant des juges. Cela vaudrait aussi bien mieux pour lui. Et si M. Victor est le bras qu'on a choisi là-haut...

— Besnard, murmura Valence, je vous prie, je vous commande de vous taire.

— Ce n'est plus possible, reprit le fermier. Quant à moi, je n'aurais cru qu'à beaucoup de colère dans le vieux gérant, si je n'avais en-

tendu les paroles du maître de Boisdemetz à
M. Jean, l'autre nuit...

Cette fois, elle s'élança vers lui et lui saisit
les mains :

— Quoi ! s'écria-t-elle, que dites-vous? Ils se
sont vus !

— Ah ! fit Besnard, cela aussi, vous l'ignorez;
vous ne savez rien. Oui, oui, écoutez.

Ce fut un long récit, à chaque instant inter-
rompu par les interrogations avides de Valence,
quelquefois par ses cris de surprise, et d'épouvante. Ainsi Jean de Fresne avait osé accuser
Christian Artus de lui avoir dérobé le cœur de
sa femme. Quelle dérision ! Mais Artus, en
retour, lui avait demandé compte de sa présence,
la nuit, dans le parc de la Blotterie, au moment où
le vieil armateur allait rencontrer une si terrible
fin. Jean ne se doutait guère, alors, que le
maître de Boisdemetz n'était pas seul à cacher
des soupçons contre lui et la veuve du mort. Il y
avait aussi ce Dabin, dont on avait mené le fils
aux abîmes.

Dabin, très-bien placé dans la confiance de
son maître, avait connu les grandes spéculations
du millionnaire. C'était un homme de bonnes
précautions ; il avait surpris et gardé un carnet
où la plupart de ces opérations étaient inscrites,
et, plus tard, recueilli la preuve que des valeurs

qui s'y trouvaient mentionnées avaient été ven-
dues, en nombre considérable, à la Bourse de
Paris, par les soins de M. de Fresne. Il s'était
tu, quoique voyant bien le mal que l'on faisait
à son fils. Le bonhomme vindicatif attendait
l'heure.

— Ce matin, il se serait rendu chez M. Artus
de Boisdemetz, reprit Sébastien Besnard. Seulement, il aime le neveu de son ancien maître.
Écoutez-le, il vous dira qu'il n'a pas voulu
l'affliger; mais ce n'est point cela...

— Qu'est-ce donc? demanda tout bas Valence.

— Je vous dis qu'il l'aime. Il ne veut pas que
ce soit lui qui se charge d'envoyer M. Jean
devant des juges ou de le punir de sa main,
parce que, dans les deux cas, ce serait détruire
son bonheur futur. Il a lu le Mémoire de votre
mari; il sait qui vous a écrit ces lettres...

Madame de Fresne, de nouveau, baissa la
tête.

— D'ailleurs, continua le fermier, il ne croit
pas que M. Artus ait jamais eu de soupçons
puisque jamais il ne lui en a rien dit. Enfin, il
est allé à Guesnes, car en cherchant autour de
lui un ennemi connu de M. Jean et de la dame
de la Blotterie, il avait songé au marquis Victor.
Allez, ils se sont bien entendus tous les deux. Ce

qu'ils savent peut déjà servir à prouver que les
millions cachés du vieux Norwégien n'ont pas été
perdus pour tout le monde, et cela donne à penser
trop de choses. La haine des petits est quelquefois
le gravier contre lequel trébuchent sur la route
ceux qui avaient évité le fossé. La visite de Dabin
à M. de la Tréville aura des suites qu'il ne tient
plus à nous d'empêcher, vous le voyez bien...

— Peut-être, dit Valence, si Victor rentrait
chez lui.

Elle songeait à la démarche du Père Mathias.

— M. de la Tréville ne rentrera pas au château,
répondit Besnard. En quittant Dabin, il a couru à
la ville, il y retourne. Son cheval est à l'auberge
du Plessis. Il était venu au Clavier pour m'interroger; je n'ai rien dit. Et, pourtant, je me sou-
viens de bien des plaintes qui vous ont échappé
devant moi... Aussitôt vous aviez grand soin de
les reprendre... Peut-être en savez-vous aussi
long que Dabin lui-même...

— Non ! s'écria-t-elle, non ! je ne sais plus
rien... Je ne veux plus rien dire...

— Vous faites bien, reprit Besnard... Il n'y
a que cela d'honnête et de sage. Clouez votre
bouche et fermez vos yeux... Si tout ce qui arrive vous cause trop de peur, vous êtes pieuse...
Eh bien ! priez !

Le fermier, plus tard, a raconté à ceux qui

l'interrogeaient sur cette histoire où tout est
réel et vrai, que madame Valence alors s'était
tordu les mains, et que, dans son émotion, revenant tout à coup au tutoiement qu'elle employait dans son enfance, elle avait dit : — Pour
qui veux-tu que je prie, Besnard ? Ce ne peut
être pour mon bourreau !...

XXI

Madame de la Blotterie se tenait assise dans sa chambre à coucher où tout n'était, si l'on s'en souvient, que dentelles et satin bleu, azur et nuées légères comme au ciel. Une servante entra...

— L'homme que madame avait envoyé au château de Guesnes est de retour.

Madame eut un petit soupir gradué, perlé comme une gamme.

— Ménagez-moi, je vous prie, ma fille, car je prévois de mauvaises nouvelles.

— Madame avait-elle aussi prévu qu'au château on refuserait de répondre au messager qui se présenterait en son nom ?

La valetaille devenait insolente à la Blotterie. Fâcheux présage !

— Sans doute. Des personnes si terriblement affligées que madame la marquise de la Tréville peuvent bien méconnaître leurs amis, qui ne doivent pas s'en offenser. Aussi j'avais donné l'ordre à cet homme de continuer son chemin jusqu'à la ville.

— Et de se rendre chez M. de Brantonnet. Il a suivi les instructions de madame et il rapporte de quoi la satisfaire. M. de la Tréville est comme mort.

Les yeux de la déesse couvrirent cette fille hardie ; mais elle n'était plus en état de réprimer ces traits de méchanceté servile qui ressemblaient si fort aux verges de la justice.

— La blessure qu'il a reçue est sans remède, continua la servante ; les médecins pensent que tout sera fini ce soir.

Fredda joignit les mains :

— Pauvre Victor ! murmura-t-elle. C'est bien. Allez !

— Je dois aussi apprendre à madame que M. de Fresne, qui est blessé au bras, a disparu. Il n'est guère probable qu'il se cache dans sa maison du Plessis. On dit que les gendarmes vont s'y rendre.

Cela voulait dire si clairement : Ils n'auront plus qu'à traverser la rivière — que Fredda pâlit.

Ce ne pouvait être d'une pâleur ordinaire. Ce fut comme une ombre mortelle passant dans l'éblouissement neigeux de son teint ; toute lumière s'éteignit sur ce visage éclatant qui parut

18

livide. Jamais ses femmes n'avaient surpris
cette marque suprême d'émotion dans leur maîtresse. Celle-ci s'éloignait, ravie d'avoir frappé
si fort, et sans inquiétude sur ce coup d'audace,
car elle ne se souciait plus d'une condition qui
ne pouvait avoir de durée. Il y avait une odeur
de scandale et comme un bruit d'écroulement
dans cette grande maison. La servante, en revenant à l'office, raconta qu'elle avait fait une
peur diabolique à « madame », qui en une minute avait vieilli de dix ans sous ses yeux.

La fille se vantait, car déjà madame de la
Blotterie ne pensait plus aux juges; ce n'était
plus la peur qui l'agitait.

— Jean a donc vengé son honneur? dit-elle
en souriant les dents serrées. Ah! l'honneur de
ce loup!

Elle savait à merveille ce qui se passait dans
sa maison. C'était une image en petit du monde
où chacun aurait voulu l'accabler, parce que
déjà on la croyait à terre. Plus elle avait été
redoutée, adulée, servie à genoux, plus on la
maudissait maintenant que les malédictions
étaient sans péril et la fidélité sans gloire. Ce
n'était pas seulement dans le palais italien, c'é-
tait à la ville et dans tous les châteaux qu'on s'a-
bordait en se disant:

— On sait à présent ce que sont devenus les

trésors cachés du vieux maître de la Blotterie.
La veuve et ce Jean de Fresne en ont fait un
beau partage, et l'on trouvera peut-être que le
vieillard n'a point fini de sa belle mort! C'est
parce que madame de la Blotterie et M. de Fresne
se tenaient par tant de vilaines actions ensemble que la dame s'est mêlée à ce procès de séparation et qu'elle a fait du petit Guillaume Dabin un voleur par ses sortilèges. Et c'est pour
avoir dit tout cela que le marquis Victor de la
Tréville a été percé d'un si furieux coup d'épée...
Aussi pourquoi s'était-il fait le chevalier de
madame de Fresne, qui en aimait un autre, ce
pauvre marquis?

— Oh! dit Fredda en parcourant sa chambre,
la sotte femme, la brebis maudite! Ce Victor de
la Tréville se fait tuer pour elle! demain elle
commencera une nouvelle vie, tout embaumée
de l'amour de Christian Artus, qui vivra pour
sa dame comme le marquis est mort. Et ce n'est
pas tout! Le monde entier dira que la haine et
la colère ont inspiré Jean de Fresne, le mari.
Oui, c'était la colère, ce n'était plus la haine!
Je le sais bien peut-être, moi... Et pourtant je
suis plus belle! Et pourtant j'ai d'autres armes!

Voilà ce qui la blessait plus profondément que
la chute de tout l'édifice construit depuis sept
ans par ses mains savantes; voilà ce qui la

troublait plus que la défaite, que la nécessité
de céder devant l'orage, plus que la fuite, plus
que l'exil! Voilà ce qui l'épouvantait bien plus
que les dénonciations du vieux Dabin, que le cri
poussé contre elle par tout le pays, que l'inter-
vention de la justice dont la menaçaient des servantes! Voilà ce qui était vraiment l'expiation!
Elle sentait bien plus cruellement que tout le
reste l'outrage fait à sa puissance et à sa beauté
par ce dévouement généreux de Victor de la Tréville et par la superbe et virile passion d'Artus
envers une autre femme. Cette évolution d'un
cœur farouche qu'elle avait observé dans Jean
de Fresne comblait la mesure. Méprisée, dé-
laissée de tous, elle la plus habile, la plus forte,
la plus belle, la déesse éprouvait l'amère et noire
colère des majestés tombées et des idoles trahies.

Quant aux juges, elle ne les craignait pas.
Ceux qui voulaient l'en effrayer oubliaient qu'elle
était née parmi les cygnes sur les lacs du Nord.
Ils daignent rarement déployer leurs ailes, mais
leur vol est haut, rapide et sûr.

Ce jour-là, — le jour décisif, — il était déjà
deux heures, Fredda était encore en déshabillé.
Elle s'en alla pousser le verrou de la porte, et,
passant dans sa garde-robe, y prit, au fond d'une
armoire soigneusement fermée, un vêtement
sombre. Dans la chambre, la servante qui venait

de sortir n'avait point vu une cassette placée derrière sa maîtresse, sur le siège du fauteuil où
madame de la Blotterie se tenait assise. La robe
et le manteau étaient de laine couleur de bronze,
— un habit de voyage, — et sous les plis du
manteau, la veuve de l'armateur norwégien
cacha la cassette. En bas, à l'office, on disait :
« Peut-être voudra-t-elle partir; mais alors il
faudra bien qu'elle fasse appeler quelques-uns
des hommes pour porter ses bagages. Et puis,
elle ne tentera rien que la nuit. »

Pauvres gens! La fugitive pensait justement
qu'il y avait foule et qu'on se dépensait en
commérages à l'office. Elle se croyait des chances assez sûres de ne rencontrer personne dans
le grand corridor. Si quelque obstacle se présentait sur la route, elle pouvait rentrer chez
elle et attendre le lendemain. Après tout, il n'y
avait pas d'instruction commencée; la justice
n'est pas si alerte. Il est vrai que le lendemain
elle se trouverait sans doute embarrassée de
Jean de Fresne, qui ne manquerait point
de chercher auprès d'elle son refuge la nuit
prochaine. Il avait beau être jaloux de sa
femme, c'était encore à elle que, dans l'extrémité où il se voyait réduit, il viendrait demander un encouragement. Elle lui avait dit si
souvent qu'elle seule pouvait lui donner du cœur!

18.

Le lendemain aussi Dabin serait là ; en ce moment, il était à la ville, essayant de joindre son
fils, qui lui échappait. Cette pensée la fit de
nouveau sourire.

Le corridor conduisait, à droite, au grand
escalier ; à gauche, à un passage plus étroit qui
aboutissait au jardin. Seulement les communs
se trouvaient à droite, et de l'autre côté sur la
façade du midi, regardant la campagne et non
le fleuve, s'élevait un pavillon en retour qui
faisait ombre. Le premier massif d'arbres n'en
était guère situé qu'à une distance de vingt pas,
et comme les artistes appelés par le vieil Artus
à dessiner son parc avaient dû s'attacher surtout
à parer en toute saison les abords du logis,
c'étaient des arbres verts.

Abritée par ce rideau tutélaire, Fredda gagna plus tranquillement la première allée sous
la futaie. Elle s'applaudissait d'avoir choisi le
plein jour au lieu de la nuit pour cette experte
retraite. La nuit venue, tous les yeux veille-
raient. A cette heure, quel autre danger courait-
elle que de se heurter à un jardinier dans les
sentiers du parc? Encore, balaie-t-on les feuilles
mortes pour le service d'une maîtresse qui sera
peut-être en prison demain? La déesse continua sa route. Le ciel était noir, le froid pi-
quant et humide, un temps de neige. Si les

nuages s'ouvraient pour laisser passer ces flocons
blancs qui s'y voient à peine une fois chaque
année dans ce pays, ne serait-ce pas un présage
heureux pour l'enchanteresse du Nord, regagnant son berceau de glace, et comme une invitation de la destinée ?

En ce moment, elle arrivait à l'extrémité du
parc, du côté de l'ouest. Une petite porte s'ouvrait dans le mur d'enceinte. Au dehors, courait
une route qu'elle traversa rapidement pour s'engager dans des champs que bordaient de hauts talus
plantés d'arbres. Elle marchait entre deux sillons;
l'eau jaillissait partout sous ses pas du sol dé-
trempé et en effaçait la trace. Vienne maintenant
la neige ; elle n'avait plus que des raisons de la
saluer comme une compagne d'enfance et comme
une amie, aucune raison de la craindre. Une rafale
souffla, l'air se remplit d'un vol de duvet blanc,
la neige venait. Au bout de cette pièce de terre
était une autre route, et derrière la bordure
de chênes rouillés, Fredda aperçut une voiture.
Il y avait même sur le talus un homme qui sauta
dans le champ.

— Est-ce bien vous? s'écria-t-il. Avez-vous
pu échapper à toutes ces bêtes fauves qui vous
guettent?

— Oui, dit-elle, c'est moi, Guillaume, moi
qui fuis devant les méchants, moi qui cède au

destin. Tout mon crime, je vous l'ai confessé.
C'est d'avoir autrefois aimé M. de Fresne et de
lui être demeurée fidèle jusqu'à me perdre pour
lui et à vous perdre avec moi, mon pauvre enfant.
Voilà pourquoi je suis punie. Je sais bien que
les bêtes fauves dont vous parlez m'accusent de
choses infâmes. Vous ne les croyez point, n'est-
ce pas? Dites-le moi. J'ai besoin de vous entendre.

— Je ne les crois pas, répondit-il d'une voix
sourde.

Puis il saisit un des plis de son manteau, et
le portant à ses lèvres :

— Êtes-vous bien sûre, lui demanda-t-il, que
M. de Fresne ne cherchera pas à vous retrouver
et ne voudra pas vous suivre. Il n'y a que cela
qui m'importe !

— M. de Fresne ? répéta-t-elle ; mais vous n'a-
vez donc pas appris à le connaître : c'est un con-
verti d'un genre nouveau. Grâce à nous, Guillaume, il a pu se convaincre de la mauvaise conduite de sa femme...

— Oh ! dit le jeune homme, taisez-vous !...
Ce souvenir m'accable au point que je n'ai pas
osé écrire à mon père et lui envoyer mon
adieu...

— Je vous l'avais bien défendu. Vous n'avez
plus de père, vous n'avez plus aucun lien au

monde, Guillaume, vous n'appartenez plus qu'à
moi... Quant à M. de Fresne et à sa femme,
écoutez ! Vertueuse, il la haïssait de toute sa
force ; maintenant, il l'aime de toute sa rage.
Pauvre gentilhomme ! Faut-il que j'ajoute tout
ce que je pense ? Jean de Fresne, hélas ! ne vivra
point, car s'il ne se tue pas lui-même, un homme
bien plus redoutable que ce malheureux Victor
de la Tréville, a juré de venger le marquis. Cet
homme, c'est Christian Artus, mon neveu.

— Souvent j'ai eu la tentation de croire que
c'était celui-là que vous aimiez ! murmura Guillaume.

La déesse leva doucement les épaules.

— Ne perdons pas de temps à des folies, dit-
elle. Vous courez après tout bien plus de dangers
que moi-même et vous devez le savoir. Seule,
j'aurais pu sortir de France avant que votre
justice française songeât à me barrer le chemin.

Cela était-il désormais si sûr ? La preuve que
la déesse ne le croyait qu'à demi, c'est qu'elle
eut encore un rire forcé.

— Pour vous j'ai accepté cette fuite ridicule
sur ce navire anglais, reprit-elle. Oh ! bien, elle
va s'égarer un peu votre justice !...

— Ce navire est dans le petit port de Beau-
voir, où nous arriverons à la nuit, dit Guillaume.

Je tremblais qu'hier, dans votre logis de la ville, ma lettre ne vous fût point parvenue.

— Je n'avais garde de ne pas m'y rendre. — Ce que j'ai de plus précieux est à présent sur la route d'Allemagne; le meilleur de ma fortune est aux mains des banquiers de Hambourg. J'ai pourtant encore cette cassette qui contient mes diamants et une somme assez forte en billets de banque et en or. Je vous supplie de m'en délivrer.

Guillaume prit la cassette et la trouva si lourde qu'il eut un cri de surprise.

— Quoi ! dit-il, vous avez porté cela depuis la maison. Vous avez donc un bras de fer?

— Et le cœur, comme le bras... Allons ! mon ami, mon unique ami à présent... A votre navire, d'abord ! D'Angleterre à mes lacs, là-bas, ce sera un plus long et plus beau voyage !

Elle se prit à le regarder avec un mélange d'ironie, de triomphe, de cruauté froide et tranquille; le malheureux était aveugle. Quant à elle, de sa deuxième patrie où elle s'était élevée si haut pour se voir ensuite au bord d'une chute si profonde, elle emmenait du moins cette proie; et si chétive qu'elle fût, y retrouvait l'illusion de sa puissance. Tous deux montèrent dans la voiture qui partit.

Et maintenant, cherchez l'enchanteresse de

Norwége dans son palais italien! Dabin, un jour,
lui avait dit que son fils avait un honneur solide,
et qu'il défiait femmes et démons. Le vieux
gérant, si cruellement abusé, avait cherché
vainement les traces de Guillaume dans la ville,
vainement supplié les magistrats d'arrêter la
honteuse affaire. Maintenant, fou de douleur, il
rentrait à la Blotterie. Le vieillard n'était point
seul. Le fermier du Clavier, Sébastien Besnard,
l'accompagnait.

Tous deux se rendirent dans le pavillon que
Dabin occupait en avant des communs, en regard de la façade orientale de la maison. La
croisée de la pièce principale que le gérant,
dans des temps plus heureux, nommait en riant
sa chambre des comptes, faisait à peu près face
à celle de ce salon fermé pendant sept ans,
rouvert trois mois auparavant par ordre de la
châtelaine, qui avait perdu la mémoire. Le
balcon de bois restauré était maintenant orné de
caisses de fleurs qui l'égaieraient au printemps.
Mais que de choses pouvaient s'accomplir avant
le retour du soleil!

Le jour tombait. Dabin, de sa main tremblante, alluma d'abord une lampe; Besnard et
lui parlaient à voix basse, et pourtant ils ne
s'entendaient point l'un l'autre, car ils ne suivaient pas la même pensée.

— Comment supporterai-je ici les regards des gens? disait Dabin. Je quitterais la maison, si je n'espérais pas !...

Ce que le vieillard espérait, avait-il besoin de le dire? c'était la vengeance.

— Le marquis est mort à présent, murmurait Besnard. Comment madame Valence va-t-elle recevoir la nouvelle?

Dabin quitta sa place auprès du foyer pour se rapprocher de la fenêtre. Ses yeux cherchaient le balcon de bois dans l'ombre.

— La misérable sera punie, s'écria-t-il. Et pour deux crimes peut-être! Mais lui, mon sang, mon enfant!... Eh bien ! s'il a pu quitter le pays, cela ne vaut-il pas mieux?... Oui, mais pas un bout de lettre, pas un mot !

— J'irai à la ville, reprit Besnard ; je lui dirai tout, et peut-être ne se fera-t-elle point trop de reproches, car s'il est mort pour la bien servir, est-ce sa faute à elle? C'est au cercle des nobles que le marquis a, devant vingt personnes, accusé Jean de Fresne et madame de la Blotterie. Il y avait là M. de Brantonnet qui a voulu défendre les intérêts de la dame. Le marquis lui a répondu : — J'en suis fâché ,monsieur. Je me vois obligé de me réserver pour les satisfactions à donner à M. de Fresne, s'il trouve cette fois le courage de me demander raison ; mais vous aurez votre tour!... Il ne savait guère ce qui l'attendait. M. de Fresne, averti, lui a envoyé ses témoins, le Brantonnet et un officier qui ne connaissait point l'affaire...

— Je crois que vous ne m'entendez pas, Dabin, continua le fermier en s'avançant vers le gérant. Je vous raconte encore une fois l'histoire de ce duel. Écoutez-la, et vous verrez que Jean de Fresne sera jugé. Il paraît que, sur le terrain, ayant légèrement touché son adversaire au bras, M. de la Tréville a abaissé son épée. Cela est contre toutes les règles ; mais le marquis était généreux. Il demeurait découvert, Jean de Fresne l'a frappé au ventre.

— Un meurtre! fit Dabin. Ce n'est pas le premier. Je n'accuse pas l'assassin d'avoir perdu mon fils. L'ouvrage diabolique a été fait par cette femme ; lui, n'en devait avoir que le profit. N'importe! je vous remercie de m'avoir assisté tout le jour, Besnard ; mais rassurez-vous, j'ai à régler avec le maître du Plessis un autre compte, et j'ai idée que ce serait une autre main si ce n'était la mienne...

La porte de la chambre s'ouvrit :

— A chacun son droit et sa peine, Dabin, dit une voix forte sur le seuil. C'est moi surtout que ce compte dont vous parlez intéresse. Je vois que vous m'attendiez.

19

— Le maître de Boisdemetz ! fit Besnard.

Les domestiques avaient vu la barque à la voile rouge aborder au pied de la terrasse, et l'émoi n'en fit que grandir dans la maison. Sûrement, ce n'était pas un secours qui arrivait à « madame ! » Christian Artus ne venait pas en ami, lui qui était le compagnon du marquis Victor, lui à qui l'on avait dérobé tant et de si bel argent et qui ne l'ignorait plus. Peut-être la maîtresse du logis allait-elle refuser de le recevoir. Au même instant la cloche annonçant le dîner sonna.

Quelques minutes s'écoulèrent. Puis une rumeur s'éleva dans les communs de la maison, et tout le monde de courir :

— Elle est partie !

Dabin avait quitté la chambre, et il s'en allait en disant : Non ! non ! cela ne regarde plus que moi.

XXII

On courait dans les jardins, des torches s'allu-
mèrent, on cherchait dans les allées sur la neige
fondante les traces de la fugitive ; les plus zélés
firent hâte pour s'assurer des portes du parc. Au
milieu de tout ce tumulte, Artus ne bougeait
point. Il lut une vive surprise sur les traits de
Besnard qui demeurait auprès de lui dans la
chambre du gérant.

— Je ne me mêlerai pas à cette poursuite,
dit-il. Madame de La Blotterie est punie comme
j'aurais souhaité qu'elle le fût, si j'avais pu
choisir la peine. Tout s'est écroulé autour d'elle ;
il y a des âmes pour qui ces blessures d'orgueil
sont pires que les remords. Elle avait prévu la
défaite et je connais le refuge qu'elle s'est préparé. Ce ne sera toujours que l'exil. Je
crois que je suis assez bon juge de tout le mal
qu'elle a fait ou voulu faire, je vous dis que

l'expiation est suffisante. Quant à moi, donnerai-
je à penser que je suis à la piste l'argent qu'elle
m'a dérobé? D'ailleurs vous avez été soldat,
et puisque vous restez dans cette chambre, c'est
qu'il ne vous conviendrait pas plus qu'à moi-
même d'exécuter une femme.

— Peut-être avez-vous raison, dit Besnard;
mais alors qu'êtes-vous venu faire ici?

—Attendre Jean de Fresne. Nous savons tous
qu'il y viendra. Ce n'est pas une autre pensée
qui vous a conduit à la Blotterie vous-même.
Seulement je vous dirai comme à Dabin :
Faites-moi la première place. Le droit est de
mon côté, j'ai même l'ancienneté pour moi, car
j'ai vu récemment madame de la Blotterie, et
sous forme de badinage, elle n'a pas craint de
m'avertir que le maître du Plessis avait le dessein de tuer Victor de la Tréville un jour ou
l'autre. Je suis lié par ma parole, lui ayant répondu, sans badiner le moins du monde, que
ce serait un malheur pour M. de Fresne, parce
que je le tuerais à mon tour...

— Vous ne ferez point cela, interrompit
Besnard, vous ne le devez pas.

Les deux hommes se regardèrent :

— Pourquoi ne le dois-je pas? dit Artus. J'ai
refusé, il y a quelques jours, devant vous, réparation à Jean de Fresne. Je la lui donne au-

jourd'hui. Trouvez-vous que ce soit trop bien le traiter?

—Ce n'est pas cela. Songez que monsieur Jean sera peut-être forcé de se faire justice à lui-même. Alors celle dont il a causé le malheur toute sa vie serait libre. Si, au contraire, il finissait de votre main... Vous devez me comprendre...

— Si Jean de Fresne tombe sous ma main, toutes mes espérances tomberont avec lui. Voilà ce que vous voulez dire.

— Je fais passer devant vos yeux une pensée que peut-être vous n'avez pas eue.

— Le croyez-vous? reprit le Norwégien en redressant sa belle tête héroïque... Eh bien ! si je vous disais que je n'ai peut-être jamais rencontré depuis que je suis au monde de plus cruelle tentatrice et de plus perfide ennemie que cette pensée. Et vous dites que je ne l'ai pas eue ! Elle m'a conseillé de déserter le souvenir du vieillard qui fut presque mon père et dont la mort a été si trouble; elle m'a pressé de trahir la mémoire de ce pauvre enfant si rude et si bon que l'épée d'un furieux a lâchement égorgé. Mais elle n'a pas été la plus forte ! Allez dire à madame de Fresne que, ne l'eussé-je point repoussée par honneur, je l'aurais chassée pour l'amour d'elle. Vous la connaissez. Si vous doutiez pourtant de sa réponse, je vais vous

la dire : Il m'aime comme je veux être aimée ;
il a bien fait !

— Vous avez encore raison, murmura Besnard.

Les deux hommes se turent.

Le fermier allait et venait par la chambre,
essuyant du revers de sa main la sueur de son
front.

— Ainsi, dit-il en revenant tout à coup vers
Artus, vous attendrez M. de Fresne. Je suis
d'avis comme vous qu'il viendra, et il serait aisé
de le prendre dans un piége ; mais il doit être
armé.

— Je le désarmerai.

— Vous l'étoufferiez bien dans vos bras, dit
Besnard ; mais il s'agit d'un duel. Comment
l'entendez-vous ?

— Comme il lui plaira. Je serais bien étonné
s'il n'y avait pas encore ici au fond de l'appartement que j'ai habité autréfois, de vieilles épées.
Si elles sont rouillées, peu importe ! Vous pourriez assister Jean de Fresne, vous qui êtes calme.
J'aurais pour second Dabin qui ne l'est pas.
Si M. de Fresne préfère que le combat soit remis
à demain, je me rendrai à ses préférences. Il
suffira que nous ayons tout réglé et que je sois
sûr d'aller plus vite que la justice.

Puis Artus se prit à rire :

— Au besoin, dit-il, je lui donnerais jusqu'à demain chez moi un asile. On ne songerait guère à venir l'y chercher.

— C'est bien, reprit le fermier. Vous devez entendre comme moi les gens du château qui reviennent de leur expédition dans le parc. Elle a été inutile. Je vais avertir Dabin afin qu'il rétablisse l'ordre dans la maison et les fasse coucher.

— Allez ! et gardez-nous de tous ces yeux ouverts. Je m'en remets à vous de toutes choses, Besnard. Encore une fois, vous êtes un soldat.

La poursuite avait été vaine. Pas même une empreinte du pied de la fugitive dans les allées; elle avait dû partir avant la neige. Les gens rentraient au logis en grondant; ils étaient harassés de fatigue. La voix du gérant se fit entendre. Dabin, allant au-devant des désirs de Besnard, les invitait à souper vite et à gagner leurs lits, il n'eut point de peine à les persuader. Mais ce qui échappait aux domestiques, le fermier le voyait clairement, lui. Le vieillard voulait demeurer seul. Quelle pensée avait-il ?

Au même instant, Dabin remontait chez lui. Besnard venait de quitter Artus et se trouvait dans la première chambre qui n'était pas éclairée. Ne soupçonnant pas la présence du fermier, le gérant s'en alla tout droit dans l'ombre à une armoire qu'il ou-

vrit. Contre le battant, il frotta une allumette
et prit un objet au dedans. La lueur éclaira le
profil en lame du vieillard, et du même coup fit
étinceler dans sa main le canon d'un fusil. Besnard alors le frappant à l'épaule :

— Dabin, lui dit-il, qu'allez-vous faire ?

. . . .

Toute la grande maison dormait. Un homme
qui venait des profondeurs du parc se glissa derrière le massif d'arbres verts, puis franchit rapidement le court espace qui le séparait encore du
pavillon en retour sur la façade du midi. Jean de
Fresne allait entrer par ce même passage qui,
si peu d'heures auparavant, avait vu la déesse
sortir à jamais de son paradis somptueux. Il tira
une clef de sa poche et poussa la porte avec peine,
ne pouvant s'aider que d'une main ; il portait un
bras en écharpe. Alors, il eut un soupir de soulagement. Quelqu'un qui l'eût épié dans les ténèbres, n'aurait pu s'empêcher de sourire en songeant que le petit homme serait moins aise tout
à l'heure quand il s'apercevrait que le nid était
vide.

Le visiteur nocturne s'engagea dans l'escalier,
puis dans le long corridor ; il étouffait de son
mieux le bruit de ses pas. Tout à coup, d'autres
pas, qui ne cherchaient point, ceux-là, à déguiser leur allure ferme et sonore, se firent entendre

derrière les siens. Jean connaissait les êtres ;
tâtonnant dans l'ombre, il rencontra la porte de
la garde-robe de madame de la Blotterie. C'était
son chemin autrefois ; il voulut la refermer sur
lui... Plus de verrou...

L'homme qui le suivait avançait toujours ; Jean
se jeta dans la chambre à coucher. L'homme alors
parut s'arrêter un moment.

Pourquoi n'y avait-il pas, dans cette pièce,
comme à l'ordinaire, une lampe de nuit ? C'est
que celle qui l'habitait avait cherché l'obscurité
pour y mieux dormir. Doucement, Jean appela la
dormeuse. Point de réponse. Il gagna le lit, et
le lit était vide. Les pas sonores au même instant
retentirent dans la garde-robe. M. de Fresne se
coula le long des meubles qui le guidaient jusque
dans l'arrière-salon voisin. Ces pas envahirent
la chambre, et cette autre porte, on la verrouilla
derrière lui.

Alors, Sébastien Besnard, s'appuyant au chambranle, murmura :

— Je crois que je le mène à la boucherie. Il
faut pourtant bien délivrer les innocents et défendre les cœurs honnêtes. Le bon Dieu me
pardonnera d'avoir devancé Dabin.

Quant au captif de l'autre côté, l'excès de la
rage le tint un moment immobile. Le voile se
déchirait devant ses yeux : Fredda était partie.

Lui, il venait de tomber dans quelque embûche
abominable. Il tâta son habit et y trouva bien
son pistolet; mais contre qui en faire usage?
Contre ce visage de bois? Il y songea. Ces planches n'étaient pas à l'épreuve d'une balle, et tant
pis pour celui qui s'y tenait l'oreille collée!...
Mais, en même temps, une autre pensée lui vint
qui abattit sa colère et le remplit d'une terreur
folle. Où était-il?...

Dans le salon fermé pendant sept ans après la
mort du vieil Artus... Et plus d'autre issue que
le balcon.

Le malheureux se laissa tomber à genoux ;
il joignit les mains, et ce mouvement de la
nature et de l'âme en peine lui arracha un cri
de douleur en tordant son bras blessé.

—Monsieur Jean, lui dit une voix grave de
l'autre côté de la porte, vous avez encore un
bras de libre, et je sais que c'est le bon. Si vous
avez un pistolet, vous ferez bien de vous en servir. Dabin vous guette en bas; il est armé. Si
vous lui échappez, demain vous tomberez aux
mains des juges. De toutes façons, vous êtes condamné. Appliquez la sentence vous-même, et
au lieu de l'âme de Dabin et de la vôtre, ce
qui ferait deux, vous n'en aurez perdu qu'une;
ce sera toujours meilleur. Et puis j'ai idée que
si vous épargnez une honte au nom de votre

père ou un crime à ce vieillard, cela pourrait
bien vous être un peu compté.

Jean ne répondit pas. Il se traîna vers la croisée, essaya de l'ouvrir, n'en eut point le courage et recula. Il y eut un terrible moment de
silence, puis un coup de feu. Madame Valence
était veuve.

FIN

Imprimerie générale de Châtillon-sur-Seine. — J. Robert.

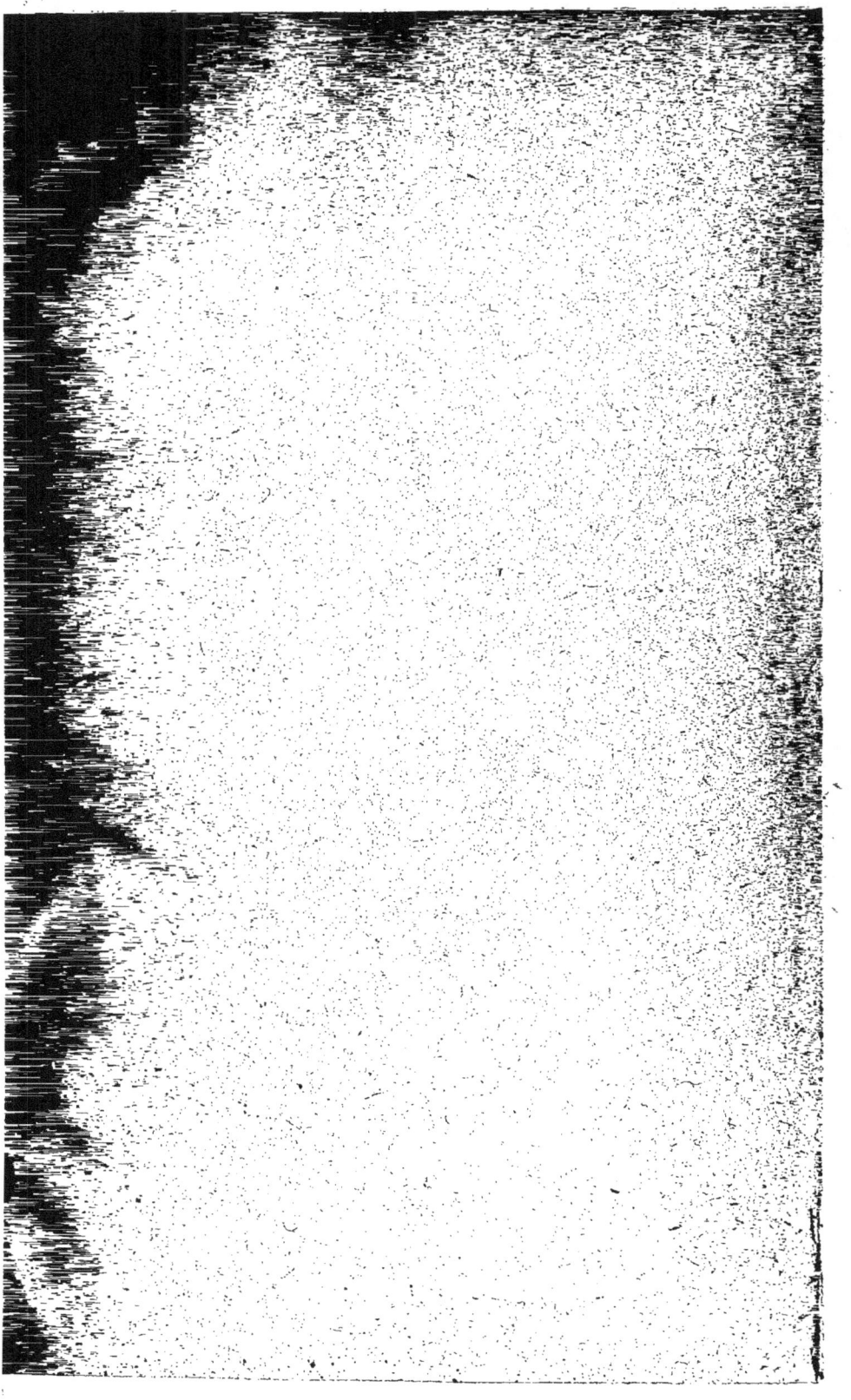

www.ingramcontent.com/pod-product-compliance
Lightning Source LLC
Chambersburg PA
CBHW070326030726
47505CB00004B/1101